張讓

當愛情依然魔幻

輯I

輯II

輯III

輯IV

輯 I

你一直就是自由的，他說。

她聽到的是，我不要你，我從沒愛過你……

餐館裡的女孩

一個悶熱如子宮的夏天晚上。他們在一家簡便餐館裡，對面而坐，等女侍拿菜單來。他二十六，她二十三，他們才認識三天。秋季班再過兩週才開始，這是暑假末最後的自由了。在此刻和下一刻、說與未說之間，是可能發生什麼的期待。

一時他們還沒什麼可說，還太陌生、太侷促，只好一直微笑。她的微笑是一點閃光在細長眼裡，他的微笑是鑲在黑色大鬍子裡的紅唇和一口漂亮的白牙。他告訴她這家的披薩最好吃，所以帶她來開眼界，然後再帶她走五條街去看一部他已經看過兩次的老片「哈洛和莫德」。在說話間，她看牆上暈黃懷舊的餐館老照片，和這裡那裡掛的專從烤爐裡取披薩出來的大小骨董扁平木鏟。為了避免洩漏自己，她的眼睛還越過他讓她覺得觸電的臉，在滿室不同桌的客人身上遊走。她看見他身後那桌，面對她的，一位長髮清秀的年輕人，瘦削的臉上似乎帶著難言的悲憫，在台灣她從沒見過那樣的臉。看見隔走道與他們並行那桌，兩對男女談笑非常開心。和他們後面，面色雪白，嘴唇塗得血紅，麥色頭髮極短，緊身黑色運動衫的圓領開口極低，乳溝分明可見，單獨吃一大盤生菜沙拉的中年女人。和角落裡，斜對他們的那一桌。那對東方中年人像父母，黑亮長髮的女孩像女兒。他說了什麼話，她的眼神收回到他臉上，不久又離開去周遊。她感覺得到他的眼光大部分時間忠實在她臉上徘徊，當她彷彿集中目光在研究別桌客人時，其實正以全身感應他的眼神。

他們才認識不久，這才是第三次見面，並無意開始或結束什麼。她離開台灣前才和多年男友吹掉，他也剛離婚，正和一個已婚女人在一場濃稠如紅糖糯米粥的熱戀裡，還有一個介於朋友和情人之間的女朋友，這些他後來都和她一一交代。披薩來了，上面配料他點了青椒、洋菇和義大利香腸。他們用手拿起大塊鹹膩的披薩，配冷凍腸胃但安撫口腔的啤酒。咀嚼打破了她的生澀，她又微笑有一搭沒一搭的說起話來。但眼光還是會溜到那個獨自吃沙拉的女人，或角落那個長髮鳳眼小嘴鵝蛋臉，古典美麗卻面無表情脊背挺直的女孩身上。女孩父母在說話，而女孩彷彿以脊背丈量牆壁似的無語乾坐。她沒見過背挺得這樣直的人，好像那脊椎沒有關節，而是鑄死的鋼條。她見那女孩低頭喝湯，只有頸動，身子則凝凍在一個雕塑的姿態裡。她越多看那女孩一眼，越發抑制不住好奇，而且認定女孩是台灣來的。好像出於長久設計和苦心練習，女孩以一種彷彿不經意的自然達到預定的優美。而那輕易完全是僞裝，女孩的每一細胞每一動作都是刻意的，都有目的。她簡直爲這女孩著迷，拔不開眼睛了。同時他不斷說出鮮話，眼神燦動，逐漸將她的注意力吸引了過去。

第一天見面她就喜歡他，現在她頸子拉長，頭微微仰起，一手無心將過肩的頭髮撩到一邊，細長眼裡有斜飛的笑意。吃完飯離電影開場還有近一個小時，他們慢慢走向校園去買票。戲院裡，在最無邪快樂的一刻，當莫德讓哈洛以她的氣味機器聞雪時，他一把攬過她的肩，她也就順勢靠過去。看完電影他走路送她回住處，在門口她站定，面對他。他們之間的距離在零和無限之間，她的心好像停止了跳動，還是她停止了呼吸，她不知是哪個，然後他小心的，好像她是玻璃瓶似的，把她攬在懷裡。不到一年，沒有任何理由或解釋，他們間便結束了。她還剩一年拿到學位，有一次在研圖門口碰到他，兩人便同行了一小段路。他已經快拿到發展心理學博士學位，幾個月後就要到西岸去做博士後研究了。他們不談兩人那短暫的過去，談現在和將來。

在我走前，我們該找個機會再聚聚，他笑說。

幹什麼呢？你好向我悔過嗎？

嘿，你嘴巴還是那樣！他臉上忽然又有了動心的表情。

啊，我忘了你喜歡溫柔的女孩。她忍不住刺他。

欸，不管怎樣，我們總是朋友。他笑說。

她微笑，不否定也不肯定。知道等他一轉身，他們的這一點連結便會斷了。

仍然，明知他不誠，明知只是逢場作戲，也已夠滿足她一點受傷的虛榮。奇異的是這回他眞的打電話給她，儘管知道她已有新男友。他們又到那家館子去吃披薩，他告訴她在洛杉磯加州大學校園裡撞見高中的初戀情人，馬上重拾舊情，他一畢業就要到紐約去結婚，然後帶太太一起去加州。

回頭去找高中情人？眞的？想不到你也會掉進這種最肥皀劇的故事裡！她說，想起幾年前館子裡那個容貌美麗脊背筆直的女孩（恐怕還不到二十歲）。現在她明白那女孩坐得那麼直不是出於驕傲，或是教養，或是爲了保護背部，而是出於一個單純的理由，一個目的——爲了在眾多看她的人當中，有一個可能的情人、未來的丈夫。她的脊背能挺直多久呢？她下意識地挺直了自己的脊樑。

無論如何，恭喜！她舉起滿玻璃杯的冰啤酒說。

再一次夢見

像季節一樣準確，她又夢見了他，她的初戀情人。

她曾以傳統的貞節愛他，不見時企盼的守候，走路時忠誠挽住臂彎。當他的熱情要求肉體表達，她將自己彎成恰當的曲線相迎。他是她現實裡最強大的夢，她以為這就是永遠，從一而終畢竟是愛情最高的表現。然而他十分現代，停留在永遠的現在這一刻，從不說愛，也從不說將來。他來找她，這已足夠。然後分手，他將她釋放，好像行善。

你一直就是自由的，他說。

她聽到的是，我不要你，我從沒愛過你。

她的心收縮皺起，忽然就老了。直到她再從頭開始，在情場如眞的夢境裡。她經常聽到愛情這兩個字，也仍帶著第一次的天眞全力衝鋒。然而她在演練一個失去了最初的老戲，了解多於驚心動魄的盲目。她長大了。而她感謝他。

每年她總會夢見他幾次。恍惚的夢，細節很模糊，除了強烈的愛戀之感。

幾乎總是他從遠方回來，急欲見她。她微笑，不急著回見。有一場夢她住在很高的地方，在柱子架起的高腳屋裡，簡直懸空，一道長梯上通到地板中央。他站在梯腳，她蹲在梯口。他問能不能上來，她猶豫，點頭。他上來，她泡茶。然後他帶她出去吃飯，她穿上最漂亮的衣服，走在一個古老陌生而卻非常親切的街上，暗暗的，地面有水光，他們並肩行走，她歪在他身上，像熱戀的情侶，因爲他很快就會離去。

另一場夢在海邊，極藍的天色海色，他們在白亮的沙灘上走，穿過一叢叢乾黃的野草，沙灘漸漸陡起來，由矮而高，圍繞如迷宮，他們在鹽牆上走（她甚至不知道有鹽牆這東西），海在牆外，頂上是一片藍天，他拉著她的手，她的鞋子又掉了，腳被鹽的晶石割傷，又痛又渴，嘴唇焦裂，他緊緊牽著她，他們要往某個地方去，一直往前走，風不斷吹來，陽光越來越亮，海水一波又一波，有種朝向死亡朝向無盡之感，然而一切充滿了光，充滿了希望。

像以前的夢，這次的夢也是籠罩在溫暖的氣氛裡。在陌生的室內，一屋子人，似乎是個派對。他說很高興又看見她，上來便抱住，像一襲厚重的大衣將她緊緊裹住。他放開她，退後。她看見他頭髮稀疏，下巴異常的尖，肩膀也是，眼神閃亮，銳利異常。她仍然心動，仍然滿足於他眼中的讚賞。他旁邊有個女人，不是很漂亮，但打扮極出色，是那種以衣裝取勝的女人。他介紹是他太太，然後挽起她手臂排開眾人，逕自往裡面走，似乎這地方是他家。屋子很大，房間很多。我總是想你，他說。他們到了一個寬大陰暗的房間，深藍色的床單，大紅絲絨面的被子，確實是他獨特的品味。他從來就獨特，而她知道自己不是。然後她到了另一個夢裡，和他全不相關。

她夢見他的次數越來越少，現實生活裡根本就不想到他。當他再度在她夢裡出現時，她總很驚訝，不知他從哪裡而來。

她幾乎不再夢見他了。偶爾他客串式的在夢裡出現，無足輕重的配角，不帶威脅也不帶愛情，他來她夢裡作客，說一句話，走近來又走遠，然後轉身不見。

她不知道爲什麼還是夢見他。

他們分手以後便全無聯絡，她甚至不知道他人在哪裡，也不想知道。

考古

他，一個簡單溫柔容易滿足的男人。她，一個永遠在上路而無法到達的女人。

他們並肩躺在床上看書，然後他放下書用眼光邀約，然後撩起她的睡衣。她說覺得像根木頭，他說沒關係，我來軟化木頭。她說木頭不軟化，只是腐爛。他說我不會讓這根木頭腐爛。他側身吻她，右手從頸子、乳房，輕快往下、往下。她眼斜斜讀手上的書，一邊心不在焉和他動作。夫妻十五年，彼此的肉體像每天走的路，只有方向，沒有風景。愛仍是在的，雖然有時讓人懷疑。至於性和愛，兩者卻不必然扯到一起。她捨不得放下書，她離得太遠，在一個幾乎不需要肉體的地方。嘴唇在輕觸、吸吮，有人在撫摸她的皮囊。當一個想法的關鍵打不通時，那苦思的過程她覺得像撞牆。她這刻讀的《美學原理》就是在撞牆，而恍惚有人在撥弄她的存在最邊疆的地帶，從宇宙邊緣向她傳送異界訊息。像在搾石頭的汁。

放下書，他說。

我實在覺得像根木頭，她放下書說。

吻我，他說。

她吻他，她在很遠的地方。我老了，身體死得差不多了，她說。

生命的愉悅，和肉體的愉悅，好像哲學和性慾，太風馬牛不相及。二十歲的肉體，每一個細胞都蓄了火和光，等候在最微小的刺激下燃燒，爆炸，毀滅。站在一個喜歡的男孩子身邊，什麼都不要做，她爲那感覺的強度驚奇。那一刻，她清楚知道活著是怎麼回事。第一次戀愛，第一個吻，第一次將身體展開像地圖。性，陰暗，禁忌，恐懼，道德，成人，骯髒，墮落，美，混在了一起。第一個男朋友，純潔的戀愛，感覺脆弱如衛生紙，卻是如火如荼的神聖初戀。

有花堪折直須折的眞義。她不知道自己是花，等候折斷。但是她本能等候，像每一個要求生命而不知道生命是什麼的人。然後在一個人的擁抱和親吻中，她一下進入了那神秘，肉體蠻荒，她和他在肥沃的黑暗中搏鬥，溫柔的暴力，精神的死亡。那是慾的荒野，她以爲是愛。成年的儀式，隱約原始的犧牲。難怪有那麼多神秘包擁著它，原來是文明害怕野蠻，人竭力要控制裡面那隻兇猛的獸、光亮中心那一粒黑暗的核。難怪男人總顯得比女人原始，他們的獸隨時都會由藏身之處撲躍而出。

她是女人了，外表看不出什麼不同，但是某種不可說的力量使她粗糙了，好像生產奪去了少女的纖細，經歷性愛便是某種腐敗的開始。她和他（前後有好幾個）在彼此的肉體上奔馳，到比遙遠更遙遠的地方，星光燦爛。其他時間裡，她專心做一個形而上的人，也就是，活在肩膀以上的地方。

一晚她和當時的男朋友站在人家院子的木欄外，他告訴她一個有夫之婦（她婚前和他要好過一陣）不時打電話給他，她丈夫出差，她要他去陪她。她指責他不道德，他指出：你錯了，不道德的是那個已婚的女人，不是他。她堅信他也不道德，儘管邏輯上辯不過——不管爭什麼，總是她輸多，這氣餒只更加強了他的魅力。

多年後，她遭遇到自己的道德抉擇：要不要婚外情，更明白當年他是對的。

不要拿花來形容我！她已經夠老大夠自信，宣布：「我不是花！」她不是慓悍衝鋒的亞馬遜女戰士，只是中年的妻子、母親和職業婦女。她的腰粗了，眼角出現細紋，向孩子解釋無數的爲什麼，睡覺前沒有精力做親吻以外的擁抱，人生最大的什麼只剩下面對死亡。她在不知不覺間，早由花籍除名了。

抱歉，實在很累，她說。

他非常有耐心，堅持要化掉她這根木頭。她關掉燈，黑暗倏然包擁上來。她沉進去，竭力回應他忙碌的嘴唇上下的手，像個殉道者。

記得我們以前嗎？他在她耳旁說。

她幾乎不能說記得，然而，她確實記得，只是那個人不再是她。那時她什麼都不知道，現在她不再想知道。她已經度過了那些，再沒有神秘未知，沒有期待，行動只是行動。她再一次說木頭不軟化，只是腐爛，何況她不只是木頭，根本就是石頭。

你不知道我是考古人類學家嗎？他玩笑說。

於是任由他考古，而她努力從頑石幻化成人。終於，絲縷光芒由遙遠的地方緩慢出發，跨越黑暗，勇猛澎湃地到達。

這是生命，身體說。

這不是，理智說。

溫厚可愛的男人。失落不可測的女人。

他們睡去，在各自孤獨迷亂的夢裡。

快樂常數

危險不是平常生活的一部分，如同心滿意足。三十七歲那年，她第一次面對了危險，也就是，危險的選擇。她整個人一下清醒過來，感情和理智鮮亮異常，從生活的平靜懵懂中霎然錯道，她看見了那獵物，從而發現自己竟然一直在狩獵。

這一天她要去做一件危險的事，她要去見他。這是她和他第二次會面。不，應該是第三次。第一次在他婦女寫作班的課外，她和他在走廊上遇見。第二次他們喝了三個鐘頭咖啡，極短的三個鐘頭，又濃又奢侈。現在，她要和他去吃中飯。中飯只是個開始，她整下午沒客戶，她預先讓秘書調開了。

她十一點便離開律師事務所，回家換衣服。先生上班，兩個小孩上學，家裡這時絕對安全。她穿著胸罩和內褲在臥房裡忙碌。床上橫七豎八，花花綠綠一堆屍體似的衣服。她半支著衣櫥門向裡面張望，來去撥弄。抓了一件出來穿上，面對穿衣鏡。她對鏡中人挑剔極了：短而粗，俗氣，笨重。鏡子裡是一塊長了眼睛鼻子的肉。事實上她是個嬌小圓潤的女人，自信，靈巧，可靠，卻又有點未經世事的任性和跋扈——偶爾，在她忽然忘了設防的時刻。但是她折磨自己，氣惱的剝下另一件衣服。她恨眼角隱約的細紋，鬢邊深藏的白髮。她知道眞正的年輕：女兒正發育的身體，光潔的膚色。她能和那樣的生嫩競爭嗎？她能拿這張臉這副身體去談戀愛嗎？她在床上衣堆中揀撥。她沒有時間即刻去買新的，甚至慢慢挑選現有的。她剝下一件平常偏愛而這時顯得老氣的鏽紅洋裝，連同胸罩和內褲也一併剝除，雙手扶了扶下墜的乳房（幸好還算有點規模），彎身從抽屜裡翻出一個月前心血來潮買的一套雪白帶粉綠繡花蕾絲的胸衣內褲穿上，挺高胸部，吸進肚子，轉一圈，前後照看。他愛上了她嗎？她是要去愛，還是被愛？她瞪著鏡中的自己：你知道自己在幹什麼嗎？電話突然響了，她跳起來，聲音有點小，原來是樓上公寓的。這時她沒時間和自己爭辯，只有時間以衣服創造另一個自己：獵人，也是獵物。

等她穿戴完畢，鏡子裡的人一身冷肅，裹在黑色無袖低胸貼身的麻紗長褲套裝裡，耳下不鏽鋼的彎刀形耳環一盪一盪的。這不是無知的顏色，這是殺手的決心。她挑逗的對鏡中人笑笑。她並無意傷害任何人，她只是想增加一點生活裡的快樂常數。她很清楚這一切的意義。

到達以後

你有沒有想過退休以後做什麼？最近忽然有人問她這問題。有。想過。她答，列出一長串始終想做但沒時間做的事。

那人沒問的是她是不是也想過以前的事，年輕時的事。其實，她花更多時間去想過去的事。未來的事想得再怎麼風光得意，譬如二度青春、黃金年代，畢竟是減法，一路減下去，直到零。這不是眞正的數學，沒有負數。3，2，1，0，戛然而止。對有些人正是理想的結束，對有些人是不可接受的徹底取消，是絕對無法承受的否定。她屬於前者，然不太想那個理想的結束，無論如何，火車到站，那是終點，是告別，是眼淚而不是歡笑。當她心思有空，或需要空間時，便悄悄返回過去，到那些個生命仍在做加法的時候。從漫長的學生時代到留學美國，到高薪而逐漸抽空意義的工作，到那些塡充空白的種種擁有，物的，人的，可見的，不可見的，應該讓人滿足而終究是不夠的那些。不時她會停駐在一個地方，她平凡的生命裡一個似乎不平凡的點。

那個夏天她沒回台北，修了兩門暑期班的課，同時周旋在兩名男朋友間。所謂周旋，是正男朋友在台北，新男朋友在校園。他一頭黑色長髮，有時披散，有時綁成馬尾，看乾淨和偷懶程度。青色下巴，淡蜂蜜色帶點點綠色微粒的眼睛。多情的眼睛，一笑便滿是稚氣。多情的手，總愛來牽她。他不是漂亮，而是迷人。他替教授做研究，也做自己的實驗。他念書極認眞，她一比等於是玩票。有時他到晚上九點、十點才來找她，一起去散步。大多去散步，他喜歡室外，喜歡散步，尤其是深夜散步，從街燈明處走到暗處，再由暗處走向明處，其間在某個角落某棵樹下，他攬過她輕柔親吻。她沒告訴他自己有男友，他從沒問過。她和台北的男友已是定局，和眼前的他簡直不像眞的。他們才剛認識，而感覺上她好像在以自己的生命寫小說。

暑假飛快逝去。在散了似乎許多步和好幾場週末電影後，他帶她回住處過夜，第一次。在他窄小雜亂的房間裡，燈關了，街燈的光投了點點葉影橫過單人床上。從溫柔的親吻開始，到狂熱相互吸吮吞食。她覺得自己通身是電，不斷亮起來。然後，彷彿星雲從遙遠的過去開始斂集旋轉發熱，生命集中在針尖大的誕生前刻，軀體無法承受的僨張、扭曲，意欲完成最初也是最後的爆發以充塞整個宇宙，消滅所有變成一，變成零。他們喘息，痙攣，高聲呻吟。前所未有的快樂和痛苦，是生也是死，不能區分。從來沒有過。

他們從死亡醒轉，心跳減慢，身體冷卻了，汗水還沒乾，她貼在他身上像太空梭附在火箭上，他鬈曲的胸毛刺得她鼻孔發癢，他的心跳深沉有力。忽然，一陣奇異的感覺襲來，徹底虛空，好像宇宙已耗盡了意義，快樂死滅，一切抽空，她站在一片瓦礫荒原，乾枯，孤絕，失落，空白。想哭而無淚。

你覺得嗎？覺得說不出的悲哀和空虛嗎，在高潮以後？她問他。

怎麼會？我只覺得平靜、滿足。他露出孩子氣的笑意。

我愛你，他說，緊了緊擁住她的手臂。

她沒法解釋那巨大的悲哀，只能張大了眼睛，孤獨沉默面對。

她從沒有過那樣強大的虛無和悲哀，而似乎就連那悲哀本身也是虛無，也正在逐漸死滅、消失。

之後在類似情形她仍會有那感覺，但再沒有那席捲一切的徹底和絕對。最後，她連輕微的悲哀都沒有了。到達高潮以後不是睡覺，便是繼續中斷的平常生活。

那歡愉和虛無間的巨大落差，在她目前的生命裡，仍是孤立的獨一經驗。而且不斷在淡去、消逝。直到好像從沒有過。

最重要的東西

水龍頭嘩啦啦，強勁的水瀑濺出來，雄辯，痛快。他全神貫注，奮力刷洗一只久未清洗，黃黑油膩的水壺。刷洗得那樣認真，好像那水壺清不清潔是多麼緊要的事。她站在廚房口，倚在門框上，斜睨著眼看他。問：「怎麼了？剛才爲什麼發那麼大脾氣？」他只管用力刷，全身劇烈活動。那水壺髒的程度，大概比得上他心情的壞。她又張口，卻把話嚥回去，低下頭，悄悄走開了。他聽見而卻假裝沒聽見不答是經常的事，這時她便保持沉默，讓他沉浸在自己的失意裡。不快樂的人偶爾有殘酷的權利，拖別人一起下他自己所在的洞坑。她盡可能給予他這個權利，容許他不快樂的自由空間。

他花去將近一小時的工夫才將那只用了七年，積垢如痂的水壺洗乾淨。然後對著窗戶，細細審視煥然一新的水壺。原來裹在厚厚油污之下的水壺，現在泛著盈盈白光，飽滿、潔淨而且曲線完整，他滿意的微笑了。覺得屋裡不夠亮，不能照出這刻水壺的乾淨，他走到前面小陽台，就著陽光，詳細端詳手中的鋁質渾圓。有幾處在屋裡沒看出來的油漬，這時像醜陋的疤一樣，看得一清二楚。他找出所有不乾淨的地方，回到廚房重新洗刷，再回到陽台上審視。這樣來回三次，才終於把那水壺洗刷到通體晶瑩，宛如嶄新。回到陽台，最後一次檢查過水壺後，他將它放在右手側的欄杆邊上，雙手靠著欄杆，俯瞰冬陽下冷亮的街道。

一位穿著大花毛衣的婦人提著菜籃，從轉彎處走進巷口，從粉白臉朱紅唇大胸脯，逐漸變成粗腰肥臀肢體雄厚的背影。像神祇由高處俯瞰眾生，由三樓不算高的高度，和那高度所帶來的某種傲然與清晰，他追逐那紮實厚重的背影，不自覺微笑。他想的不是肉慾，而是生之歡愉。那剛才走過的，粗俗熱鬧的女人，簡單而且無心，好像是生命的原型。她不問爲什麼活，怎麼活，爲什麼活，餓了吃，渴了喝，性慾來了就床上歡好，很明白，沒有什麼要追究的。站在那裡，她似乎便是答案。所以他笑了，忘記了原來的惱怒，和背後更多積壓的不快。「吃喝拉撒睡幹！」他不覺大喊一聲，兩臂一伸站直起來，那閃亮的水壺吃他這一擊，翻過欄杆像一顆巨大的流星，筆直向街上墮去。他探頭看見它在陰溝邊撞毀。

他轉身，穿著拖鞋下樓到路邊撿起水壺。凹進去一塊，水壺不再平整光滑，而有一種受傷的神色。對著水壺觸目的傷痕，他惋惜的搖頭。這只廉價鋁製水壺結婚前他就有了，可以說同甘共苦，他看它簡直像個兄弟。他站在那裡，提著水壺，想起沒菸了，摸摸褲袋，掏出幾張皺褶的鈔票，放回褲袋，拎著水壺去巷口的雜貨店買菸。

雜貨店很小，三角形一爿店，東西擺得滿坑滿谷，什麼都有，唯獨沒有招牌。其實原來有一塊舊招牌，一年前颱風把那招牌颳過半條巷子，沒安上新的，從此便沒有招牌，也不影響生意，反正顧客多是老街坊，熟得可以呼名道姓，開開無傷大雅的玩笑。老闆不在桌子後撥算盤，老闆娘坐鎮。這只算盤撥大了四個女兒，兩個還到國外深造，老闆娘看它比命還重。

他走進店裡，說要買菸。老闆娘從身旁一只小玻璃櫃裡取出兩包長壽菸，笑瞇瞇放在桌上。

「一包就好了。」他掏錢。

「一包一下就抽光了。兩包省得斷火。」老闆娘流利說，聲音單薄，調門高，身體卻很肥厚，兩腿粗腫，靜脈瘤像樹根一條條盤出來。他第一次聽見她說話時大吃一驚，以爲店裡另外有人，轉身找了半天。

「我每次來你都這麼說，可是我沒多買過一包。」他笑說。

「反正你抽完這包一樣要買，一次多買幾包省得跑腿。」老闆娘說。

「多買多抽，少買少抽，我太太已經抱怨我把菜錢都抽光了！」

「除非戒菸，不然過兩天還是要來買，反正你向誰買都一樣，不然就向我買，是不是？」

老闆娘將兩包菸拿起又放下，強調兩包比一包合理。

「是該戒菸了。這包抽完就戒。」他半眞半假說，給了錢，搖頭笑笑，拿起一包菸。菸他戒過無數次，大概比參加高考次數還多。菸癮和求生慾比，說不定菸癮還大一些，如果不是大很多。

老闆娘也笑著搖頭，把另一包菸放回玻璃櫃裡，看見他手上的水壺，她問：「要買新水壺嗎？」他搖搖頭，走出店裡。

老闆娘還在身後喊：「你那水壺摔得那樣，可以換把新的了！」

「新不如舊，這把水壺像賈寶玉的寶玉，是有來歷的！」他隨口丟出這一句。

右手插在褲袋裡，握著香菸，他一路走一路搖頭笑。這老闆娘大概是他見過最堅持不懈的人了。想想他太太也是，另外一種，沉默的堅持。他又搖頭，忽然很想吸菸。大學四年，他就只學到這件事。於是，一手提著水壺，一手擰著菸，像抓住生命中兩樣最重要的東西，他急急走回家。

她在時間中流轉

1 光源

結婚二十年，每天看見她穿衣脫衣，聽到她說話或不說話，但若有人問他她穿什麼說什麼，他一點印象也沒有。他不但記不起她剛才說的話，甚至自己的話才說到一半，下一半已經忘記了。生活似乎只是不斷進行的遺忘。

四十四歲，馬上就四十五，他不能說快樂，也不能說不快樂。雖然許多夢想還沒實現，事實上永遠不會實現，但是他每天睜開眼睛並沒有爲必須再捱過一天而悲哀。只要總是有早餐的咖啡，瞌睡開始時的一根香菸，晚飯後的甜點和床上的一點性愛，他可以這樣每天過下去。有一點不關係大局的起落，譬如聽到一個讓人牽動唇角的笑話，或者懊惱到咒一聲幹你娘，不需要太多驚動身體裡每個細胞特種分泌那種大規模的快樂。他像公共調頻電台，永遠在最狹窄的頻率間收發。

他已經很久沒感覺到什麼，這並不是說他沒有感覺，只是沒有值得在睡著前向自己註冊的感覺。那些微小、不斷發生不斷消失的感覺像沙漠裡的雨，還沒降落到地面便揮發淨盡。他是一個溫和、平靜、穩定的人，換言之就是知足。

長冬後一個大太陽的春天，滿室明亮，他們同時醒來，還不到七點，洗澡，穿衣服，早餐。她端起咖啡，手停在空中，側頭唸《紐約時報》上的一段新聞給他聽。新聞是說有一個女人兩個月前接受換心手術，非常成功，但之後她發現自己開始愛吃以前從來不吃的東西，聽以前從來不能忍受的音樂，穿以前從來不敢穿的顏色，好像有另一個人同時住在她身體裡，於是她去打聽，發現她的新喜好正是二十五歲男性心臟原主生前的喜好。

驚不驚人，簡直像靈魂轉世！她說，心裡想的是戀人間可藉這種可怖的方法達到真正的靈肉合一。

他從自己看的報紙抬頭，還來不及消化她唸的新聞的意義，只看見早晨的光從他背後的窗外斜斜照進來，透過綠色百葉窗，在她身後的白牆上畫出一道道平行投影。他看見她抬頭看他，熟悉的臉上不是半生異國漂流後的疲憊和潦草，而是對生命永遠的好奇和隨時準備分享的愉悅。從一種倏然醒悟的深情，他看見她的每一粒雀斑每一根白髮每一道皺紋，她的失望和期待，她所有的快樂和不快樂。他看見他最初的情人和終生的伴侶，他生活的真正內容。這是幸福最單純美麗的形式。

他想說什麼切合心意的話，那甜蜜就在舌尖。而他笑說你看你背後，太陽打在牆上的影子。

她放下咖啡杯，轉頭看背後，再轉頭看他。他背光的臉上有一種溫柔的笑容，一種發現的喜悅。越過他的笑容，她看見後院裡，一隻橘黃胸部的知更鳥站在草地上，傾聽什麼的側著頭。

你又沒聽到我唸的東西！她帶笑責備。

一個星期以後，她意外在書裡讀到，那側頭的知更鳥在傾聽土裡蚯蚓蠕動的聲音。

2 疊影

久不見面的夫妻朋友來，帶著三個月大的女兒。她忙著泡茶，端餅乾。坐下來以前，她站到抱著嬰兒的朋友妻子旁，彎腰逗那粉紅柔軟如雲朵的小東西。然後抱了過來，小心翼翼端在懷裡。

孩子的母親笑說女人天生就是要做媽媽的，你看你馬上就抱對左邊，嬰兒喜歡聽媽媽的心跳，像音樂，聽聽就睡著了。

孩子的父親說有一個研究，拿嬰兒的照片給男性和女性看，通常女性看到馬上瞳孔縮小，這表示高度感興趣，男性除非剛好自己有新生兒，不然沒什麼反應，所以研究結論女性天生就對嬰兒比較敏感，適合做媽媽。

她抱著嬰兒輕輕搖，微笑說是嗎，一邊和嬰兒做鬼臉。

十二年前她告訴他不要小孩，他同意她一長串的理由。他們仍年輕，仍在婚姻裡談戀愛，仍未發現生活的眞相。他們想的是事業和彼此，做父母似乎是一件平凡到不可接受的事，雖然他們列出的都是最實際的理由。他們那時在反抗什麼，他現在相信。那時她二十八歲，才剛拿到博士，自信快樂不必便是從眾、隨俗。他相信她，相較於愛深思的她，他停留在生活的表面。他們還不夠成熟到認識自己要什麼，一切以不要來決定。否認是一種生活方式，一種自尊。而這不是蓄意，否定從來便比肯定容易。

他們高中時就認識，她清湯掛麵的臉上亮著一對直直看人的眼睛。他們沒有一見鍾情，從來不知所謂一見鍾情是什麼。她後來說，他們兩個都屬於不解風情的那種人。也許他對她的興趣從第一次見面就開始，但是要等到大學她已經失戀過了才和他要好起來。兩個無意與傳統道德挑戰的人，在熱吻到無法忍受的邊緣，好像選擇大學科系那樣開始鄭重討論結婚和性愛間應有的關係。一個週末下午他們就做了，身體說服一切，儘管其實並沒有什麼好說服，他們只是無知膽小，總之，年輕加上怯場。沒有接吻的地方，更沒有可以愛悅彼此身體的地方，他熱愛那稀少的私密時刻。見和不見一樣醞釀無法解釋的暈眩，然而在熱情能以身體做全面表達的那一刻他經驗到了生命暫時的完整。不管在哪裡，他心裡總攜帶了她的形象，她直率的眼神、明亮的笑容、光滑的短髮、彈性的步伐、她不多不少嵌在他懷裡的身體。他攜帶她，像衣服攜帶自身的布料、縫線和鈕釦、拉鏈。他記得第一次見面時她的樣子，直直盯著他等他把話說完，讓他忽然結巴起來。

他們從沒反悔不要小孩的決定。也許在某些過於安靜的時刻，工作和娛樂間的空白變成咬噬人的疑問，爲了解答有時無法擺脫的荒蕪之感——沒有小孩似乎就等於什麼也沒有。這時他們必須再一次說服自己，有沒有小孩都只是追求快樂或滿足的一種方式，他們只是以一種選擇取代另一種，沒有所謂優劣。他們有精心佈置的房子，燦爛的花園和菜圃。他們有紐約交響樂團的季票，和每年至少一次的出國度假旅行。他們在彼此的句子裡出入，有時難以分辨誰是誰。經常他才一張口，她便已經會意了。

現在他看見她抱著別人的小孩，而那嬰兒輕易便可能是他們自己的。他試圖想像她做母親的樣子，毫無困難。而他不太記得她告訴他不要小孩時的樣子。

他沒法將兩個她疊在一起。

3 位移

同一張圖形，同一雙眼睛，而在上一刻和下一刻之間，看見不同的圖像。忽然是兩個人的側臉，忽然是一只花瓶。人動了嗎？還是眼睛動了？都沒有，只有時間在永恆中又一瞬的移位。

他不斷在木椅背上的節痕裡看到一張叫喊的嘴，過了一會那形象消失，他一眨眼，又回來了。而當他蓄意要看見那叫喊的嘴，卻只能看見節痕。等他視線移開再回來，躍出來的又是那張無聲叫喊不知屬於誰的嘴。於是他在節痕和嘴之間跳動，好奇爲什麼忽然看見這，看不見那。什麼使他看見叫喊的嘴？什麼使他看見節痕？誰在看？那看的人是他嗎？這些問題擾亂了他幾分鐘，然後像任何沒來由的東西，消失了。他又回復到原來的人，受外界主導，全神貫注在眼前發生和運行的事上，而不再想意識怎麼作用，人腦怎樣溝通內在和外在。

那一天意識滑了出去，他看見另一個女人以妻子的形體在眼前走動。這女人妖嬈、貪婪、無恥，這女人和別的男人纏扭縱樂。他甩甩頭，敲打自己腦袋，試圖把意識打回正常的位置。

那一天在床上，像以前許多次，她始終心不在焉，無法進入情況。她抱歉說累，說腦袋裡都是工作的事，也許等別的時候。他說丟開工作，今天是週末，然後似乎想起了什麼，他叫，等等，跳下了床。不久他端了兩杯紅葡萄酒回來，遞一杯給她。然後他要她擱下手中的公事，關掉燈。於是他們並肩躺在床上，在街燈透過窗帘的微光裡緩慢啜飲葡萄酒。嗯，這酒有點櫻桃味，她說。他暗自微笑，還有呢？還有削鉛筆的味，她說。還有呢？他像釣魚般逗她。還有杏仁味。還有呢？她說了一串，墨汁、泥巴、油漆、頭皮、竹筍、火腿……越編越離譜。最後她補上，還有，葡萄味。他不禁笑起來，任你怎麼說都好，就是不能提葡萄這兩字。她也同意，笑說，真的，葡萄酒而還擺脫不掉葡萄本性，便完全失敗了。可是，我告訴你，這葡萄酒就是沒擺脫葡萄味！他大笑放下酒杯，沒錯，我同意，可是幸好你這瓶老酒還沒擺脫掉女人味！伸出手臂從她頸後和枕頭間穿過去，她也放下酒杯，斜偎在他身上。

現在你會飄了沒？他問她。

有點。

好，那你閉上眼睛，我帶你去旅行。

她閉上了眼睛。

現在你在義大利，在往巴黎的火車上，車廂裡只有你一人，他說。你靠窗坐，看窗外風景。過了一陣，車廂門打開，一個義大利男人進來坐下。你看他一眼，立刻又回去看窗外，但你已經看到他非常瀟灑，正是你喜歡的那種型。你假裝看窗外，其實是從窗上有時隱約的映象偷偷看他。你看到他也在看你，心開始跳起來。

欸，你在導演春宮啊？她問。

噓，你像戲院裡的觀眾，沒有左右電影的能力。你只能聽。

你很想轉過身去，但是太害羞不敢。你的臉幾乎貼著窗子，感覺背後他貫注的眼神。你幻想他已經愛上了你，不久就會過來坐在你旁邊，把你抱在懷裡。

我才不會那樣亂想！我從不自作多情！你從哪裡學來的這招？她抬頭笑問。

他說，噓，觀眾在罵你打岔了，把她的頭按下。

你覺得自己臉頰發熱，呼吸加快。忽然你感到他的手在臉上，你轉過頭，只不過是自己的手。

她笑起來，捶了他胸部一拳。

你正要再轉頭向窗，他已經坐過來，微笑自我介紹。你們開始用英語交談，他的英語非常好，幾乎沒有口音。你們聊得非常愉快，一邊聊他一邊玩你的手指，有時你笑得倒在他身上。

我們聊什麼？她問。

噓，那不重要，這時只看見鏡頭上他們聊得很開心的樣子。他繼續。

外面天陰起來，然後開始下雨。你很希望他有更進一步的行動，又害怕這種想法，你不願意做那種隨便和陌生男人親熱的女人，再說你是有先生的。突然你站起來坐到他對面去，假裝不理他。他立即跟過來坐到你旁邊，問怎麼了。你沒有回答。

你的意思是我婚姻道德發作，她咕噥。

噓，壞小孩！他輕輕打她肉鼓鼓的臀。繼續。

他拿起你的手放在唇邊，放下，然後雙手扳住你的肩，把你輕輕擁到他懷裡。他說沒有關係，可以告訴他。但是你沒法告訴他你已婚，不願背叛先生，只能緊緊抱著他，他也緊緊抱著你。

你是說我們應該通姦？她在他耳邊吹氣說，氣息有點急。

你說呢？他撩起她的睡衣，輕撫她的乳房，逗弄她小小的乳頭，然後手緩緩移向小腹，終於越過陰毛，到兩腿之間那塊水草豐美的肥沃谷地，他最喜歡的地方。

所以你是火車上的陌生人？她氣息緊促問，吻他的脖子、下巴，吻他厚實的嘴唇。他激烈回應。

終於他們在彼此的呻吟中癱瘓，她趴在他懷裡。他緩緩摩挲她的頭髮，眼睛盯著天花板。他的意識在不自覺的一瞬，已經回到那往巴黎的火車上。他看見他的妻子是火車上年輕漂亮的女人，而那和她狂熱做愛的人不是自己。

爲什麼外面要下雨？她笑問。

他眼睛一眨。我不知道，他說。

爲什麼不問火車爲什麼不開往羅馬而開往巴黎？他追加。

這假想的火車旅行遊戲，就只有這麼一次。

輯II

浮不是生命的本質，沉才是。
重量不止是源於重力，
而是一種感情的呼喚、生命的現實，
讓我們無可逃遁牢牢繫在地面……

遲

一個男人碰見一個女人，一個女人碰見一個男人。他們都已經結婚，有工作，有小孩。他四十二，她三十九。他說：從沒見過嘴巴這麼快笑自己笑得這麼大聲的人。她說：笑別人不如笑自己！他和她成了「他們」，一個重新組合，而又等待游離的偶數。

像以「從前」開始的故事等待「然後」——然後，他們就結束了。

他們會結束，是早就意料到的事，甚至可以說是當初沒有計畫的計畫中的一部分。他們最後一次見面時，兩人都同意分手是上上之舉。好了三年，也算值得了。畢竟不是一天兩天，雖說不眞也不假，好歹需要有個儀式收場——人生的階段都有儀式點綴。他們特地到一家小酒館買醉，一人一杯別出心裁的「嘉年華會」，互相叮噹乾杯眞的好像慶祝。

家庭第一，他們是神聖約誓外一點無害的走私，除了分手沒有別的路。他們從來也就沒想過要做夫妻，搞不好一結婚魔力就沒了，只覺面目可憎。那些年的秘密約會充滿了犯罪甜蜜的快感，和明知短暫的傷感（儘管只有一點點，他們不是那種浪費時間在無謂傷感上的人），然而這沒有明天的迷戀，終究耗盡了他們的心力。隔著桌子中間一朵積灰褪色的紙玫瑰，他說：「天下沒有不散的筵席。」她笑：「天下沒有不是陳腔的濫調。」不是歡樂的場面，也不盡然可悲。他們有他們的瀟灑，或可說世故。

分手以後，他不斷想她：她的細肉和利齒，她的戲謔和手勢，然後他好像又在她面前，她的舌頭像伊甸園裡那條蛇捲住他的舌頭，他的身體像燒餅夾住她的。他飢渴地想念她的身體。

她再三說過，她已經失去了年輕時冒險犯難的勇氣，沒有任何東西可以使她破壞現狀，失去她最重視的安定和平靜。她可以越軌，因爲骨子裡仍尊重軌道存在。她說的簡直就是他，不同的是她有勇氣，而他欠缺的與其說是勇氣，不如說是力氣。他已經沒有力氣以熱情來對生活從事任何破壞或重建，他是個在生活中苟延殘喘，自己年輕時發誓絕不變成的那種行屍走肉的中年人。他做過的最越軌的事，是當著太太面轉頭去看街上一個年輕女人。

他有力氣去和她外遇，說實在，連他自己都驚奇。不過話又說回來，當初他並沒有外遇的意思，以爲只是無傷大雅的調情，嘴皮上的。然後他把自己分裂成二，一個是好先生好爸爸，一個是遊樂的花花公子，互不侵犯。這不需要任何勇氣或力氣，需要的只是一點偷腥的貪——而偷腥的滋味多好，就像小時飯前偷吃桌上的菜，比上桌後好吃百倍千倍。

他們兩家夫妻原就認識，交情從國外念書帶回到國內就業。不能說極好，但是夠好的了，如果要求不太過分，譬如說看同一台連續劇、迷同一個漫畫家、訂同一份報紙、支持同一個黨派。大家都忙，幸好住得近，十分鐘車程，往來還方便。於是一起吃吃飯、看看電影、帶小孩上什麼地方，便不是不尋常的事。

他眼中的她沒什麼特別吸引人的地方，除了嘴快、反應快，還有他一開始就注意到的，靈活的眼睛和滾圓像瓜的臀部，不是那種他會頭腦發昏迷上的人。漸漸，在她的犀利中，他發現了一種你來我往的趣味。兩家人在一起時，他們經常當眾鬥嘴，其餘人除了笑沒有插嘴餘地。然後這種鬥智發展成變相的調情，因爲他們分明花許多心思在對方身上，尋找攻擊的弱點。

他們第一次單獨見面十分不自然。她到他公司附近辦事，意外在館子裡碰見，兩人便同桌。隔小桌正面相對，他們立即發現沒有彼此的另一半做聽眾，也就失去了表演的舞台，原來的精采都讓窘迫給擠走了。兩人枯燥吃完中飯，便各自趕回去上班。奇怪的是他又邀了她，她也答應。他們每星期一固定一起吃中飯，付學費一樣吃了幾個星期才漸漸熟了，畢業出師，露出眞相來。在彼此的先生太太面前，他們還是和以前一樣，也許若有誰多心一點，會注意到他們鬥嘴時有點誇張，爲了維持從前創下的規模。當然，他們還不是嚴格意義下的情人。

鬥嘴久了好像用言語做愛，他早就蠢蠢欲動，怕她說沒勇氣打回票。她那張嘴巴，他始終有點害怕。終於上床了，兩人都安了心，這下證據確鑿是外遇了，以後就名正言順。一週纏綿一次，回家對先生太太特別好，心虛的補償，兩家人都受惠。你看，我們在一起，反而有益國計民生！他們互相開玩笑，更加安心繼續下去。知道不必廝守終生，彼此的缺點無損大局，反而變成了優點。他們把對方當作遊戲，半假半眞，在戀愛和朋友中間周旋。

我們怎麼沒在美國時就開始？他問，半眞半假好奇。

傻瓜，那時我們功名還沒到手，還在癡心夢想前途無量，還沒有資格妄想這種調劑。他頭腦混沌時，她總立刻就給他一缸冷水，讓他清醒之餘還全身哆嗦。

不是因爲我們比較成熟，眞正知道自己想要什麼？

成熟？你叫這種背著太太小孩偷偷摸摸在外面搞女人成熟？你是上下顛倒了！

嘿，可是我四十歲以前，從不覺得女人的利嘴配上肉感會讓人動心到完全招架不住。眞的，從來沒有！他一手指天一手指地，裝模作樣強調。

她羞辱他似的捏他的頰：我可憐的小男生終於長大了！

奇怪，我爲什麼就乖乖坐在這裡受你蹧蹋？他閉眼享受。

這麼乖，那送另一邊臉來！她用力捏另一邊臉頰，他叫出聲，睜開眼，見她正伸出粉紅舌頭舔耳朵，不由搖起還沒長出的狗尾巴來。

他想起和她第一次上床，她三兩下就把自己剝光了，一身白燦燦像蓮霧的肉，兩囊飽滿就要墜下的水蜜桃。他沒見過這麼放縱，這麼讓男人捨命奮起的女人——他的經驗止於太太一人。可怕的是，剝光衣服上床以前，絕對看不出來。她誘引出另一個他，勇猛如虎，貪婪如豬。在彼此面前，他們好像脫去衣冠文明，露出動物的原形。她讓他貪婪，而他讓她火熱。禁忌的遊戲，他們拿自我眞刀眞槍地幹，年輕時絕想不到。

他和她在街上撞見她先生時，不知是誰比較尷尬——他身旁也有個女人。他們煞有介事互給藉口後便狼狽而逃，她生氣大叫外遇的世界外遇的世界！好像突然張開了眼睛。他驚魂甫定不知自己當時什麼臉色，是不是已經不打自招了？情緒穩下來了才不禁好笑，這是賊捉賊。如果碰到他太太也掛在另一個男人臂彎上，他是不是也要義憤塡膺叫外遇的世界外遇的世界？還沒想到結果，眼前他只覺得這一切十分好笑，甚至有工夫評鑑她先生的女人——臉蛋還好，身材普通，比她高，但沒她那麼多勾引人眼的曲線。

你有沒有看見那女人掛在他身上的樣子?噁心!臉化得那麼濃,演給誰看啊?要找也找一個像樣點的,找這樣一個一點都不起眼的,那我臉往哪裡擺?她在他旁邊嘰哩哇啦生氣。他知道回家她和先生有得鬧,她那麼潑辣的人。還是,她和先生要狗咬狗互相指控一番?他又覺得說不出的好笑,好像自己根本就是個旁觀者。

不顧他的勸告,她果然和先生鬧開了。鬧到他家來,他和太太只好出面調解。她不理他,先生更好像不在場,只和他太太講話,儼然一下變成了亞馬遜女戰士。他想,這下把他也抖出來了。她先生和他聳聳眉毛,倒是沒有興師問罪的意思,說了些女人小心眼、小題大作之類的話,他暗自鬆了口氣。他們走了後,從太太那裡他聽到她要離婚,第一個反應是那表示她和他也要來眞的。好幾天他提心吊膽,怕她破壞自己的婚姻不夠,還要來破壞他的。他知道她的能耐。

她打電話來,聲音出奇低沉,他幾乎認不出來。

怎麼樣,你看什麼日子比較好?

什麼什麼日子?

這點默契都沒有?我們結婚的日子啊!

結婚?——他正期期艾艾要找託詞,她已經像以前一樣豪爽大笑起來了。

嚇到了?……記不記得我和你說過,笑別人不如笑自己?

她請他吃中飯,宣布他們結束的消息。他大大鬆了口氣,立刻又捨不得她的可愛誘人。他捨不得,因爲知道她絕不會反悔。

我們不能像以前一樣嗎？他明知故問。一來給她面子，好像員工辭職，上司總要假意慰留。二來確實存了點奢望。

她拿愛寵而又不耐煩的眼神看他，好像他是她長不大的兒子。

你知道我們遲早的。說結婚你屁滾尿流，說分手又假惺惺。我們知道這麼深，你還要和我來這一套！她神色凜然，好像他冒犯了他們之間神聖的協議，雖然他不知道那協議內容到底是什麼。

至少不要現在，他半眞心說。

可恨明知是假的聽起來還是受用。人眞是賤！她眼睛忽然有點紅，臉垮了下來。剎那間他看見了她眞正的年紀，來自道德、自制、失望和疑惑的混合。床上的那個她簡直不能想像。

如果你還有興趣知道，事實上是我在美國時就有點喜歡你，她恢復笑容說。

他們喝酒正式分手兩個月以後，他才開始應該有的感覺，而且一天比一天強烈。他沒想到她竟能帶走他那麼多。他什麼話都和她講，連對太太都不講的話。他像挖了心的比干，單憑盲目的意志左右跌撞，面無血色。而可笑的是當初決定分手時，他確信他愛她不夠多——甚至沒有把握到底牽不牽涉到愛，還是只是情慾的混淆。只能怪大自然把愛和慾搞在一起，弄得人迷迷糊糊。他從來就不擅長感情這種事。

後來她畢竟沒有離婚，她那點兇狠還是虛張聲勢居多。但他們兩家幾乎不來往了，也許是她的意思。她是對的，她比他有遠見又有魄力。他懷念他們的一段外遇，點點滴滴。這時他才有點明白，可是轉頭又沒有了把握。他的外遇反正已經結束，而別人的外遇還在進行，或者才剛開始。他在街上到處看見他們，像那時的他和她。他認得出來。

性：性愛，性別，性格

他眼睛看著路面，一片黑，只有車燈照出的光。她一條腿盤在臀下，右手將腦後的馬尾抓到胸前把玩，不時轉頭東張西望。

哇，這麼黑，眞好！她說。她怕黑，又對黑有種不可解釋的迷戀。

他想說，看你，像個小孩，但是沒說，只笑笑看她一眼。他不像她，想到什麼就說什麼。他比她大八歲，然而他們之間的差距不只是年紀。他已婚，有三個小孩，而且是做過事才回學校進修。她單身，從小一路上學到現在，還在嚴格挑選對象。事實上，她說過不要結婚，他取笑她不成熟，引得她爭論成熟的定義，他擺擺手說算了。她經常挑戰他的用詞，而他經常不戰而退。受不了！她說。他笑笑。看你那笑，一副多世故深沉的樣！她一臉鄙夷。他總是激怒她，她生氣起來血色上臉，動人極了。有時他根本故意激她生氣。

他們在朋友家的一個晚餐上認識，她的任性立刻引起他的注意。她並不多話，開口總是發問居多。兩臂架在桌面，上身向前傾，眼睛睜大，全神貫注。整個晚上他眼睛離不開她，她像一只新開封的剃刀片，在那一室男女間迎光燦動。一天她下課出了大樓，他的車等在門口。他從車裡叫她，她臉上一片驚訝。他們開車出校園漫無目的兜了一圈，然後去吃晚飯。就熟起來了，不定時見面，常常半夜電話長聊。他待她近於父親、兄長和情人之間，她只是一味光明正大，毫不設防。她有數嗎？至少他肚裡有數，看見他們之間每一步的危險。他們曾在館子裡聊通宵，然後開車到郊外一個山坡上等日出。甚至在春雨的晚上出去，爲了在車裡聽雨。有時他晚上突然來敲她的門，進來喝杯茶就走了。幹嘛這麼急著走？她問。他不給答案，只說該走了。他不知道她以爲他們在做什麼，但是他絕不深夜在她房間久待。他知道自己。

車子飛馳，出了城他將油門踩到七十哩、七十五、八十，甚至一度到九十，他從沒有過的大膽快意。到北密有三百四十哩，他們臨時做的決定，說走就走了。事實上他想帶她旅行很久了，因爲種種考慮，不曾付諸實行。他是一個謹愼的人，凡事先想到後果，所以戒愼恐懼。但是他自以爲有原則，有操守，至少，他總努力做一個正人君子（以自己的方式）。和她在一起，他免不了慾望。想要牽她的手，挽她的肩，把她抱在懷裡。他都壓抑住了，告訴自己也要求自己對她純潔。當他提出北密的風光，和對長途旅行的嚮往，她立刻就要動身。她是這樣一個急性的人，或者說，任性。她推動他做一直想做的事。他看見危險，本能地想要退卻，但更熱烈地想要勇往直前。他相信她完全沒有考慮後果，也許對她，沒有所謂後果。她做她要做的事，她是自由的。而沒有人是自由的，每個人都免不了受拘束，受裁判。他從來沒有她的那種自由，教育教他警惕，信仰教他自律，經驗教他戒懼。他從來沒有她的年輕、盛氣凌人。他在鄉下長大，單純卻不幼稚。她天眞得可愛，也天眞得可怕。她什麼都不看在眼裡，她要把他拉下去。

他專心開車，幾乎不說話。其實，他開車時腦筋經常空無所有，不然是根本不知到底在想什麼。這時他不由自主想像到了以後的情景。他們帶了他的舊帳篷，一個畢了業的學長留給他的。行前沒有確切計畫，除了走，和省錢。路上車子極少，他們像曠古唯一的旅人，在寂寞的道路上相依相親。她說了一些童年趣事，逗他也說。然後唱歌，從「魚兒魚兒水中游」，唱到「春去秋來，歲月如流，遊子傷漂泊」。和她的個性相反，她的歌聲低沉輕忽，像風，完全沒有實質，在他心裡引起甜美的騷動。一種可望不可即的無力，讓這一刻充滿彷彿悲情的美感。

午夜兩點以後她靠著車門睡著了，好像把所有責任（道德和非道德的）都推給他。他想像如果她是靠著他的肩膀睡多好，然後不由又想到將要共度的一夜。

他們在日出前到達湖濱營地，停車時她醒了一下，立刻又睡著。他累極，便歪在駕駛座上將就睡一下，直到陽光大亮將他們刺醒。下車在營地浴廁梳洗一下吃點東西，就跑出去漫遊。他們在林子裡穿梭，又租了獨木舟到湖上划船，開車到更遠的岸邊去看風景。十月初的北密是深秋景致，滿林層疊交錯的葉色紅黃橘金絢爛激烈，映在湖裡變成夢境。一陣風來，落下一片橘金雨。她說，哇！張了雙臂在那閃爍的橘金色間跑。那一刻他恨自己沒相機，她也沒有。不愛照相，這是兩人無心的共同點。黃昏時他們回到營地，先搭帳篷，然後生火做飯。水沒燒熱下起了雨來，他衝回車子拿傘，撐起來繼續煮。雨越下越大，只好放棄，躲進帳篷。篷頂破了洞，一角滴滴漏水。他拿杯子來接水，她穿上毛衣。他們吃餅乾喝果汁，聽雨打在帳篷頂像大隊兵馬急行軍。再一次，他有和她遺世獨立的相依之感。他們遠遠坐著，空氣裡有微微的霉濕氣味。窩在這裡躲雨多沒意思，走，我們去散步！她說。他們撐傘沿湖走了很久，雨早已停了仍不斷走下去。沒有牽手摟腰，只有兩肩偶爾意外相磨，似有若無的刺激。她情緒高昂，沒有回營地的意思，最後是他的提議。

雙人帳篷剩下一半可睡。他們的睡袋平行擺，像一對少了兩點的驚嘆號。各自躺進去，黑暗裡只聽見湖水一波一波，以及風吹葉動的聲音。所有聲音的總和卻是異常的寂靜，屬於自然的寂靜，如雷震耳。他們安靜躺著，沉默裡有什麼洶湧緊張的東西。他習慣睡覺時兩手放外面，左手便靠著她的睡袋。她全身裹在睡袋裡，拉鏈直拉到下巴，像個木乃伊。她似乎睡著了，一動也不動。而他相信她沒睡著，她在等。她真的相信孤男寡女能這樣而不發生什麼事嗎？她是太盲目，還是對他太有信心？他一點睡意都沒有，情況比他預想的還要糟。他們認識一年，除了差肌膚相親，幾乎就是情人了，雖然也不必然在談戀愛。無論如何，在別人眼裡，他們根本已經是一對。他曾間接聽到有關他們的流言，連他太太都聽說了打越洋電話來問，因此刻意兩星期沒去找她，也沒電話。之後她氣極了，把他的解釋貶得體無完膚。如果我不在意，你在意什麼？我們的事你知我知，管別人怎麼想？我們是要照自己的良心做事，還是要讓別人牽著鼻子走？她一句逼一句，兩頰暈紅，眉眼生動忘形。她完全不知道自己這時對他的誘惑力，而他絕不能承認自己的真相。這一刻他睜大眼睛躺在黑暗裡，慾望使他異常清醒。如果她放任自己到這種危險之中，他有什麼義務要保護她？他漸漸覺得責任在她，她分明就是在勾引他，起碼一路推波助瀾。不可能會有人不知道男女獨處可能發生的事，尤其是她這麼敏銳的人。反正只要我們沒有那個心，怕什麼？她曾經說。她知道他的心嗎？事實上連他自己都不清楚，唯一清楚的是那種強烈的想望。他感覺左手脫離了他的管轄，慢慢往她爬過去。突然她打了一個噴嚏，他整個人跳起來。

好冷，她說。

多穿點衣服吧。

她起來在黑暗裡摸索，又打了一個噴嚏。

沒想到這裡這麼冷，她一邊穿毛衣一邊說，鑽回了睡袋。

我睡不著，他說。

我也是，冷得骨頭都冰凍了。

有個辦法使你很快暖起來。

抱在一起是不是？

你知道我就不用再說了。他總忘記她並不眞是個十幾歲的小女生。

我是無所謂，問題在你。

什麼意思？

我是冷得直想提早回去，有辦法不冷當然歡迎。怕的是接下來的事。

你這人，說話總是奇奇怪怪。

我說什麼奇怪話了？

你好像都可以不負責任。

我不懂。

你爲什麼不乾脆說不可以？偏偏要說我無所謂，問題在你？

這樣說有什麼錯？

沒錯，沒錯，錯的永遠是別人！

他因爲生氣而陷入沉默。他氣她從沒想到別人，氣她是這樣的近而又這樣的遠。他像個小男孩因爲得不到想要很久的玩具而怒不可遏。

喂，你沒愛上我吧？她忽然說，聲音裡明顯有笑意。

他不答。

喂！

他猛一下站起來，大踏步走出帳篷，對她厭惡到極點。還是，對自己厭惡到極點？

十年後他們先後回台灣定居，他在台南，她在台北，各在大學裡教書。他經過一次外遇，幾乎毀了婚姻。她結了婚，經歷先生外遇，然後是自己外遇，終於離婚。他們早已失去聯絡，可以說是蓄意，也可以說是無意。當年在一起的理由後來不在了，友情也就失去了立足點。加上都忙，名正言順。

有一天他在報紙上意外看到她的新書廣告，書名很新潮，很有煽動性，叫《性和權力：情色的政治解讀》。他記起來她當年專修女性主義，但也許因爲她的率性、她的年紀，也許因爲她畢竟是女性，她再怎麼盛怒不平慷慨雄辯，他都無法認眞。在他眼裡，她只是一個純粹的小女人。然後他又在轉台間在電視上「書香書人」的訪問節目上看到她，全沒心理準備，幾乎不認識。電視上的她穿著線條筆直的套裝，淺紫配深紫，脖子上搭了一條白絲巾，臉上化了濃妝，黑色眼線，豬肝色唇膏，珍珠耳環，光豔、疲憊而又銳利如刀。他不能把她和當年那個嬉笑怒罵的小女生聯想到一起。那晚睡前他在浴室照鏡子，看自己是不是也像她完全走樣。他看見自己沒什麼變，仍是方方的臉，除了臉頰稍微飽滿和鬢邊多出的幾絲白髮。

他沒有任何想要見她的好奇，也沒興趣買她的書來看。發現他們現在是這樣截然不同，令他十分驚奇。當年他們在什麼樣的基礎上徹夜長談？竟還有那許多爲了浪漫而浪漫的看雪、聽雨？他們在戀愛嗎？起碼，有任何稱得上愛情的東西嗎？

後來和另一個女人搞得如火如荼時，他曾經想起湖濱帳篷裡的那個晚上。如果他沒有在盛怒之下離開，獨自在凍寒的湖邊走到天明，結果會怎樣？有什麼因素防止他們跨過那最後一步？他沒有自制到底的決心。而她？她完全無意嗎？還是假裝無邪？他們在護衛什麼？在追尋什麼？再一次，他不解他們之間的關係。

一個只有分針和秒針的鐘無法標示時間，一個只有動詞和形容詞的句子幾乎不能說完整。他對和她的那一段早已失去關心，那是史前的事。然他偶爾想起來，好奇之感又在心裡攪動。他從她得到什麼？寂寥的慰藉？還是無名遊戲的曖昧快感？他早已知道不愛太太，也知道無論如何不會離婚。那爲什麼沒乾脆就擺明了追求她，卻偏偏琵琶半遮，不明不白？難道他不夠喜歡她嗎？

他記得那段時間是快樂的。不是極快樂，而是小小的，若有若無，無法具名指稱的飄忽刺激。他沒有爲她神魂顛倒，從來沒有感覺到她是他的。和她不是佔有或失去，而是可能。他們的一切說起來只是可能：愛情的可能，上床的可能，分手的可能。這可能造成了懸疑的誘惑，將生活變成戲。她說，我無所謂。她說，我們可以上床。她說，我絕不和有婦之夫談戀愛。她說，他聽。最不明白的拒絕，最不可能的可能。他不在戀愛，而在做夢。因爲不能解釋自己，他拿的是一只有分針秒針而沒有時針的錶。他也不嘗試解釋自己，他不是浪費時間在這種事情上的人。除非被迫，他沒有必要解釋自己。

他和她的北密之旅後仍然像以前一樣，什麼也沒證實，什麼也沒取消。在任何一刻，他或她都可能打破平衡，改變關係。他們終於逐漸疏遠，在她對另一人認眞起來以後。她不以爲這必須妨害他們間的友情，就好像他相信他和她不必然影響到他的婚姻。在這點上雖然可說異曲同工，他卻覺得她的想法和他恰巧相反。她和他對事情的看法永遠不一致，他知道自己已失去重要性，識趣退出，在她看來只是氣量小。

他從來不確知她怎麼想。她可能自始至終對他無意。他是一個過渡，她不過在玩弄他。他避免這樣想。她是無邪的，他寧可這樣記得她。因此，他們是無邪的。

他不讀小說，也就沒能讀到她在短篇〈性：性愛，性別，性格〉裡對那一夜（起碼是根據那一夜）的描寫：

「她的第一次，她不會忘記。忘不了。人從來只談愛情，不談性行爲。性行爲是什麼？動物的交配？蜜蜂採花？原始而低下，不可告人？她的第一次，她由女孩變成了女人。而那個關口並不基於愛情，至少不完全是。男女間的感情並不即是愛情。在愛情之前有許多東西，之後也有許多東西。這沒有經歷過不知道，沒有人會告訴你，也說不清楚。她和他，在愛情邊緣。也許根本不是隱藏或僞裝的愛情，起碼是愛情的前身，像交響樂的序曲。她二十四歲，他們都在密大念書。他有太太、小孩，思想保守，黑白分明，政治觀褊狹幼稚。但是她和他在一起，散步，聊天，整夜開車兜風，或天天在一起吃晚飯。她喜歡和他在一起。他細心體貼，替她想她沒想到的事，替她做她還沒開口要求的事，總是準備好答應她、取悅她，簡直就是寵她。在一個小孩眾多的家庭長大，她沒有這樣讓人寶貝過，即使是在談戀愛的時候。比較起來，她談戀愛比不談戀愛辛苦。她的兩次柏拉圖戀愛似乎總是她在討好、遷就、唯恐失去對方。似乎她在乎對方遠超過對方在乎她，不知道爲什麼。她雖然不特別漂亮，還算好看，有種特殊味道。但她始終覺得自己滿身缺點，留不住任何情人。他讓她覺得自己特別，値得用心奉承、保護。她對他不十分在意，也就是，她不愛他。不是因爲他已婚或什麼，沒有特殊理由，他就是沒能喚起她的佔有慾。她和他瘋瘋癲癲，也能眞正翻臉發脾氣。她不怕失去他，知道他會陪笑臉，不擔心他不會原諒她。在他面前她說了很多放縱的話，她不知道自己說得出來的話。在他面前她是另一個人，年幼無知又任性大膽。她從沒和他提起以前的男朋友，他也從來不問。有的男人對女人的過去或內在毫無興趣，至少，欠缺足夠的好奇。他們好像只生活在時間薄薄的一張切片上，滿足於眼前所見，其他並不重要。他便是這樣，雖然對她的情緒波動驚人的敏銳。他不問，她樂得不提。不是隱瞞，也不是欺騙，只是無關緊要。和他在一起像度假，沒有人不喜歡度假，但度假並不即是談戀愛。

他們曾單獨去度假旅行，到加拿大，到紐約。在那趟旅行中，她對他的感覺產生了微妙的變化。他對她的無微不至這時放在一個更大的背景上，不是校園，或她的房間，而是外面的世界：天空、土地、沒有止境的高速公路、摩登熱鬧的大城市、從一個國家到另一個國家，遙遠、廣闊、自由。他的時間和精力這時集中在向她展現外在的世界上，他的存在似乎純粹爲了替她服務：替她開車，替她提行李，替她訂旅館房間，替她吃她吃不下的東西。原來無足輕重的兒戲這時變成令人暈眩的甜美，陌生的城市裡他和她是一個概念，一個單位，像碗筷、鞋襪、紙筆。他們住汽車旅館，訂一個房間，爲了省錢。事先談好的，指定要有兩張床的房間。第一晚他們在麥當勞吃，因爲便宜，又近，吃完便回旅館。梳洗完便睡了，他睡他的床，她睡她的。第二晚旅館滿，只剩下單張雙人床的房間。他們拿了行李到房間，先後梳洗更衣。她穿一件洗得幾乎發白的寬大棉衫坐在床上看電視，他從浴室出來。

很好，床很大。她笑說。

別擔心，我睡地上。他說。

誰擔心了？這麼大一張床，三個人睡都夠。

不夠大。再大也不夠大。

兩個人的床要多大？

反正我睡地上。

爲什麼？

不爲什麼。

你怕什麼？我又不會吃了你！我保證絕對是柳下惠！

他無奈一笑。

我不怕你。怕我。

我不准你睡地上！

你這是幹什麼？

如果你睡地上，我也睡地上，以示公平。

那是何必！

那你睡床。

那你睡哪裡？

也睡床啊！我睡一邊，你睡一邊。

不行！

你這人，怎麼突然這麼彆扭！

我們不要爭了好不好？我睡地上，你睡床，不是很簡單？

我睡床，你也睡床，一樣很簡單。

不知道是誰彆扭。

你有時實在骨董得受不了！

你，唉！

我怎樣？

他不說話，在地上打了地鋪就躺下了。

她拿了枕頭，關燈，也在他身旁躺下。

你這人，鬥不贏你！

她不響。

好，是你堅持的，睡床就睡床。他說。

他們搬回床上。

她平躺著，他蜷身背對著她。她非常清醒，而他一動也不動。過了很久，她翻身面對他的背。應該有什麼事發生，超乎人力控制的事。她瞪著他的背，她的身體在呼叫他。每一刻他似乎蜷縮更緊，離她更遠。她瞪著他的背，觀測每一些微的動靜。終於他翻過身平躺，雙臂放在兩側。她看見他眼睛張著，看見這雙眼睛轉向她，然後眼睛屬於的腦袋轉向她，接著腦袋屬於的身體轉向她，他們的手在床中間遭遇，身體隨後。

這是她的第一次。這就是做愛。不是出於愛情，而是她蓄意的冒險犧牲：爲了知道，爲了破繭而出，爲了長大成人。先是肢體末端探險的碰觸，然後交纏在一起，手腳、舌頭、氣味、動作、聲音、濕、熱、緊、痛、快感、狂亂。她逐漸失去清醒，剩下肉體，演習愛的形式。那一刻，什麼都不存在，只有趨向毀滅邊緣的緊急。」

那一夜

1

他們在紐約五十街附近繞了兩圈，才在路邊找到停車位。下了車，他將鑰匙往空中一拋接住放到褲袋裡。這是他從年輕時留下來的習慣，多年不改。他不理她自顧自就往前走，這也是多年不改的習慣。她難得一襲合身的改良旗袍，腳箍在兩吋的新高跟鞋裡，頓頓輟輟追趕，暗惱：「就不會走慢點嗎？」哎，她叫了一聲，停下來，揉揉幾乎拐到的腳踝。先生在二十步外遙望，見她不動，終於往回走來。

到了卡內基音樂廳，大廳裡黑壓壓一群中國人，都是來聽田浩江的演唱會。他們穿過人群到裡面去找位子，她一邊四下張望人群。盡是陌生面孔，隔著好幾人，竟然，她看見了一張不盡陌生的臉。他，王德良，穿著黑色禮服昂然走進來，身旁頎長漂亮長髮的太太挽著他的手臂。她一眼就認出了他，他們當年同在台大法商學院，共一門總體經濟學的課。他總是遲到，急急從走廊進來，略圓的臉，捲捲的短髮堆在頭頂，領子裡一截粗短的脖子，下垂的手夾著幾本書，不在乎地笑著。她聽說他很有來頭，爸爸是什麼院的副院長，媽媽是什麼上海有錢人家的小姐，上下學有轎車接送。她第一次見到他立即就不喜歡他那張肉臉，又老掛著一席自鳴得意的笑容。在那天眞唯美的年紀，她對那笑容極反感，喜歡男生臉上有點老實悲傷的鄉土味，以及方方正正的線條。她還喜歡一人去看愛情悲劇片，尤其是西片。

她和先生坐下後，還不時往王德良的方向看。他看起來事業得意，臉龐和身體都比以前更圓了，卻似乎比她記憶裡高大。他們從後斜切過來，走到中段的另一邊去。她回頭看，他那依然自鳴得意的眼神多了穩重，並沒左顧右盼。他太太伸手斜斜指了指，他才偏頭微笑點了點。他太太眞是一個懂得打扮的女人，無疑是先生重要的資產，像名牌商品的標籤。她臉上沒有任何得意神情，只有對自己的容貌完全自信的人才有的大方和雍容。他忽然站起來從他那排擠出來，眼光飛掠過她的方向，她簡直以爲他看見了她，正在尷尬要不要招呼（她從沒告訴先生和他的這一段），他已經直直往後走去。他們中間隔著七排座位、事業、財富、性別、思想習慣，和十一年不同版本的記憶。這一次，她相信他不會認出她來。

2

她拿著裝了一碗湯和一塊巧克力蛋糕的托盤排隊等付帳，正抬頭瀏覽牆上掛的巨大鮮豔的蔬菜水果照片時，旁邊一個聲音：「喂，我認識你！」

她轉頭。沒錯，她也認識他。不同的是他只有笑容，她卻知道他的名字。她淡淡一笑：「你不認識我，可能在學校見過。」

他笑得更熱絡：「我知道，以前在學校裡常看見你，難怪剛才我覺得你好眼熟。我是王德良。你……」

「我知道你的名字。」她切斷他。輪到她付了帳，端了托盤找桌子。找到窗邊一張空桌，他也在她對面坐下，沒先徵求她的意見。

她開始喝湯，他開始說話。她在咀嚼間點點頭，插上一、兩句，或轉頭看窗外亮得穿透一切的陽光，渴望到陽光裡去，更渴望他走開。事實上她正是因爲外面太熱才到館子裡來避涼，現在她覺得外面充滿了她想要的東西：自由、明亮、生機、一切。她蛋糕還沒吃完，他看看錶說要走了。他們交換了電話號碼和再見，她回去看窗外。她總喜歡看窗外，大學四年似乎就這樣看過去了。

幾天後下午她接到他的電話。她正在做一篇報告的大綱，室友叫說電話。起初沒認出他的聲音，聽見他報了名字才大大意外。她都已經忘了他這個人，他的電話號碼不知丟到哪裡去了。隔天是週末，他問她有沒有事，邀她去校外看電影。你太太呢？她問。回台灣去了，要一個月才回來，他說。她不禁暗笑，遲疑一下，答應了。掛了電話再也靜不下心來，她丟下報告，抓了皮包咚咚咚跑下樓去。

信步往前，陽光轟然只能以燦爛來形容。她心不在焉往前走，腳步帶她到鐘樓前的噴水池，如留學潮帶她到這所中西部的大學。有時她不知道自己在社會系學什麼，在馬克思主義和女性主義間看不見前途在哪裡。當全屋的室友都睡了，而她清醒念書，巨大的茫然和荒謬經常使她出神，直到她眨眼回到書上。她在噴水池邊上坐下，這裡是她心情低落時最喜歡來的地方，閒坐看人，忘了自己，也忘了時間。一個棕色鬈髮青下巴黑運動衫的人朝她走來，她忽然全身活起來，所有眼光一下燒到了眼裡。那人走過去了。她望著他的背影，原來摯切的眼神變成了失望和不信。而不由得不信，那人分明不是他。他給她兩學期戲劇式的愛情，然後全盤收回。沒有前奏，沒有理由，只是不再有電話來，不再出現。她拿手遮眼，想滅掉那突然刺痛人的明亮。

第二天下午王德良來接她。她白運動衫牛仔褲，坐進他生鏽的綠色老爺車裡。電影一點都不好看，典型暑假檔的大爛片，但他在一旁笑得很開心，每次笑便轉頭看看她，她也就挪動面肌裝出笑的樣子。他身上有種隱約的味道，像泥巴，像汗水，並不難聞，但給她危險的感覺，讓她想坐遠一點。有一處他笑得忘形，一手拍到她大腿上，她不禁一震。電影出來又是百無聊賴的白色陽光，兩人往停車場走去。她只管走，等他先開口。他建議去買菜，然後到他現在的住處去。說他在替一個教授看房子，在鎮外，那一帶景色不錯，房子佈置得很有中國味，值得看看。他沒問她會不會做菜，於是她問他，他說沒問題。

比她想像的遠，他們開了四十多分鐘才到，她完全不知人在哪裡了。他將車子停在車道上，帶她走過窄窄的磚徑，推開木柵門穿過一個日本風味的庭院，到純正中國風味的房子裡。纖秀的整套明式桌椅櫥架，厚實的天津花地毯，擺得恰到好處的各式骨董。她眼睛滾圓四看，生起了一點鄉愁，但沒有說話。進了西式起居間，高斜的天花板，壁爐，滿牆書，大片落地窗面對一座稀疏的松林，乳白長毛地毯，沒有椅子，只有隨意放置的靛藍和深紫、深紅坐墊，給房間畫龍點睛的色彩。她在一只坐墊上彎腿坐下，這才仰頭放出一口長氣說：我喜歡。在她，明式家具的客廳說的是高傲，開放的起居間說的則是寫意。

他帶她看完全屋，剩下就是幾間沒什麼特色的臥房。太陽漸漸西斜，他們夫妻般在廚房做菜，她洗，他炒，一邊喝啤酒。她不太喜歡啤酒，喜歡入口剎那的涼意，之後的苦味她總不能欣賞。二十五歲了，她還沒學會喝咖啡和葡萄酒，也不懂得調情。幾口啤酒已經燒得她臉紅了，全身發熱。他所謂的做菜，不過是把材料丟進鍋裡，攪兩下子盛到盤子裡就是。她借酒力笑他：你這就是做菜啊？吃完居然還有乳酪蛋糕，濃膩極了，她建議泡茶。幸好有茶。茶泡好他問她要不要換到客廳去，她指明要起居間。屋外全黑，他將房裡燈光調得暗暗的，她喝茶，他喝啤酒，那時分和情調正適合談情，不然談心。

其實我以前一點都不喜歡你。在一個談話空檔，她聽見自己說。

爲什麼？他大驚，語氣分明不是僞裝。

我覺得你是花花公子。

花花公子？冤枉！大大的冤枉！我？我這麼老實的人？我怎麼會是花花公子？這時她聽得出他在做戲了。

反正我就覺得你是。你看起來有那調調，一副風流自賞的樣子。

你根本不認識我，連話都沒說過！他語氣裡滿是受傷的情緒。

我看人很準的。直覺。

哈，這次你可大錯了！我這人最老實，連交女朋友都不會，老是被甩。你看我，我什麼地方像花花公子？眞是冤枉！

她沒有告訴他就是像，不管他自己感覺怎樣。沒有告訴他他越發指天誓地否認，她越發認定他的罪證確鑿。沒有告訴他即使這一刻他們談笑彷佛好友，她仍深深討厭他，甚至更超過以前。沒有告訴他她眞正喜歡的人不要她，讓她更無法自拔地迷戀那人。然而她根本沒有說這些的需要，話題從沒落在她身上。她對花花公子的指控極度提高了他對自己原本就濃的興趣，話不斷圍繞他的冤枉和辯解旋轉。

十點時她說要走，他說晚點再送她回去。到了午夜他們還各自躺在地毯上，在呵欠間繼續斷裂乏味的談話。再過兩個鐘頭，連屋外響亮的蟲鳴都逐漸寂靜下來了。他們有一搭沒一搭，在冷淡和親密間嵌著不知如何是好的尷尬。她不再提起要走了，他也不提要送她回去。他們各據一方攤在地毯上，她爬起來上了許多次廁所，他從廚房裡拿來一罐又一罐的啤酒。她間歇地睡著又醒來，終於他說太晚了，不如在這裡過夜，樓上有房間，明天再送她回去。他們疲憊上樓，他將她在一間房裡安頓好，說聲「明早見」，去自己房間了。

她在敲門聲中醒來。窗帘拉著，房間柔亮，已經是白天。敲門聲又響了兩下，然後王德良開門進來。

是我。還沒醒？

嗯。

還想睡？

幾點了？

快九點了。

不到九點？我們才睡不到五個鐘頭！她有點惱。

來看你睡得怎樣。

睡得正好。直到大野狼來敲門。

他忽然笑了，竟是十分孩子氣的笑，他的臉一下可愛起來。她頓時氣消，也笑了。

那你再睡，我坐這裡沒關係吧？他在床邊坐下，她翻個身很快睡著了。不久，有個聲音說：我可不可以蓋毯子？有點冷。

他拉毯子蓋上。

朦朦朧朧間，她又聽見他的聲音。

我可不可以躺下來？不要擔心，我沒有別的意思。你睡你的，就像我不在這裡。

他小心在她身後躺下。她不動，身心大醒。她清楚知道自己並不眞正在意，沉默不過是無聲的應許。他們靜靜躺著，她全身警醒，感受背後分明的體溫，充滿了迎拒間的緊張。一會，他一隻手攀住她的腰，膽怯停留了似乎許久，終於順手臂爬上肩頭，觸摸她的後頸、耳垂。他的身體跟著靠近來，沒貼，一線之隔，若有若無的輕觸，讓她覺得整個世界猝然迴轉到了她背後，生命所有的可能都集中在那裡，那她可以感覺而卻看不到的地方。她不由往床邊縮了一點，他的手從她頸後掉下。他更靠近來，這次幾乎就貼著她的背，手圈過她的腰，輕輕的，但比剛才的嘗試另是一種強度，帶著出獵的耐心和自信。他的鼻息就在她耳後，酒味之外，還有那她在戲院裡聞到的略帶威脅的氣味。出乎自己意外，她忽然掙脫，跳下床，面色冷峻。

A

我該走了。

你很可愛，你知道嗎？

她轉身開門出房，逕自下樓。他隨後懶懶跟下來。

他送她回去的路上，她冰冷著臉，他似乎也不知道說什麼。

像第一次一樣，她幾乎立刻就忘了他。生活在學校和住處間來回，時間很快。校園裡幾乎每晚都有電影，她功課不忙就盡量去看。通常單獨，有時和也修暑期班的兩位室友一起。她喜歡坐在禮堂裡，看錯落進來的人，有的成雙，有的像她單身。一旦電影開場，她便整個消失在裡面的愛恨生死裡。在室友面前她感情深藏，不太多話，她們都說她情緒穩定，不知道她在戲院裡輕易就淚流滿面。只有在戲院裡，她覺得已經死掉的自己藉銀幕上的故事再度活轉過來。

那晚她剛看完「北非諜影」，仍滿腦子亨弗利・鮑加和他那一句：「再彈一次，山姆。」王德良打電話來，她一下就認出他的聲音。

他問她在做什麼，可不可以過來。她一下子沒了聲音。

不然我們出去，他說。

他那個「我們」她聽來刺耳異常。

我才剛回來。

那我過來。他掛了電話。

不到半小時，門鈴響，她跑下去開門，立刻說：我們就在附近走走。

剛過十點，太陽已經落下一個鐘頭。月亮仍低，在屋頂上，像葡萄柚大而紅。街上寂靜，間歇有蟲聲，還有一旁屋裡傳來的話聲和音樂聲。他們並肩走，中間隔了一個人的距離，沒有說話。

找我有事？最後她說。

沒。

那我們前面街口掉頭。

我明早沒課。你呢？

我很累，想早點睡。

你生我的氣？

你還不到值得我生氣的地步。

爲什麼你講話總像故意在刺我？

有嗎？那大概是我對你特別誠實吧！

爲什麼？因爲你覺得我臉皮特別厚，沒有感覺？

我和誰說話都是這樣的。她一時不能回答，搪塞了一句。

我好幾天睡不好了。

拜託。我們一不交朋友，二不談戀愛！

你看你又來了，講話兇巴巴的。

我受不了虛僞，受不了和有婦之夫浪費時間，這很難理解嗎？

看樣子你是眞的討厭我。

抱歉，是的。

那你爲什麼老答應我？

我從沒答應你什麼，我只是不知道怎麼拒絕人。我從來就不知道怎麼拒絕人。笨嘴笨舌，我是我最看不起的那種人。

你一點都不知道自己的可愛。

她大怒了，忽然有了平時沒有的口才。

這是你第二次這樣說了。如果你問我，我不要可愛，我要聰明、漂亮、美麗、性感、迷人、有味道。哪一個都好，就是不要可愛！偏偏你只會這一句，以爲就是女孩子最中聽的話。你知道我怎麼想嗎？男的找不到話恭維女的時就說她可愛，眞正意思是他不喜歡她。

我一點都不知道你嘴巴這麼厲害。

再見。

他們站在她住的房子前，在路燈陰影裡。

你願不願意聽我的老實話？

好不好聽？她忽然微笑。

不知道。對你，大概不好聽。

那就說。

我想和你上床。從那天以後就一直想。

那你要我怎麼說？

看你。他說

說好！他立即又改口了。

你以爲我是什麼樣的人？

長長的沉默。屋裡突然傳出她室友的笑聲，這時她們通常在廚房喝茶吃餅乾閒聊。她們一屋都是夜貓子。

那天我以爲你其實也想。

你實在笨。至少可以說你喜歡我，希望還大一點。再見！

他不動，像吸收了陰影變成什麼笨重的東西。

爲什麼你不說我老實？那天在床上的事，我道歉。但我並沒做什麼。我沒強迫你做你不願意的事。

謝謝你沒強暴我。

你有必要說得這麼難聽嗎？

事實是這樣。你盡可以強暴我的。我眞的感謝你。她轉身要走。

可是你那天早上讓我上床。

你是說錯在我？是我邀你上床的？你忘了那時我睡得迷迷糊糊的？她又大怒起來。

他沉默看她，似乎在挑戰。

再多說也是浪費時間。不要再來找我。再見！她轉身跑進屋裡。

B

你幹什麼？

你知不知道你很可愛？

你忘記你是有太太的！

我太太是另一種可愛。

你不愛你太太嗎？

我當然愛我太太，但這不表示你不可愛，也不表示我不能讓你知道你可愛。

還說你不是花花公子！她腦中晃過群芳譜這詞，一群女子像音符一樣在譜上如旋律高低上下，是《紅樓夢》裡的嗎？

你只是不知道自己有多可愛。

可愛和愛只差一字，但其中意義相差何止千里。她突然怒不可遏，出她意外，笨拙的口舌這時竟找到了相應情緒的語言。

我可不可愛關你什麼事？你以爲我不知道你說我可愛是什麼意思！

他支頤躺著，好脾氣伸出一隻手臂。

你坐下來好不好？我不懂爲什麼有人恭維你你反而大發脾氣。坐下來，別這樣殺氣騰騰的嘛！

他拍拍床邊。

我不要坐！我要回家！

怕什麼？我又不會怎麼？你要回家，我等一下送你回去。

她重重在床邊坐下，兩人都彈了彈。他側頭看她，她狠狠瞪他。他沒有迴避，讓她的兇狠遞減成尷尬。然後他的眼睛變成鬥雞，嘴巴歪到一邊。她忍不住笑起來，他的呆相轉成溫柔的微笑。

坐過來一點，別那麼緊張。

她抬腳上床，靠在床頭，兩手握住擱在膝上。

你知不知道我一點都不喜歡你？

你告訴過我。

你不相信。

可是你人在這裡。

我討厭虛僞的人。

你大概不太喜歡自己。

她被這回答驚住了，好像這時才突然眞正看見他這個人。

爲什麼在我生氣以後你才忽然有一點可愛？她半自問半問他。

我從來都不可愛，我只是非常迷人。

他的從容和狡黠使她分不清他是自嘲還是自得。他看來一本正經。

你太不要臉了！

她幾乎不是攻擊，而是挑釁。

我覺得我還不夠資格。

他輕柔撬開她合握的手，拾起一隻緩緩揉捏。

這麼小的人，這麼大的脾氣。他輕輕笑說。

他的語氣聽來像疼惜，像容忍，又像輕蔑。她覺得應該把手抽回來，光抽還不夠，要猛烈地抽，才夠架式。但她的手停在他手裡，像隻死去的小鳥。最初的氣焰在她忽然一笑裡洩盡了，她知道自己那原來的恨怒只是半眞半假，爲了面子，爲了恐懼，爲了自己也說不清的理由。她儘管不喜歡他，卻喜歡目前的形勢。沒有愛情的牽扯使男女變得單純，肉體的愉悅不牽涉道德。她一向視沒有愛情的肉慾骯髒，認爲單純的動物性激情卑下。她只看重愛情，忘了肉體。而眼前，這時，有人在撫摸她，不管那人是誰。這一切顯得這樣自然，像孩子要長大成人，像空氣積聚了足夠濕氣便要下雨，那麼理所當然。她不由自主地軟下來，想以不盡然是她的肉體回報他公然的挑逗。然而她聽到一個熟悉可憎的聲音說：「送我回去，我不喜歡有婦之夫！」

他只管撫摸她的手，不時帶笑看她。她在惱怒和動情之間猶豫，無法擺脫能夠控制自己的錯覺。她眞的不喜歡有婦之夫，一次經驗已經足夠。她一點也不喜歡他。她記得其實她很討厭他。

他放開她的手，支身起來，斜靠在她旁邊，帶笑睨著她。

別這樣，放鬆一點，給你自己一個機會。

他拿一隻手撫她的下巴、頸子、耳後，然後頭湊過來，輕輕在她耳後吹氣，她有點癢，有點酥。那感覺非常非常好。

3

音樂會回家路上，先生感慨說聽到許多年沒聽到，像〈花非花〉、〈偶然〉、〈教我如何不想她〉的老歌，眞讓人有點鄉愁。那晚睡著以前，先生難得的翻過身來，將她擁住。她想，也許老歌使他比較多情了。他們重複婚姻裡的肉體儀式，不久他翻過身去睡著了。她翻過自己一邊，睡不著。

她不斷想像如果她告訴他自己以前和王德良在床上的事，他會有什麼反應。她記得曾和室友同在校園裡看波蘭斯基的「黛絲姑娘」，就安傑爾對黛絲坦白被強姦的反應七嘴八舌，有許多意見。有人說黛絲自己笨，根本就不應該說的。她說安傑爾虛僞，只會想像純潔，而看不見眞正的純潔。她知道先生不是安傑爾，仍然，他是個男性，是個不可知的動物。她不會告訴他，儘管並沒什麼好說的，時代也不一樣了。她婚前的戀情，他都毫無所知。她寧可什麼都不說，將一切留在腦海裡去自己回味。其實，她已經不太記得細節，甚至連自己究竟有沒有和王德良發生肉體關係都沒把握。她似乎記得自己憤憤跳下床，他送她回家。又似乎不是這樣，那一夜好像另有轉折。

戲弄

台北人：

想了很久，終於還是決定給你寫信。

記得學期結束前，有一次我們上課前講話，你提到幾本書，還提到暑假裡歡迎我寫信，告訴你南部的生活。那些話我記得很清楚，但（老實說）沒把握你是不是也記得。我發現有的人在講話時煞有介事，一轉身就忘得乾乾淨淨，讓記得的人反而很尷尬。我是很怕羞的（也許你已經看出來了），怕自作多情讓人笑話，我最怕的就是讓人在背後笑話。其實我想給你寫信根本沒什麼冒險，我相信你不是那樣的人。

寫這封信，倒不是我眞的有什麼南部風光好報告。我們家裡有一點田地，自己種，有時間有力氣的人都得幫忙。也許你在城裡長大的人，詩詞看多了，以爲除草種田是什麼詩意的事。等到親身下田，彎腰一整個上午或下午拔草除蟲，太陽在頭上毒曬，眼前一片花白，後頸曬得一截焦黑，就不會覺得這有什麼詩意了，只覺得又累又渴。我對種田沒什麼興趣，不能想像一輩子在田地上打滾，就爲了種幾畝稻子或番薯、花生。我對現在念的政治也沒興趣，但是比較起來，讀書考試我還可以咬牙過去，種田就沒辦法了。而我父親恰巧是那種忠於土地，相信靠天吃飯的人。他的那種信心和耐力，常常讓我驚訝他居然有我這種完全相反的兒子。幸好他也鼓勵我念大學，這是我最感謝他的地方，也是爲什麼暑假我一定要回家的原因，雖然我盡可以找個家教或什麼事打工。

會想到給你寫信，是因爲剛剛讀完了你介紹的《麥田捕手》。這本書花了我整整一個禮拜，不可思議。一方面我讀書慢，另一方面這一陣剛好特別忙，閒的時間少。而且太熱，陽光太亮，不是讓人昏昏欲睡，就是讓人想到河裡去玩水，難以專心。好像在抱怨，不是那個意思。大概是不好意思看書看這麼慢，找理由給自己開脫吧，有點儒夫。我很喜歡這本書，很感人，覺得西方人的書比起中國人自己寫的書，好像有更多東西。不像你，我讀的書不多，其實沒資格做這種結論，憑的是一點印象。這種做結論的方法當然很不保險，可是我自己的感覺是這樣。加上看看報紙雜誌上的文章，談起西方文學裡面的東西，和我們的詩詞歌賦和章回小說，實在不太一樣。比較內省，除了人際糾紛之外，還有那些思想上的東西。我指的不是文以載道的那種教訓人的東西，而是對人自己，對人生的反省。如果沒有這種反省，《麥田捕手》裡的主角就不會看不起周圍那些虛僞的人，就不會那麼寂寞。你說你高中時就看過這本書，我現在才來追趕，遲了好幾年。眞羨慕你有那麼多書可讀，你又聰明，吸收快。幸好聯考沒考課外讀物，不然我絕沒法和你考上同一系。

好像已經寫得太長了。我準備接下來看《白鯨記》（也是你介紹的），然後大張旗鼓重看《紅樓夢》。高中時因爲國文老師介紹翻過一遍，覺得實在是瑣碎囉嗦，難以下嚥。現在老一點了，看看是不是能懂裡面到底在說什麼。相信你已經又讀了一堆新書了，可不可以也說說？

希望這封信不是太冒昧，太乏味。又，我的字很難看，請你不要見笑。盼望你能回信。

祝暑假愉快

又，我們明明不是基督徒，不做禮拜，爲什麼我們的星期叫禮拜？

民國64年×月×日田莊人敬上

田莊人：

收到你的信好意外唷！

當然我記得說寫信的事，只不過沒想到你會眞的來信。看到信封上的地址一下子想不起來是誰，打開才知道是你。你信寫得好客氣，用什麼「冒昧」、「見笑」、「敬上」這種字眼，誠惶誠恐的，像臣子上書，眞受不了！拜託你下次寫信別這樣，卑下得讓人以爲這是什麼朝代。

我的暑假到目前爲止沒什麼可說，每天不知道在做什麼，除了流汗，流汗，流汗。台北實在熱，不出門在屋裡是蒸，到外面在太陽下是烤，裡外不是人，變成了食物，就等裝盤上桌。台灣簡直沒幾天可以過的天氣，夏天熱死人，冬天又濕又冷，春天不停的梅雨，讓人發霉，秋天簡直就沒有，剩下還有什麼？歷史課本上講皇帝有避暑行宮，我但願也有個地方可以避暑。可惜我們升斗小民，無處可逃，只有到電影院、百貨公司或西餐廳裡去，冷氣灌下來了，才覺得自己重新凝聚成人。等到外面熱氣一烘，馬上又化得面目模糊。氣人。

你喜歡《麥田捕手》完全在我預料之內，因爲那故事主角的敏感分明就像你。不過你錯了，我沒看什麼好書，倒是看了一大堆奇爛無比的武俠小說。反正哥哥租了一堆，不看白不看，連作者書名都沒搞清楚，只顧一本一本殺下去，血肉橫飛。這種熱天，腦袋像漿糊一樣，大概也只能消受武俠小說這種不用大腦的玩意了。其實好看的武俠小說是眞好看，只是很少。你一定也看武俠小說吧？我不相信世界上有不看武俠小說的人——除了我媽，她太忙了。如果她不這麼忙，我一定也讓她迷上武俠小說。

胡扯了半天，和你正經八百談的東西文學一點都不相關。因爲你說的我也有同感，臨時也想不出有什麼可以加的。像《白鯨記》從開始就非常精采，一直到完。中國文學裡，大概只有《西遊記》可以相比。可是《西遊記》過了一半就開始重複，讓人想睡覺。《白鯨記》就不會，一路精采到底。說起《白鯨記》，我可以扯上一大篇，還是先等你看完。你提到要看《紅樓夢》，我正好也想重看。這本書我每年都要重看，不過通常是在寒假看，因爲剛看了太多爛武俠，想靠曹雪芹清理一下腦袋。

你說我可能從書裡得到種田詩意的印象，大概是吧。我從小住台北，雖然有時車過什麼地方旁邊有水田，可是還是覺得農村是書裡的東西，不眞。初中畢業旅行環島，看到南部公路兩旁的木麻黃、合歡，和紅磚的房子，泡在池塘裡的水牛，感覺和北部眞的不一樣，很興奮。像你說下田做活，在我是不能想像的事。我的時間除了幫我媽做點家事外，就是看書，看電視，看電影，逛街，不然無聊得發呆。一樣上大學，可是你看我們的生活有多不同，難怪我好奇。這時我覺得我是眞正的土包子，一點見識都沒有。

我的信沒你的好看，因爲我實在熱得坐不住，昏昏的不知道寫什麼。希望趕快下場雷雨，越大越好。人在屋裡聽巨雷轟響看大雨傾盆，實在是最過癮的事了。可是如果這時人在田裡，大概是要趕快逃命的吧？

歡迎再來信，只是拜託不要道貌岸然。給我一點做田人的泥巴味或是鄉下人的憨勁都好，就是不要像個搖頭晃腦的老儒生，受不了。

祝不種田愉快

漿糊腦袋上

漿糊腦袋：

不到一星期就收到你的回信，眞是意外。更意外的是，你的信和你的人完全不一樣，幾乎認不出來。我的意思是，你人看起來很安靜，甚至有點嚴肅，很少像別的女生一樣嘻嘻哈哈的，而你的信非常活潑，還帶點潑辣——這樣說希望你不會生氣。不過還是看得出來像你的地方，就是你用字又快又準，一點都不含混。

你說我信裡太古板，我承認。你知道我這個人，瞻前顧後的，施展不開。從小個性這樣，沒辦法。而且老實說，和女生寫信我這是生平第一次，好緊張。沒寫之前想東想西，寫完準備寄了還考慮再三，要不要拿出來重寫，要不要寄，你收到信會不會生氣，還有會不會被你家人誤會給你惹麻煩，想了一大籮筐。最後實在太煩了，才不顧一切寄出去。寄完又後悔，又擔心，一直等收到了你的回信才安心。也許你們在台北長大的人比較開放，我這個鄉下人比不上。不過既然有你的「指示」，以後我寫信就盡量勇敢一點，不知道做得到做不到就是了。

你的信讓我驚奇的另一個地方，是你居然看武俠小說。我從來不知道女生也看武俠小說的，可能是我認識的女生太少了。我看過一些武俠小說，不算多。高中一個同學是我最好的朋友，他是個武俠小說迷，那種廢寢忘食型的，三天兩天租來看。我到他家去，他老兄床底下永遠滿滿一堆，一本一本薄薄的，好像兩分鐘就可以翻完。印在很爛的紙上，都是武俠小說。我在他那邊看了幾次，是滿有意思的，可是都奇長無比，我從來沒從頭到尾看完過，都是跳著看，看到結局就滿意了，至於中間問他就好了。所以我對武俠小說的評價不高，雖然看得很少。我那個好朋友倒可稱專家，不過我怕他的標準不可靠，因爲他是除了武俠不看其他書的。說老實話，我對西方的偵探小說比武俠的興趣高。偵探小說一個故事一本，不會像武俠硬扯不完。而且裡面的懸疑鬥智十分精采，又可信。不像武俠擺明了是唬人的。其實我也不過是看了幾本福爾摩斯而已。

《白鯨記》果然一開始就很精采，像你所說的。可是我發現這本書不像《麥田捕手》那麼好讀，至少我這樣覺得。不知道是不是我程度太差了，有時看著看著，心不知道跑到哪裡去了，只好倒回去重新再看。這是美國文學名著，我相信一定有它好的地方。現在我看了大概三分之一，還在繼續努力。一邊在看《紅樓夢》，兩本輪流。《紅樓夢》畢竟是本國文字，看起來比較不吃力。可是老是有詩爲證，我實在沒耐心每一行每一字去看那些形容，草草就跳過去。和《白鯨記》一比，《紅樓夢》描寫實在細，人穿的衣服，屋子裡的擺設，都寫得清清楚楚。我知道不應該這樣兩本書一起看，可是只有這樣替換看，我才看得下去。這個暑假我特別焦躁，比過去任何暑假都糟糕。其實我最想做的事，是一個人去徒步環島旅行。

說了一堆廢話，就寫到這裡——再寫不過是更多廢話。

盼望你的回信。

祝雷雨愉快

田莊人上

又，我決定不再用禮拜，根本不是我們的生活習慣和觀念。

田莊人：

我短短一封信居然就給你那麼多驚奇，可見你對我知道之少。你說我嚴肅，倒讓我嚇了一跳。沒想到我給人嚴肅的印象，我以爲我只是有點內向。

沒想到《白鯨記》會讓你難以下嚥。我兩年前第一次看時，連著三個晚上把它看完。到現在那章講白色邪惡的地方，我還是印象深刻。因爲白色一向都代表純潔、高尚，居然有人說它邪惡，太意外了。我承認有的地方長篇大論，不太容易讀，可是只要耐心看下去，就會知道梅爾維爾的每一句話都是有作用的，而不是平白囉嗦。同樣，《紅樓夢》裡有很多細緻到讓人不耐煩的描寫也都是有用意的，不是曹雪芹無聊。不過那些有詩爲證我同意，只是章回小說早該淘汰的囉嗦，讓作者賣弄詩詞才能而已。我喜歡的兩本書你都看得懨懨無生氣，看樣子我們口味並不一樣，以後不能隨便推薦書了。

暑假過一大半了，我還是沒做什麼正經事。上星期三和朋友一口氣趕了兩場電影，又逛書店、百貨公司，泡西餐廳，整整在外面瘋了一天。其中一部片子是「越戰獵鹿人」，裡面墮落瘋狂的地方看了非常不舒服。我不能想像有人會拿槍對著自己的腦袋玩命。只有男人才做得出這種蠢事。我這樣說是有理由的，看看以前西方男性會爲了什麼無聊事就決鬥送命，眞是幼稚！

你說想去徒步環島旅行，正說中我的心意。每天龜縮在家裡實在悶，心野野的老想往外跑，可是卻覺得無處可去。當然，我喜歡逛街、看電影，可是這些還是在市區，最遠也不過到外雙溪。我想的是到很遠很遠的地方，從來沒去過的地方，一個人，沒有目的，反正走就是了。怎樣，我們兩個一起去？兩個比一個只不過多了一個，還可以忍受。如果我們看厭了彼此，就隔點距離走。外面天地大，總有足夠空間容納小小兩個人間的一點不和吧？

說歸說，還是得照樣過暑假。人實在很可怕，上課無聊，放假也無聊。到底要怎樣才不無聊？一個人無聊，兩個人一樣無聊。有時逛街走在人群裡，那種空前可怕的無聊之感迎面襲來，幾乎要窒息。而爲什麼覺得無聊？無非是夢想有另一種生活，比現實好一百倍、一千倍，恨不得能在另一個現實裡，而不是身處的這一個。但眞有那樣一個現實嗎？我們到底要怎樣的現實？還是現實的致命之處就在於是現實，而不是非現實？人注定要抱怨、不滿、夢想逃避？

簡直在繞口令，越寫頭越昏越不知所云，而外面是亮得睜不開眼的太陽。突然有種精神錯亂之感，還是停筆。

祝你的暑假不要像我的一樣無聊

無聊人

又，給你一說，我也罷用禮拜。我們這是過時的反文化殖民主義，可笑！

再，有沒有想過，我們在台灣再怎麼走，也不過是在一個小島上？

無聊人：

暑假快結束了，等再收到你的回信，我就得準備收拾北上了。說老實話，我等不及要回到學校。想想以前，只恨不得早早放寒暑假，一到假期末尾就情緒低落。人眞是會變的。其實我急著要回學校，倒不是喜歡上課（我想我還沒變到那個程度），而是有別的理由。理由不止一個，譬如我已經不習慣再和父母住在一起，不習慣每天腦子裡除了種田就是吃飯睡覺，還有我想念宿舍附近的餃子館，那裡的韭菜水餃特別好吃。寫到這裡突然發現目前為止我所說的，其實可以就借用一個建築業的名詞來形容：開發。也就是我這個田莊來的鄉下人，已經漸漸都市化了。眞不可思議！不知道這是好事還是壞事。

至於我急著要回學校的眞正理由，是因爲（別笑我）一個女孩子。這個女孩子你也認識，而且很熟。她個子不高，小小的，瘦瘦的，又剪直直的短髮，像個初中生。可是頭很大，臉很圓，一下子給人胖的錯覺。眼睛細細斜斜的，像仕女圖裡的人那樣。眉毛很有個性，濃濃粗粗的，就是詩詞裡面說的小山眉。（其實就是在見了她的眉毛以後，我才眞正知道小山眉的樣子。）

我這樣形容，不是說她的長相有什麼重要，而是，老實說，我不好意思直說她的名字，又要讓你知道我到底在講誰。我和她算認識，說不上熟，偶爾機會來了講講話，開開玩笑。她對我滿客氣的，有問必答。不然，我覺得她一般不會主動找人說話。可是如果你找她說話，她又好好的，會很認眞聽你講，很用心回答。然後你會發現她講的話很有頭腦，不是不經大腦胡亂說的。和她講了幾次話，我有點怕她，因爲我已經知道她很聰明，至少比我聰明，可能和你一樣聰明。而且她很直，心裡想到什麼就講什麼，就算講出來的話使人死在當場，也一樣直直就說出來。我知道她不是有意的，她是那種對事不對人的，只注意到在談的東西，而沒注意到聽的人可能會有的反應。我剛巧是那種比較敏感的（給你看出來了），很容易就在別人的話裡聽到弦外之音。有時候她一句話出來，我會當場愣住，覺得她批評的就是我。當然是我太心虛了，她的尖銳反正是無心的，正如我的敏感是無心的。

反正，我很喜歡和她說話，討論問題。她雖然不多話，但是有很多意見，好像平常就默默在累積對人對事的看法。我沒有見過意見這麼多、這麼強，又這麼獨立的人。根據我的觀察，很多女孩子總是一堆一堆聚在一起，不像男生，傾向單獨行動。她恰巧是那種少數獨來獨往的女孩子，有點奇怪，讓人摸不透。因爲從她的樣子，那麼小，可愛可愛的，誰知道裡面卻是另一個樣子。我不能解釋，就是對她非常好奇。上課的時候，我會特別選一個容易觀察她的角落，看她，研究她（她好像也都不專心聽課，對著窗外發呆）。她沒來上課的時候，我就有點若有所失。我不知道怎麼講，歸根結底就是我很喜歡她。但是我不敢和她說，她氣太盛，太直了。我眞的是怕她的反應，因爲我知道她會怎麼樣。她會毫不在意的嘲笑我，不把我當一回事。雖然我不能說了解她，但我有把握她會笑我，然後輕描淡寫過去。她好像不是那種會喜歡男生，或是喜歡任何人的人。她好像完全自給自足。這整個暑假，看不到她，我覺得時間非常難過。很多次想編個理由北上，不過都只是空想，我這個人很容易墮入空想。我太膽小了。

你向來直話直說。如果你覺得我根本在做大夢，或你知道她其實已經有人，請你一定要告訴我。這個暑假實在夠長了，你的信使時間好打發很多。請你千萬快回信，寫這封信已經用了我半條命，沒剩多少可以等信了。你一向回信很快，請你這次一樣快（最好更快）。

祝飛快回信

半條命上

半條命：

好傢伙，只有你厚臉皮做得出這種事！一整封信說的盡是那女孩子怎麼好怎麼特別，不但那個女孩子不是我，而且還要叫我幫忙。就算你對我沒意思，也不必這樣一刀戳破。還是你認爲我不是血肉做的，沒有神經不會痛？要知道，好歹我也是一個有乳房有子宮的，不是你們頂天立地撒尿那一族的。你知不知道沒有女生喜歡聽男生在她面前講多喜歡另一個女生？太沒面子了！

如果我這樣赤裸裸說出來嚇你一跳，你正好趁機反省學習，不要滿腦子我我我。像你那個夢中情人一樣，只看見自己，看不見別人。告訴你，我也是會虛榮、小心眼的。我不是個木頭人。我不是說要你追我，可是這不表示我不能吃醋。你好好聽著，我吃醋了，而且吃得很兇！難怪整個暑假你巴巴給我寫信，原來別有用心。我眞是看錯你了，以爲你是個忠厚老實的人。

好了，嚇夠你了。對不起，實在忍不住。你的信分明就是要人給你點驚嚇，來醍醐灌頂一下。我是開玩笑的。聽清楚了，我是開玩笑的，不是眞正吃醋。我前面講的那些帶鋒帶刺的話都是鬼扯，好玩的，不要當眞。

我知道你這傢伙容易把胡鬧當眞，你太喜歡把事情看得太嚴重了。你眞應該學學放鬆，事情沒什麼大不了的，笑笑就過去了。我猜你現在大概在想說得容易，不知道出門在外步步難行。反正你這傢伙，好像讓自己輕鬆快樂一下就是罪過似的。

好了，言歸正傳。知道嗎？你的信起初把我嚇了一跳，以爲是說我。（你看，我也會自作多情呢！）你說那女孩子矮矮小小，眼睛細細的。我想，這不就是我嗎？這封信原來是情書呢！再看下去漸漸才清楚不是我，而是另有其人。（你不知道這讓我有多失望。——哈，又是開玩笑的！）她拒人千里之外，而我不會。我只是太呆，不知道怎麼和人打交道。

你要我幫忙，這種事怎麼幫？當紅娘，替你們穿針引線嗎？都什麼時代了！《未央歌》裡那一批角色都沒這麼畏縮、落後，你看《牡丹亭》裡那個杜麗娘多乾脆多大膽！你喜歡她，就告訴她好了，有什麼好害怕的？大不了給她嘲笑一頓，那又怎樣？她只不過是大千世界裡的一個小女生，給她笑一下，世界不會就因此垮了。連世界大戰一次兩次打，世界也還是照樣繼續下去。

我知道，你這傢伙是紙紮的，風吹一下都垮台的。唉，眞難想像男生也可以這麼膽小怕事，還說什麼獨來獨往！抱歉，我愛糟蹋人的毛病又犯了。（想想，其實我平常並不蹧蹋人的，只有碰到你，就變成了虐待狂。所以，錯還是在你，不在我。）

我想我知道你說的那個女生是誰。如果我沒誤解，我們班上的，對不對？她我也不算熟。你說得一點沒錯，她是不太結黨的，屬於赫曼赫塞的草原狼。我和她說過幾次話，覺得她人滿好的，不是外表那種冷冰冰。我不知道她有沒有男朋友，可是有沒有都不要緊，有男朋友不等於結婚，一切還大有可爲。我知道你怕被拒絕，太傷自尊，面子難看。可是你要想想，如果你沒有這種追求的自由，事情就更好嗎？想想我，再怎麼說，我是女的，也就是，母的。我在信裡再怎麼男子漢大丈夫的叫囂，還是個改不了的女流。

你知道女流是什麼意思嗎？你以爲那些在學校裡和你平起平坐上下課的女生，眞的和你享受一樣多的自由一樣多的機會嗎？你錯了！我告訴你，她們雖然長了腳走來走去，其實和花差不多。我說花是有意的。一來，花是植物，不是動物。二來，在人花是點綴用的。三來，別忘了，花是植物的生殖器官。我可以長篇大論，說得更直一點。可是，我手已經有點瘐了，而有些重要的話還沒說。我的意思是說，在你害怕的時候，應該退一步想想這正是你們男生佔便宜的地方。因爲被迫面對自己的感情，得以主動去追求理想，因而有比較大的機會過比較接近眞情的生活。不像女生，只能像植物一樣等待被發現、被欣賞、被追求。你知道那種等待的滋味嗎？你知道那種命運掌握在別人手裡而只能眼睁睁看機會跑掉的滋味嗎？告訴你，像我在這裡嚷得這麼大聲，可是我就是放不開手去追求我喜歡的男生。你知道「倒追」在我們女生心裡的意義嗎？我知道「倒追」在你們男生心中的意義。如果我可以選擇，寧可要你們害怕失敗的恐懼，也不要女生這種等待接受或拒絕的被動。我寧可做獵人，不要做獵物。

說了一堆，不見得是你要聽的。（鐵定是你不要聽的。）可是你既然在這件事上問我的意見，我只能老實建議你向她表白，否則她永遠不會知道。成不成，你都可以面對自己。我不相信給女孩子回絕一下，就眞的會一敗塗地。你一定比你自己想像的勇敢、堅韌。如果我是男生，一定毫不遲疑去追求一個讓我心動的女生，而不會在背後婆婆媽媽的取決不定。她不見得會拒絕，說不定她也喜歡你，只是不方便先表示。告訴了她，你們兩個都有機會決定。而若不說，你們誰也沒有機會，到那時你說是誰的責任？

怎麼樣，這封信回得夠快吧？因爲你的問題正好問在痛處，我想都不必想就可以洩洪似的來一大篇。不知道寫了這麼多，有沒有幫到你的忙。我猜你在肚裡嘀咕我是女生幻想當男生，不知道眞正當男生的苦處。當然這事永遠也爭不清的，但我絕對相信我所說的每一句話。開學以後有機會，我們可以再當面好好談談這事。寫信實在太慢太累了，我手臂眞是痠！

至於現在，希望我的話多多少少有點鼓舞作用。如果你不好意思當面告訴她，可以先寫信給她。你信寫得很流利，而且，我猜你自己也知道，你的字很好看的，很瀟灑！你寫信給她，她會喜歡的。你有她的地址嗎？我沒有。不然等開學了找機會給她張紙條，總之讓她多少對你的意思有點概念。

好了，越寫越不完，我這信大概是最囉嗦的一封了。就等開學看你奏大功。要不要我幫你寫情書？我一直幻想有這樣機會。

祝狩獵得手，我勇敢的獵人！

一介女流

附帶情書樣本一封（抱歉，實在忍不住。一笑！）

情人：

請你相信我眞心誠意寫這封信。

下筆以前，我考慮了很久。因爲欠缺勇氣，因爲不知道怎麼處理自己。我從來沒有過這樣的感覺，我覺得失去了控制，經常在瘋狂邊緣。好像我不再是我，而是某種遺失了中心的東西。詩詞和小說裡有很多對這種感情的描寫，一旦自己面臨，只覺目瞪口呆，不知道怎麼表達。

我在這裡結結巴巴，也許你已經猜到我要講什麼。眞正說起來非常簡單，就是我喜歡你。不只喜歡，而是非常喜歡。我不會說你是我的陽光我的空氣，沒有你我會死那種漂亮的話。我只能說我喜歡你很久了，從我們第一次說話以後我就喜歡你。上課的時候我不知道教授在講什麼，忙著看你。你沒來上課的時候，我便想什麼時候可以再看見你，五分鐘十分鐘都好像太長。這種感覺越來越強，使我覺得我們平常有時的談話不但不足，而且加深我的瘋狂之感。

我再也沒法壓制自己的感覺，要不然我們根本就不要說話，要不然我們把事情敞開。也許你對我根本沒什麼特殊感覺，沒什麼好敞開的。但是，我知道我的感覺，我必須要讓你知道。你是一個很特別的女孩，表面安靜，可是裡面好像藏了一簇光、一團火，讓我不由自主靠過去。在你旁邊，我覺得自己也亮了起來，一切都有了顏色。我不知道怎麼說，除了重複這一句：我非常非常喜歡你。

我希望你也（有點）喜歡我，我們能並肩在校園裡散步，一起看電影，上圖書館，做許多事。但是，如果你對我只有最平常的感覺，我固然會萬分失望，（可能馬上會跳天橋自殺！——開玩笑的！）但可以了解，還是希望我們能繼續做朋友。我知道這封信可能使你爲難，抱歉。不管你的回答是什麼，請你儘快告訴我。我等你的答覆。

欲罷不能，我連她可能的答覆也替你想好了。

丟了心的人

丟了心的人：

這是封最難寫的信。

從來沒有人像你的信給我那麼大的奉承，可惜我只能以傷人的誠實回答。我但願不是這樣——真的！我不願給任何人帶來痛苦。

希望我的回答不傷害我們的友情，我們能做永遠的朋友。

或

丟了心的人：

是的，讓我們並肩在校園或任何地方散步。

房子

密西根的冬天冷得不能再冷時，一個星期六早晨，她躺在被窩裡捨不得起床。他已經像平常一樣早起下樓去了。她翻身看透進窗帘的光，外面是一個冷極的晴天。久久她眼光定在天花板上，一絲笑容忽然出現。她想到那個愛她的人，和也愛她卻讓她感覺無比孤獨的丈夫。然後她從床頭櫃裡拿出紙筆，列出一堆數字。

她帶著嘲笑從事這荒謬的計算，只爲數理是她的本行。仍然，最後的數字給她微微的驚奇。不可思議，她將他的好和不好換成數字。（她的好壞要不要算進去？心頭一掠即逝。）然後，她的幸福與否便以一個最後的數字出現。負數，不是很大的負數，仍然，負不是正。

也許在正負各三十的範圍裡，都可算正常。沒有完美的人，因此沒有完美的婚姻、完美的生活。負數本身並不即刻否定一切，只代表個人必須出之以更大的耐力和智慧。沒有人能像油浮於水那樣無所忍耐無所負擔過一生，浮不是生命的本質，沉才是。重量不只是源於重力，而是一種感情的呼喚、生命的現實，讓我們無可逃遁牢牢繫在地面。她悚然一驚，如果竟而全然快樂，那麼她要靠什麼將她穩於地面？她就沒有什麼可以抱怨，就不再需要想像那永遠不可能實現的快樂境界。她會變成一個安於現實，望不出地平線和今天，一個快樂而中空的人。這是多大的恐怖！所有的偉大都來自對現實不滿、對自己不滿，來自傷痛，來自不快樂。然後她退後一步（她的長處便在她總是能退後一步想），看見四十三歲的自己再一次以種種「理性」的方式，爲生命的不快樂尋找理由。在自欺的程度和確實的快樂之前，她爲神聖的受苦吸引。忍受使人崇高，忍受賦予生命意義。如果你不能忍受，怎能配說活過？一個聲音這樣說。然後另一個同樣莊嚴的聲音說：如果你不能快樂，怎能說活著？

這種爭辯多麼可笑，她嘆氣。人不能永遠快樂或不快樂，問題是兩者的比例、交替的頻率。沒有比架空談論絕對快樂或不快樂更沒有意義的了。在一切互動的宇宙裡只有相對沒有絕對，除非捨棄邏輯躍進信仰的領域。而她無論如何不能培養或嚇唬出一點宗教的虔誠，從初中便開始的無神論毋寧便是她個性的陳述。這裡她碰到另一個矛盾：她有她的虔誠。首先她心目中的自己是善良、道德、無私的。困難在她同時看到另一個自己，這個自己說我在、我要、我無愧。這個我她在出生三十五年後才恍然看到，而必須等到四年之後才給她一點說話的聲音。

當那個我終於開口說出可怕的話，她看見世界倏然像瓷器般清脆破裂，時空往某個地方移動了一點點，然後一向她視爲無可厚非的生活變成這猙獰兩個大字：忍受。啊，生命是什麼雖然沒人能說清楚，但必須是忍受嗎？我們不能單純生活，而必須像烈士步過刑場嗎？然後她的眼淚爲自己即將帶來的破壞而大量流了下來：她要離開這建立了十九年的婚姻。在她已經可以看到盡頭的年紀，她急切需要知道當最後時刻到來時，她可以無憾說活過。她要快樂，或者，相對於眼前的婚姻，她看到快樂另一種可能的形式。熱情、生機、孩子似的興奮，肉食動物的猛烈而不是植物似的無所作爲。

自我的哲學辯論不是她的習慣，那個星期天的決定以後，她像無法離開現場的兇手滯留在無法繼續的婚姻裡，他一點都不知情。沒有夫妻不彼此挑剔，不吵架不是夫妻。他不追求不存在的東西，本性的悲觀使他以立足的現實爲最可靠的依據，因爲沒有人能把握另一個會更好。他們兩人的不同，就像他們對房子的看法。她以孤注一擲的決心將自己的婚姻變成比喻，好像如果換個房子就能挽救這其實難以挽救的婚姻。在說出任何決裂的話之前，她必須證明自己善良，也就是她並不是眞正沉船的一個。因此有一天她說：「我們去看房子好不好？」

「看房子幹嘛？我們又不買！」他不經心說。

「說不定看到中意的房子我們可以搬家。」

「搬家？好好的爲什麼要搬家？」他幾乎跳起來。

「也不能說好好的，只是一直沒把它當作正經事來處理而已。事實上，我從來不喜歡這房子，想過搬家好一陣子了，沒很認眞想就是了。」

「奇怪，你沒事想搬家幹什麼？我們的房子不是很好嗎？不破不漏，到處都好好的。」

「什麼都不要求的話，是啊，有水有電，可以煮飯、洗衣、睡覺。可是如果仔細看看，你不覺得到處破破爛爛的，又老又舊的樣子？」

「我不覺得。我看很好啊！」

「我們搬進來時，這房齡就已經有十一年了，原來的房主一點都沒有維修，那時房子看起來就有點需要修理。我們搬進來以後也沒動它，就照老樣子住了下來，除了換地毯外沒有動過別的地方。算算看，六年了，我們在這裡都住了六年了，原來不滿意的地方現在更不滿意，原來勉強過得去的地方現在開始不能看了，每個房間的窗戶不是卡住就是老滑下來，整個房子灰灰的，我眼睛隨便往哪個地方看就可以看見一大堆毛病……」

「那修就是了嘛，看哪裡不順眼修哪裡，沒必要搬家！」

「修起來就修不完，還不如換房子！」

「你知道搬家多麻煩？你忘了？修房子絕對不會比搬家麻煩！」

「問題是我不喜歡這房子，再怎樣也修不到滿意的程度。」

「還沒修你怎麼知道？」

「我知道，因爲我不只不喜歡這房子，老實說，我討厭這房子。從外面到裡面，它的樣子、它的設計、它的地點，我沒一樣喜歡！」

「當初你不是滿中意嗎？我以爲你喜歡！」

「當初不懂，而且那時看了太多房子，昏頭脹腦的，不是買不起就是太爛，這棟比較起來還算是比較過得去的，不是說我眞的喜歡。」

「你眞的要搬家？」他幾乎帶著恐懼問，不知道眞正應該恐懼的不是搬家而是別的。

他們的生活在瓦解邊緣維持表面的正常。這種正常不是別的，是所有安定生活的秩序和附帶而來生機全無的溫吞。我是個貪婪的人，我是個幼稚的人，我是個不切實際的人，我是個自私的人，我是個可怕的人。她對自己的評價在種種否定中翻轉，因爲她竟然膽敢反叛生命的第一原理：乏味。

她打電話給加州的知友，這時離討論看房子已經有半年了。

「我要離婚。」她第一句話就宣布。

「喂，慢點慢點，你說什麼？我有沒有聽錯？」

「眞的，我要離婚。」

「他有外遇了？」

「沒有。」

「那是你有？」

「這和外遇有什麼關係？」

「好傢伙，趕上時代，鬧起外遇來了！」

「我沒說我有外遇。」

「你有，我知道。」

「你知道什麼？」

「你說和外遇有什麼關係，表示你有外遇但還不願承認，因爲其實你是爲了別的理由要離婚。怎樣，說得中不中？」

「天啊，有個了解自己到這種程度的朋友眞恐怖！」

「你忘了我是法律系的高材生！而且我一向就是你肚子裡的蛔蟲。」

「我不知道怎麼跟他講。你知道我說什麼？我說我要搬家！」

「搬到另一個男人家？」

「你這人眞是太可怕了，滿腦子男女這種事！」

「除了男女還有什麼？一切都是性，佛洛伊德老祖宗不是說。」

她從來不能接受佛洛伊德的說法，打電話也不是爲了找答案。她有答案，需要的是實踐。她再一次認眞提起房子的事，他們便去找房地產經紀人。她給經紀人列了一長串的條件，基本原則是不需要大，但是要感覺寬敞，有個性，建材要好，也就是大量的原木，最好是保養得很好的老房子。有三個月時間，他們幾乎每個週末都和經紀人去看房子。從開春到初夏，在一年最美麗的季節尋找一個新家，那美好的憧憬幾乎像眞的。他跟在她後面，忠實地在房子裡穿梭，評鑑好壞。大部分房子都是一邊住一邊賣，他們因此也看到許多人家的佈置，由此聯想，也窺見他們的生活。她不斷感覺角色倒換，好像人家來看他們房子，從而一眼看到他們奄奄一息的婚姻。至少她這樣看別人的房子，從房子直接看到住在裡面的人，他們的品味，他們的追求，他們實質的成敗。後來她幾乎到了一進門就知道喜不喜歡的程度，雖然她不聲張，還是一個房間一個房間慢慢看。她不急，她在找一棟可以挽救婚姻的房子，這一次她要求完美。有一些不錯的房子，但是……總是死在這致命的「但是」兩字上。他們漸漸開始看負擔不起，五十萬、六十萬起價的房子。

「幹嘛看這麼貴的房子，又買不起！」他終於說。

「看能不能找到我理想中的房子。我想讓你看看我理想中的房子是什麼樣子。」

「到圖書館查查書和雜誌不是省事得多！」

她看他一眼。他知道自己說錯話，走了開去。

三個月過去，她沒看到一棟完全滿意的房子。他不知道她在找什麼。就他而言，若不考慮價錢的話，他很可以搬進其中的許多棟。然而對她，那些房子不是太浮華就是太庸俗。她解釋給他聽。他聽不懂，她的用詞太抽象。她說她在尋找房子的格調，要寬敞而不要排場，要美感而不要矯情，要明亮而不要一覽無遺，要趣味而不要諂媚，要溫暖而不要閉塞，要實用而不要呆板，要……她用一長串的句子，不知道自己有的句子來描述。她以描述房子開始，而以描述理想中的情人、理想中的婚姻、理想中的生命境界結束。他聽不懂，房子只是房子。但是他聽到別的東西：她對生命要求太多。

兩年以後她告訴他要離婚時，他震驚的程度相當於看到她在超級市場脫光衣服。她眼皮浮腫，張嘴還未出聲就開始哭，雖然已經狠下心要把所有的話說完。

她告訴他她從來是個聽話保守的人，自小到大被環境推著一路走下來，沒有眞正追求過自己想要的東西，雖然表面上看來該有的都有了，博士學位、高薪工作、丈夫、房子等等。她告訴他有一個冬天週末在廚房，站在水槽前洗菜，看見滿天紅色夕照，在黑色的樹林背後，那顏色強烈的對比給了她從沒有過的震撼，她看見自己的一生到那時爲止都是無力無色的。她告訴他當他們去看房子時，她從沒眞心要買房子，而是暗自許了願，如果找到一棟理想的房子，就永遠留在這個婚姻裡。她告訴他她一直以最大的力氣維繫他們的婚姻，但是實在無可維繫了。她告訴他再也不能忍受和他同桌吃飯、同床睡覺、同車上班，他什麼都不知道，而她知道一切即將結束。她以衡量快樂的數學衡量一切：他不再是她的丈夫，她不再是他的妻子。他們是毫不相干的陌生人。

她說，他聽。太多句子，太多話。

一點隱約的訊息埋葬在裡面什麼地方，終於排過重重障礙從遙遠的地方送達。然而，他聽懂了。

他說：「你這個不要臉的女人！」

面具

他們搬到這落磯山邊的小鎮半年後，有一天，信箱一堆廣告裡有一張引起了她的注意。

「要發現你內在那個潛在的藝術家嗎？要在享受創作的同時並得到實用的成果嗎？」廣告說。

她仔細讀過，填了表附了支票去報名。三個星期後她開始陶藝課程。每星期一節課，兩個小時，晚上七點到九點。

她上的是初級班，班上有十五個人，不過從沒到全過，大家不是在上班就是得顧家，總有人臨時不能來。老師是個中年女人，矮小身材，滿頭灰色亂髮，寬大的格子襯衫配鬆垮的老舊牛仔褲。第一節課，她站在工作檯後微笑說：「我叫瑪莎，歡迎你們加入陶藝教室的課程。陶藝是個很有趣的創造活動，像我，在這裡住了一輩子，從懂事就開始做陶藝，一做三十年，越做越迷，從來就沒想過做別的事。你們從沒做過陶，可能覺得我說得太過火了，這只好等你們自己摸過陶之後再決定了。陶藝和其他藝術不同的地方，在媒介。陶藝用的泥巴是到處都有的東西，下雨天你在野外走過從鞋底刮下來的就是。泥巴，一點都不稀奇，等你動手才知道稀奇在哪裡。我下面一句話你們又要覺得玄了，我要說的是泥巴是活的。等一下你們就會親手摸泥巴，那時就會發現自己手掌裡的黏土和肉體驚人的相像，簡直有生命……」

那第一節課裡，瑪莎大部分時間坐在高腳凳上向大家講解，並在工作檯上摶土示範。聲音低沉，手粗大，個性誠懇、親切，她馬上就為瑪莎的一切傾倒了。在瑪莎身上，她看見一個質樸、堅強的女性，而又充滿生命力、創造力，大地之母似乎正應是這樣，而不是民間雍容美麗如貴婦的觀音，或柔弱垂首的聖母瑪利亞。

正如瑪莎所說，她迷上了陶藝。從初級班、中級班到高級班，她跟定了瑪莎，一個課接一個課上下去，儘管陶藝教室裡還有其他三個作風不同也比較年輕的教師。除了上課時間，她在其他下午或晚上陶藝教室開放給人自由練習的時間也去，一待就好幾個鐘頭。甚至週末也去，有時從早上到下午。陶藝教室總是有人，三個五個，男女老少，大家或各做各的，或邊做邊聊，氣氛輕鬆愉快。最熱鬧是開窯的時候，大家等看自己的傑作，充滿期待。教室的大工作桌上擺滿了瓶罐杯盤，形形色色，像臨時市場。她起初的作品失敗居多，但她遏不住興奮，每次都像第一次那樣迫不及待。

她曾經建議他也學陶，他說家裡有一個小孩玩泥巴就夠了。而且總得要有人做觀眾，他似乎體貼的補充，再追加一句，家裡也沒地方放。

家裡已經堆滿了她的陶藝，她不得不承認，尤其是她捏塑出來的奇形怪狀的東西多數大，她有時嘆氣：「大而無當！」偶爾他會說喜歡某件，假充內行地指出精采之處，譬如說：「嗯，這裡是頭，這裡是屁股。」

「不要做什麼就留什麼。我知道你們會捨不得，可是就是要捨。記得你們才剛開始，才在學基本手藝，不是我先說洩氣話，這時你們做的東西絕大多數都沒有留的價值，要狠一點，不要留戀，不好就砸了，碎片可以再碾碎重新混到黏土裡再用……」瑪莎說。瑪莎的每一句話她都記得，只是做不到。她捨不得她做的每一件，是好是壞都是她的寶。

那個週末他早早就起床洗澡，她還半睡，他光了身子拿條毛巾在頭髮上亂搓，坐到床邊上下猛彈，一邊大聲唱歌。她翻身遮住眼睛：「不要吵嘛！我很晚才睡著。」他只管彈上彈下：「起來起來，太陽燒屁股了！起來，上山去！」原來他們說好那天去爬山。他們在這裡誰都不認識，週末若不上書店、圖書館、看電影或就近在小山上走走，便是開兩個小時到落磯山國家公園去，在山裡遊一整天。她終於撐開眼睛在床上坐起來，腦袋就像一塊乾掉的黏土。

「我不去好不好？」

他跳下床丟下毛巾穿衣服，叫：「我們早就說好的。快，天氣好得很，都快八點了！」聽到還不到八點，她嘟囔一聲。到浴室去沖澡出來，他已經吃過東西在收拾背包。

「眞的，今天我想到陶藝教室去……」

他打斷她：「拜託，別婆婆媽媽，我們早就說好的，別出爾反爾！」

聽到「出爾反爾」這麼文的話，她一愣，馬上恢復過來：「眞的，我有好幾件東西今天剛好夠乾，可以修改、組合……」

「你滿腦子泥巴，說過的話都不算數了！」他平常總有點縱著她，難得跟她大聲講話。

「我知道我答應的，可是我實在急著要把這些件做完。」她咬牙堅持。

他把她送到陶藝教室，油門猛力一踩。她站在教室門口看他的小白車飛快轉彎，熨斗山三個尖在人家屋頂後聳出來。他從沒對她這樣生氣過。她腹部一緊，眼睛有點濕，在門口外一張石凳上坐下。教室還要十五分鐘才開門。

九點大衛來開了門。進了教室她從土箱裡取了一團黏土，在水泥檯上像揉麵一樣用力來回揉搓。黏土柔軟像肉體，如瑪莎所說。她耐心揉，兩腿站穩，上半身全部力量集中在掌底，做螺旋形的推動，漸漸黏土開始均勻光滑，彷彿開始呼吸，等候時機醒來。她專注在構想中的捏塑，忘了其他。

陸續有人來，互道過早便各自忙碌。教室裡一片類似安靜的聲響。

匀好土，她在大衛和聖巴斯辰中間找到一個腳動轆轤，開始拉胚。她正在做一件特別複雜的大型牆雕，需要一些圓柱形零件。和瑪莎一樣，也許根本是受瑪莎影響，她對拉胚興趣淡薄，喜歡捏塑。大部分人學陶藝，爲的是可以做一些實用的東西，像杯盤碗罐之類。她有興趣的是壁飾，不規則的平面或曲面上疊架大小零件，嵌上石頭、瓦片，用刀割劃出窗口、圖形，有的部分泥巴本色，有的部分上釉，最後在關鍵地方繫上繩節、珠串。她還沒做出一件眞正滿意的，像意想中那樣粗獷、神秘、懾人的作品。瑪莎給她很大鼓勵，說她用心、有創意。她告訴他，有點沾沾自喜。

「眞的？」他不很認眞。

「如果我們在這裡待下去，我希望能像瑪莎一樣，有自己的工作室，自己的窯，開個展，收學生……」

「你知道我們在這裡頂多三年，八成只兩年。」他提醒她。

她沒告訴他的是，她隱約自覺並沒有做出理想中剛強大塊作品的本事，自覺硬要做能力以外的事只不過是在掩飾心虛。她從來就沒在哪一方面出色過，蒙他看上自己都覺得不可思議。

她拉了幾個直徑不同的圓柱，停下來。她總沒法拉到需要的高度和厚薄。右邊做陶十年的大衛正用瓷土拉一個高瓶，他上半身躬下，一手在瓶裡，一手在瓶外，全身氣力貫注在裡外手指間平衡的那點上，徐徐將那弧形引高。大衛瘦長，左腿瘸，據說原因是個悲劇故事，沒人敢談。彷彿爲了彌補，他一雙手臂筋肉遒勁，拉胚精熟，但要求苛刻。大家經常見他一拳搗毀拉好的泥胚，少數留下來的他在底部畫條魚做簽名。除非必要，他絕少說話。她靜靜看大衛拉胚，滿心讚嘆。左邊聖巴斯辰突然說：「如果餐具漂亮，菜也會更好吃。」

「是嗎？」他左邊的裘伊問。裘伊高大，一臉雀斑，金色頭髮剪得貼頭皮，總戴晃盪如簾的珠串耳環，開計程車，隨身帶一條愛聞人胯下的大狼狗。她本來叫裘伊絲（Joyce），離婚後改名裘伊。若有人忘了叫她裘伊絲，她根本不應。若有人問她既然改名，爲什麼不改個全不同的，她便鄭重回答：「因爲裘伊（Joy）是快樂的意思。」

「當然了！你不覺得如果餐具漂亮，東西吃起來也比較有味道嗎？」聖巴斯辰說。他才二十出頭，綁個馬尾，一臉落腮鬍，喜歡發一些驚人言論，花一個小時說服大家，然後大笑說大家都上他的當了，得意非凡。

「吃是味覺，餐具漂不漂亮是視覺，兩件事不能搞在一起！」裘伊說。

「這，我親愛的裘伊小姐，你就錯了。吃不單是味覺而已，而是視覺、嗅覺、味覺、聽覺、觸覺混合，一個所有感覺全都用上的活動，像性行爲。」

「你這小子能對性知道多少！」裘伊幾乎是挑逗地說，一邊拉一只大碗。幾乎她做的物件都大。

聖巴斯辰深深看裘伊一眼，說：「足夠到知道結婚對男女都是件虧本的事。」

裘伊笑說：「我知道你專發空包彈，不過你這句話我倒是不得不同意。」

她靜聽，暗自微笑。她英文不好，開口總有點結巴，因此難得插嘴。她又不愛爭辯，也不善爭辯，本性是個意見不強的人。她也不是那種從小第一志願的博士班學生，她只是個護專畢業的護士，慶幸可以在家裡做太太，安心研究食譜和服裝、裝潢雜誌，幻想別人的生活。但她聽，聽得很仔細。這時她轉頭看聖巴斯辰，注意到他旁邊托盤上一批剛拉好的矮胖大杯，失笑之餘竟脫口問：「聖巴斯辰，你的茶杯好大！」

「這怎能算大？而且親愛的小姐，這些不是茶杯，是湯杯！」

「那，你幹嘛拉這只大茶壺？」

「誰說是茶壺？這是用來裝湯的。」他一本正經。

她朝他搖頭笑，拿起自己做的圓柱，拿到二樓潮濕室去慢乾。背後，大衛再一次把他拉了一個小時的瓶子搗成爛泥。

下樓她到大教室隔壁，專給捏塑的學生用的教室去，繼續安裝她已經做了一個多月的牆雕。旁邊照樣是蘇，做她永遠也做不完的面具。蘇是瑪莎最得意的學生，和瑪莎學藝三年，已經出師了。原來學廣告設計，現在給鎮上的畫廊和禮品店設計卡片和運動衫圖案。和瑪莎學陶以後發現自己在陶藝上的天分，從設計耳環、別針、項鍊開始到設計各式各樣的面具。她的面具奇特，只只不同，是人、神和獸的組合，表情生動，似乎逐一表達了單一的情緒，既奇妙又猙獰。秋季初，她將在鎮上最熱鬧的珍珠街上最大的畫廊裡有個面具個展。

有一次她們倆單獨在教室裡，她忍不住問蘇：「對不起，能不能問你，爲什麼總是做面具？」

「我不知道。」蘇答。她不敢再問。

蘇是她見過最漂亮的人。濃眉，灰藍大眼，方削臉，微寬而輪廓分明的嘴，下巴上一道性感的溝。三十出頭，身材筆直而曲線分明，永遠穿件低胸圓領運動衫和緊身褪色牛仔褲。美麗或有才的人總使她自卑，和蘇同在一間教室讓她加倍自卑。她總不禁偷偷看蘇，幾乎愛上了她。一起捏塑的時間多了，漸漸蘇願意開口說話，她才知道蘇爲了剛剛離婚而傷心。

「天下竟然會有男人不要那麼漂亮的太太！如果我是男的，一定不會丟下蘇去找別人。」她告訴他。

「說不定是她不要他。」他不認識蘇，除了邏輯無話可說。他一般說話也總從邏輯出發。

「你見過她就知道我的意思了。」她說。突然一個念頭閃過：最好不要讓他看到蘇，不然他就會發現別的女人有多迷人。

她和蘇各自專注工作。她的牆雕進展緩慢，似乎完全不如構想。每加上一個新零件，她便得停工想上許久，搜求腦中原來的設計並做大量修改。她越來越覺得整個構想根本就行不通，應該放棄。蘇的進度一向緩慢穩定，追隨內在一個強大的意念，以驚人的泥塑表現出來。每兩、三星期，便有一副新面具完成。類似其他面具，然而又分明全新，陶藝教室裡無人不驚嘆。她讓我起雞皮疙瘩！聖巴斯辰以慣常的戲劇性說，大家都知道他崇拜蘇。說不出來，她的面具看來有點邪惡，可是又好像有點調皮，像在笑人的樣子，裘伊說。瑪莎說得最好，她說蘇的面具表現出了感情的原型，有非洲面具的震撼力。

蘇抽菸，每半小時就得到教室外去點一支，進來朝她笑笑。今天蘇從外面吸菸進來，沒立即回到面具上，而卻坐到她旁邊的高腳凳上。偶爾，她們倆剛好都陷住做不下去了，就雙雙棲在高腳凳上，像枝頭的鳥。

「看樣子你今天做得滿順利的。」蘇說。

「才不！我老覺得整個都錯了，應該打破從頭再來，就是沒那魄力！」

蘇輕嘆口氣，低聲說：「我也是，我眞厭倦了這些面具。」

「怎麼可能？你一副好像可以永遠做下去的樣子！」她難掩聲音中的驚奇。

「哈，沒有人能一直一直做下去，總有乾掉的時候。」蘇露出自嘲的神色。

十分鐘後，她們又回到各自的工作上。五點時教室人已走光，她打電話回家，沒有人接。六點再打，還是沒人。她問蘇什麼時候走，可不可以送她。近七點蘇送她到家，下車前她一時興起邀蘇到家裡坐坐，隨便弄點吃的，蘇頭斜了兩秒竟然答應了。

進門放下東西她馬上到廚房去，拿了點餅乾、花生來。蘇稱讚他們公寓整潔，特別說喜歡牆上一具她的陶藝。「我先生也最喜歡，特意掛在那裡。」她說。她已預先告訴蘇他爬山去了。然後蘇到廚房來幫忙，她不需要人幫，蘇便坐在一旁吃餅乾閒聊，看她洗菜切肉。我炒兩樣中國菜，她說。沒問題，你做，我吃，蘇說。

九點多蘇走了，他還沒回來。她把廚房收拾好，沖浴出來，公寓裡仍靜悄悄的。她到客廳打開電視，瞪著螢光幕不知在看什麼，關了。回到臥房拿起看了兩星期的小說，只覺一個個英文字如風沙撞得眼睛痛。她在客廳家具間走來走去，看見牆上自己做的陶藝，覺得樣樣拙劣，還不如路上踢到的石頭。她的心念在山間的黑暗中奔跑，恐懼從每個毛孔湧出來。他掉到山谷去了，出車禍了。不然——碰到了什麼女人。不知哪個更糟。她想到三星期前，他們爬到林線以上的靛湖，在最藍的天最藍的湖和環繞的大岩山尖前牽手漫步，山風呼呼地吹，然後他放開了她，張開兩臂，像個孩子呼叫著跑上坡。她抬頭看他的背影，說不出的快樂，並隱約自覺這快樂固然因爲置身美景，更眞正的原因，是她和所愛的人在一起。這時她想像這一整天，他和另一個女人，在他們純淨的山裡，污染他們美好的記憶。她想打電話找誰訴說，可是沒有人。她在美國沒有一個朋友，她只有他。她開始哭，委屈、憤怒的淚水不斷流下來。他在哪裡？不能至少打個電話來告訴她嗎？她想起他從不把她當一回事，如果她不說話他可以不開口，她說話他總是沒聽見，生活習慣亂七八糟，除了當初急著要她結婚到美國來，沒有過任何眞正愛的表示（他對她最大的讚美是她做菜有進步）……這時對他種種不滿一一遊行過眼前，壅塞整個房間。雖然埋在這些不滿下面，他有許多她不能否認的好處，但這時她看不見，也不願看見。她這時看見的這個她稱爲丈夫、以爲愛戀的男人，事實上她並不喜歡。一個人怎能愛上自己不喜歡的人？她想不通。她沒多花時間在這個驚人發現上，而集中在更重要的主題：憤怒。她搜索記憶，找出所有他讓她不滿的地方，然後放大，又放大。他總不記得她說過的話，他的襪子永遠丟在臥室地板上，他洗的碗總還是油油的，他總是做到七、八點才下班，他有時放非常響的屁……一條條，一樣樣，她都不放過。不到半小時，她成了徹底的怨婦，陷在暗無天日的婚姻裡。她的淚水乾了，內外清醒，她對婚姻最新的覺悟是：她不愛他。她恨他。她要離婚。

她躺到床上，毫無睡意，再度拿起先前放棄的小說，赫然讀到：「在那時的美國，求愛已經讓熱情取代了，而熱情盲目地燃燒，結果是性愛過後的親密，做了情人的人開始相互坦白，訴說自己最隱秘的思想和感情，躺在床上，對所聽到的話感到恐怖，或是厭惡。」這本小說集她已經讀了兩篇，非常喜歡，但她讀英文仍然吃力，這時讀到這些好像專爲她寫的句子，不禁又放下了書。她覺得那作者用的正是她自己搜索許久而沒能找到的字：恐怖、厭惡，這兩個字讓她想起晚飯時蘇說的話。

「我和彼得，噢，我先生，雖然是兩願離婚，但我非常氣他，我覺得根本都是他的錯，他不愛我，他背叛我，他沒有誠意挽救我們的婚姻，一堆理由。……我開始做面具時並沒想到做什麼特別樣的面具，漸漸的，我發現對彼得的怒氣都跑到面具上去了。第一只面具非常兇惡，把我自己都嚇了一跳。從那開始，我的面具越來越兇狠、野蠻、憤怒，甚至殘酷，好像我裡面最原始、最黑暗的部分一一跑出來了。老實說，有時那些面具讓我害怕……

有一天我意外在館子裡看見他和另一個女人，覺得迎面撞上了一面尖刀牆。我還沒法和別的男人正常說話，他已經有了新女人。那整個晚上，我裡面都絞在一起，恨不得殺了他，腦袋裡只有三個字：不公平！我想沒有比侮辱更大的傷害了，彼得不愛我給我的傷害，似乎遠比不上他給我的侮辱，不管他是不是有意。這些情緒統統都跑到面具上去了，一只比一只更猙獰、殘暴。那些扭曲的臉都是我……

但是，就像我下午在陶藝教室裡說的，我覺得乾掉了。也許怒氣不是藝術最好的動力……瑪莎說藝術需要情緒，沒錯，可是也需要別的，因此瑪莎一直強調技巧和自制。也許我的怒氣已經發洩完了，也許我需要正面的動力，像快樂之類的開朗情緒，只是暫時我還不知道從什麼地方開始。你知道，我們女人從痛苦經驗反彈的能力比較差，起碼比男人差……」

將近一點鐘，她在臥房聽到門口的鑰匙聲，聽到他進來，客廳的燈啪一聲開了，忽然她全身收縮，呼吸停止。她不知道他會給她什麼理由，不管他有沒有什麼可說，這時都不重要。她那摧毀了一切的想像給了她無比的冷靜，儘管是白熱的冷靜。幾天，或者幾星期以後，一切會淡化，恢復正常，她會記得他的解釋，接受他的說法。他說那天她下車以後，他一個人開車上山，確實很不痛快，覺得她自私，全不重視他。等近兩小時後到山裡，他氣已經消了，只覺得山裡很空，想她。他順他們上次走的山徑大步往前走，比他們一起時快很多。走了大概三個多小時後，趕上了另一個也是單獨爬山的人，走近了發現竟然是同辦公室的史高特。史高特是個獨來獨往的單身漢，常一個人爬山。剛好他也要去靛湖，他們就一起走。到了靛湖，他們向陽背靠一塊岩石野餐，邊吃邊聽史高特告訴他那山裡他到過哪些地方，爬過哪些峰，哪裡風景最好，哪裡最難爬……吃完再往上繼續走，走到山脊上，爬上頂尖，風很大很大，呼呼響，非常冷，他們幾乎立刻就下來了。到山下已經七點多了，便在山口小鎮上的一家酒吧館子吃牛排配啤酒，史高特是個啤酒桶，兩罐啤酒下肚，會說會笑，三代家世都洩底了。他忙著聽，一肚子啤酒暈暈糊糊的忘了時間……而那些話是以後的事，這一刻，臥房燈亮著，她等他來到房門口。有什麼醜惡的東西正要現身。

成為

1

一個初夏週末，他們請了幾個朋友到家裡吃飯。席間免不了典型中年中產階級的話題，譬如工作、公司的人事鬥爭、股票、小孩、夫妻、政治、度假、健康和退休，談笑頗爲熱鬧。六道菜後，茶和咖啡、蛋糕、水果上來，話題轉到面對飯桌牆上的一幅畫上。

這面長牆上有三幅畫，一幅靜物，一幅風景，引起討論的版畫在抽象和具象邊緣，給人鮮明奇異的聯想。四個顏色，橘黃底，中間深淺不一似圖騰的絳紅和黑白圖案，和緩弧形黑色塊面對稱圖騰兩旁，熾烈膨脹卻又帶著冷靜收縮的秩序，整體的感覺是激昂美麗。背面一張小卡片寫了畫的標題：〈成爲〉（Becoming）。

我每次看到這幅畫，總覺得看到一隻很大，像蟑螂一樣的昆蟲。一個太太說。

你這樣一說我也看到了，像隻金龜子。其實我最先看到的是一張兇惡的臉。另一個太太說。

我兒子也這樣說，他說媽咪媽咪，你來看這裡有一隻怪物，牠眼睛好大一直盯著我，牠說你要是走近來我就把你吃掉，好可怕！因爲這幅畫，他不敢一個人到飯廳來。第三個太太說。過了一會：怎麼，男士都沒有意見？

我是俗人，對音樂對畫都沒有研究。我只知道牆上掛了東西，至於掛什麼就不知道了。你們不說我還以爲是新掛的。

不要講畫，吃也是一樣。他還是號稱愛吃的，東西放在面前就猛塞，問他味道怎樣就說好吃！到底吃的是木材還是鞋底，可能還搞不清楚！

對，我是好餵好養，最容易滿足的。不像你們這些女士挑剔，什麼都不滿意，搞得自己日子難過！

你說氣不氣人，難得我有時心情好，花一整下午做了一餐比較難做的菜，他老先生照樣上桌就猛扒，不到十分鐘大功告成，抹抹嘴巴，下桌去了！簡直是太太換了人，他也不會注意到。下次我應該從後院割把草炒給他吃。

你呢？一個太太問另一個先生。

我什麼？吃還是太太？若說太太換了衣服還是髮型，我大概不會發現。不過茶和咖啡，我大概還分得出來。

不是啦，這幅畫啦！

噢。我只覺得顏色很鮮很漂亮，如果送我我會很高興掛起來。我家牆壁空空的，只有一些兒子的手印和鼻涕。

她正要說什麼，他截進來。

好傢伙，主意打到我們頭上來了！朋友之財不可欺，朋友之妻不可戲！這是我們高中時，在李翰祥改編聊齋的電影「辛十四娘」裡學來的。李翰祥拍了好幾部聊齋片，你們有沒有看過？我記得汪玲好漂亮，眼睛好大，水水的，像我兒子小時候一樣。

話題轉到李翰祥、老國片和台灣的童年。記憶回到過去，大家忽然雀躍非常，有許多可說，像小孩一樣。她好不容易等到一個空檔，把話題兜回來，雖然知道其實應該就讓已失的話題過去。

我告訴你們我在那幅畫裡看到什麼。其實不太好意思說，可是在座沒有小孩，我們又不是十七、八歲，我想沒關係。

誰說？我是過一年減一歲，現在我和我兒子一樣，只能看PG-13的片！那個好餵好養的先生說。

一陣笑語混亂之後，終於再度靜下來。於是她告訴客人，她在那幅版畫看到的不是別的，而是女性性器官。中間近似圖騰的部分，一個太太看到醜惡的怪物，另一個太太看到噁心的大蟲，她看到深淺豔麗的神秘，像層層展開的花瓣，切開的草莓、鳳梨和奇異果。兩邊對稱的黑色弧形，她看到一對跪坐膜拜的人體。整幅畫她看起來，便是對性愛的描述，也許可以說是生殖禮讚。

她的話引起了一點不冷不熱的興趣，然後話題跳躍，大家很快就忘記了。畢竟只是一幅畫，還比不上電影有的談。何況社交談話一向不是爲了交換意見或導出結論，只是爲了排遣時間，避免對坐無言的尷尬。

客人都走了以後，他們花了近一個鐘頭收拾。她沖碗盤，他放進洗碗機裡，一邊斷續講話。遞一個盤子時她手滑，盤子掉到地上響亮一聲，碎了。哎，她叫。你站開，我來掃，剩下的我來收，他說。

我不喜歡請客，我甚至不那麼喜歡我們請的人。我們爲什麼請客？她擦手時問。

是你要請的，他說，嘩啦啦掃集碎片。

碎屑要用吸塵器才吸得乾淨，大家都喜歡光腳跑來跑去，她說，拿了吸塵器過來。我們再也不要請客了，她說，打開吸塵器，轟轟吸了起來。

2

他們家裡只有一些牆上掛了畫，大都在客廳和飯廳。所謂畫其實是名畫的複製海報，譬如高更和馬蒂斯的作品。唯一的原作是請客那晚引起討論的版畫，不是買的，而是一個老畫家送的結婚禮物。他們結婚之前，還在密西根大學唸研究所時，曾向一個地理系的獨身教授租了一年房子，老畫家夫婦住右邊隔壁。一個黃昏他和老畫家同時在院子裡割草，微笑點頭招呼。不久以後她在後院晾衣服，老畫家太太在後院照顧菜圃，她們隔矮籬交換名字，談天氣談種菜談旅行，還有一些別的愉快話題。

老畫家原是密大藝術學院教授，太太是大學出版社編輯，都已經退休，過簡單而不懶散的日子。老畫家已經很少作畫，時間花在做模型帆船和飛機上。如果不作畫，他其實是個非常好的工程師，老畫家太太說。噢，其實帆船和飛機最吸引我的地方是它們的線條，我可以失落在那些流利的線條裡到不知什麼地方去了，老畫家自己說。老畫家太太說，當然，他自己知道得最清楚，可是他眞的是個很好的工程師，又是個一等木匠，我們好些桌椅都是他設計自己做的。她也有自己的特長，除了種菜、種花、彈琴、看書、寫書評外，還每星期三下午到公立圖書館去唸故事書給小孩聽。她的聲音是有顏色的，老畫家形容，她唸故事時圖書館員都跑來聽。你看我們兩個互相吹捧，也不知臉紅，老畫家太太笑說。到我們這種年紀不吹捧自己還有誰來替你吹捧？老畫家說。他們生活就是這樣，活在兩人喜歡的事裡。不時他們到鎮上的書店、畫廊和圖書館，或偶爾去看話劇、電影（如果竟而有一部他們感興趣的片），聽音樂會，上館子。在安那堡住了四十年，他們對鎮上熟悉到不能再熟悉了，哪家館子好哪家不好，一清二楚。有一家法國風味的館子他們特別喜歡，幾乎每週末在那裡午餐，老畫家點一杯白酒配烤鮭魚，太太點生菜沙拉。這家的菜眞的很好，當然，不是學生價錢，但也不需要搶銀行才吃得起。你們應該去試試，譬如過生日或結婚紀念，有正當藉口奢侈一下，老畫家太太說。他和她曾走到那餐館外看門口張貼的菜單，那價錢他們想只有等拿到學位找定事了才能理直氣壯進去。

那一年裡，老畫家夫婦像他們在異鄉的父母。他們請他們過來吃過兩次飯。她並不很會燒菜，卻也年輕到不知緊張或自卑，弄出了一桌兩葷三素來，外加一道湯。老夫婦倆極有風度，樣樣都說好吃。閒談間聊到屋裡四牆的畫。他們的房東雖然教地理，卻熱愛油畫，客廳飯廳牆上都掛了他的畫。全是抽象畫，大橐大橐激烈對比的油彩和狂野的線條。噢，亨利是個熱情的波蘭人，他的理性用在了研究人類居住空間和自然環境的哲學上，感性的那一面便全到了畫裡，老畫家說。

你們知道，在環境哲學這方面，他是個先鋒，是難得一見的那種眞正有先見的人。我們有時請他過來吃飯，他的話總讓我們大開耳界，老畫家太太補充。可是，老實說，他的畫——她有點歉疚地說，老實說，我實在不喜歡他的畫，覺得，很——壞。不過這也沒什麼，喜歡不喜歡是最主觀的，誰也勉強不來。可是我想知道你們的意見，你們懂，她緊追。

欸，我想你們的租約裡大概不包括喜歡他的畫，老畫家笑說。喝了一口水後又補充，亨利有一次和我談畫，說我畫的是大自然裡精心計算安排的、優美的那一部分，像彩虹的弧、貝殼的旋、雪花和晶石的幾何結構……而他畫的是大自然裡還沒長大、還沒修飾、比較原始、比較本能、比較粗暴、比較眞的那個部分，算是他間接對我的畫下的評語。他那樣說時，我只是笑笑，嘴巴贊成他的道理，心裡卻反對。後來我想到他的話，一次作畫時就故意不那麼小心安排，放自己去，畫出來的果然比較大膽比較野一點，但分明還是我的畫，所有我對顏色和畫面安排的偏好都在那裡，那時我不得不同意亨利是有他的道理。

亨利是個意見強又很會表達的人，老畫家太太說。

暑假末老畫家夫婦的獨生女回來，他們請他們過去晚飯，介紹女兒給他們認識。妙的是，後來那女兒嫁了個加州的華裔，一張英俊的廣東面孔，像梁朝偉。

房租到期後，他們搬出去了，仍然和老畫家夫婦保持聯繫。他們結婚時只在法院公證，沒有任何慶祝，但給他們寄了卡片說已經結婚。不久老畫家太太打電話來祝賀，並請他們週末去晚餐。

上完咖啡和甜點，大家移到老畫家寬敞的畫室，他讓他們在一批版畫中選一張，作為結婚禮物。她慢慢挑，看得出來這些並不是老畫家最好的作品，只是挑剩的舊作。最好的已經賣掉或送人，不然掛在老畫家自己家裡牆上。她曾在鎮上一家畫廊裡看到過一些老畫家的作品，恨不得有錢買一張下來。他早期做風景，三色或四色套色版畫，構圖簡潔有力，用很多海藍、雪青、咖啡和黑色，配一點絳紅、杏黃、橄欖綠，沉靜如冥思。漸漸走向抽象，圖騰大量出現，構圖趨向繁複，顏色也用得大膽，畫的標題經常只是〈圖騰#1〉、〈圖騰#2〉。然後圖騰開始變形、簡化、分散，顏色又回到原來的靜穆，多了一點清明，因為老畫家開始在畫面留白。她喜歡老畫家早期和晚期的作品，尤其是早期的作品，森林嶙峋的山脊後一輪明月，或是滿天陰雲下山湖黑色的倒影。那沉靜的顏色和單純的秩序正投合她自己被動規避的個性。至於老畫家中期的豔野只贏得她知性的讚賞，那混亂的線條跳躍的顏色洩漏了太多掙扎，好像一個人在和自己或和世界作戰，讓她不安。然而奇怪的，她最後選的一張，恰是中期過渡到晚期的作品。

選得好，正適合做結婚禮物！老畫家笑說。

她不太明白他的意思，以為指的是熱鬧的顏色。

老實說，我以為你會選那張霧景，老畫家太太說。

我也是，老畫家說。

為什麼？她問。

因為我看你在那張停得最久，老畫家微笑說，好像知道她真正的想法。

我也很喜歡那張。我都喜歡。她有點尷尬說。

她沒說的是，她最後選的經常不是一見鍾情的東西，不知為什麼。也許對第一印象沒有信心，也許後來的印象畢竟比較強，也許刻意要推翻第一印象所代表的，盲目的本能。那天她最後的選擇建立在顏色上：她想要一幅強烈的畫，儘管心裡那個聲音一再反對，要她選擇那張晨霧的樹林。

爲什麼你從來沒畫過人？她問老畫家。

我不知道，大概別的畫家已經畫了太多人吧！老畫家笑說。

我可以告訴你，老畫家太太說，因爲他對人沒有興趣。

事實上我的畫裡都有人，你只是要找。老畫家說。

3

他們在安那堡最後一年，老畫家夫婦相繼逝世。

老畫家有心臟病，已經開過兩次刀。那天他在後院割草，突然就倒下去了。老畫家太太買菜去了，等她回來，東西都放進冰箱了，走遍全屋找不到他，最後才發現他伏在後院草地裡。幾個月後，她自己也診斷出骨癌。她受不了化療，決定停止藥物。她女兒住加州，沒法照顧她，送她到安寧病房，請特別護士照顧，自己則每三星期飛回來一次看母親。是她打電話告訴他們老畫家太太生病的消息。

如果有時間，請你們去看看她，她很喜歡你們，女兒說。當然，他們不需女兒要求。

一個週末他們到安寧病房去看老畫家太太。找房間時，經過一個坐在輪椅上的枯槁老人，大概是女兒的人推著他在走道上來回散心。老畫家太太的病房微掩著，他們敲了兩下，等了一陣，再敲，然後推開門進去。她坐在一張舒適的躺椅上，瘦成乾架子，臉色蠟白，皮膚透明如膜，手臂上插了針管，旁邊一個架子上吊著點滴，膝上蓋了毛毯，穿著拖鞋。

對不起，我沒法去開門，我叫了請進，可是聲音太小，你們聽不見。老畫家太太微笑說，聲音微弱。他們事先打了電話，她知道他們要來，打發特別護士走開，過一個鐘頭再回來。她請他們坐下。

她在床沿坐下，他靠牆站著說沒關係。

他們不知道說什麼。

你好嗎？還是免不了問。

還好，至少頭腦還清楚。謝謝！老畫家太太微笑說。

你要不要喝橘子汁？我們給你帶了剛榨的橘子汁。

謝謝。老畫家太太請他們把帶來的橘子汁和切好的什錦水果放進角落的小冰箱裡。

房間不大，但是佈置得很舒適，很有情調。除了病房和輪椅，典雅的原木衣櫥、床頭几和書桌、高腳茶几，都是老畫家家裡搬來的。牆上掛滿老畫家的畫，書桌和高腳茶几上陳列了家人的照片，感覺上幾乎就像家裡的臥房。

佈置得眞好！她讚嘆說。

凱蒂花了很大苦心佈置這房間，她要讓我覺得就像住在家裡。她對不能在我旁邊照顧愧疚得很，老畫家太太說。她知道哪些畫和家具我喜歡，統統搬到了這裡。她一向就是個細心的孩子，浪漫多情，像她爸爸。

他們又不知道說什麼，木木地微笑點頭。他們不知道老畫家可以浪漫多情來形容，總把他和寬厚慈祥、謙謙君子想在一起。

牆上有畫，房間就有人味多了，她說。

幸好有這些畫，我太累了沒法看書時，可以就坐在這裡看這些畫，一張一張，一個角落一個角落，慢慢看，細細看，看到睡著。我從來沒這樣仔細看過艾德華的畫。好不好玩？我剩不了幾天了，反而覺得有很多時間，從來沒有過這樣多的時間。老畫家太太幽幽說，帶著奇異的笑容。

這時一個搖搖顫顫，頭歪在一邊，神色天眞如小孩的老人推門進來。

這間是四十五號，你的五十五號再過四間。老畫家太太滿面愛憐的笑容，提高聲音說。老人招了招右手，點頭轉身出去了。剛才那個是鮑勃，比我還年輕，可是得了老人癡呆症，老是走錯房間。他眞是可愛，就和小孩一樣。雖然記憶不行了，可是你看他眼睛就知道裡面有一個好好的人掙扎要出來。你找不到像他這樣甜的男人。我每一想到他就難過。可憐的鮑勃！老畫家太太解釋。

他們微笑點頭。她眼睛四顧瀏覽。

這人是誰？她指書桌上，站在相框裡，一張黑白發黃的年輕女人相片。

要不要猜猜看？

噢，是你，你眞漂亮！她掩不住聲音中的驚奇，雖然明知這樣明顯的驚奇太不禮貌了，至少在這時，因此微帶尷尬地拿手遮住了嘴。

很難相信我們不是一生下來就是皺巴老醜的東西，是不是？老畫家太太笑說。相片裡我才二十多，半個世紀以前了。凱蒂喜歡那張相片。應該說她喜歡相片裡的我。

這張是你和艾德華？她指旁邊另一張相片。

老畫家太太點點頭。

你們兩個都很漂亮，她說。想告訴老畫家太太，中國人給一對男女最常用的形容是「郎才女貌」，怕解釋起來麻煩，終究沒說。

我告訴你們，我沒什麼漂亮。那張相片上看起來不錯，那是因爲我年輕。年輕就是漂亮。艾德華才眞是漂亮，又高又挺，燦爛的笑容，一張讓女性停止呼吸的臉。他是那種走進房間，房間就亮起來的那種人。老畫家太太說。即使到後來，他還是個好看的老人。

他們點頭同意。老畫家太太低頭沉思。

你累不累？要不要躺下來休息？她問。老畫家太太的多話讓她詫異，雖然對她的話極度好奇，還是不免感到自己的傾聽彷彿在施捨同情。特別護士呢？她想。

我還好，老畫家太太搖頭。再過不久我就永遠躺下了，還怕沒有足夠時間休息嗎？看見他們驚訝尷尬的表情，她綻開明朗的笑容。我嚇到你們了？對不起！不要顧忌我談死，我並不怕死。我現在只是在等時間到再見艾德華，不見得是在天堂、極樂，反正不管怎麼叫，我知道他在那裡等我。他們知道老畫家夫婦是虔誠的基督徒，每星期天一定上教堂。

我看這些畫，就覺得他在房間裡。他是一個容易滿足的人，總是看到事情的光明面。有他在的場合，氣氛就很溫和，好像壞事就不會發生。他是個最好的人。老畫家太太似乎比往常多話。

你們兩個都很好，我們沒碰過比你們兩個更好的人，他們誠懇說。

你們錯了，我一點都比不上他。他只是要做他喜歡的事，不管潮流。我不一樣，我認爲一個人應該做應該的事，而我所謂的應該是野心、成就。他是藝術家，而我是有野心的一個，我替他有野心，覺得他應該實驗、冒險、變，像畢卡索一樣。你們能想像嗎，我影響他的畫風？老畫家太太點頭，深深吸口氣。是的，我批評他的用色太保守，題材一成不變。是的，我做過那樣可怕的事，試圖操縱他的事業。你們相信嗎？凱蒂一向比較喜歡她爸爸，也許她不會承認，可是我知道。我不在意，我也喜歡她爸爸，可能比她還喜歡……然後她說不出話來，眼淚一條條流下，她開始無聲的哭。

他們呆住了。本能的，她站起來，走到老畫家太太身邊，輕輕擁住她。老畫家太太轉成啜泣。

對不起，我忍不住。老畫家太太說。他遞衛生紙給她，她接過去。

沒關係，想哭就儘管哭，不哭才糟糕。她溫柔說。

幾分鐘後，老畫家太太止住了哭。只能說這種時候，哭比吃藥有效多了！她微笑說。他們問她有沒有在吃藥、睡得好不好、痛不痛。她解釋化療讓她生不如死，現在她只靠打嗎啡。看這病什麼時候放我走。我並不想死，但我更不想活。她說，平靜中微帶悲哀。

不久，他們告別走了。回程路上兩人沉重無言。她想到老畫家的「失敗」，似乎，在老畫家太太的話背後，隱含了那個意思——他是個絕好的人，但嚴格來說，是個失敗的藝術家。

三個月後，老畫家太太去世。那段時期他們正忙著畢業，抽不開身。老畫家去世時，他們曾接到老畫家太太的通知，到她家裡去參加追悼老畫家的餐會。他們記得在老畫家夫婦的家人和朋友間，聽他們笑談過去。就是在那個場合，他們見到了凱蒂的中國先生。兩天後在教堂的告別式他們也去了，簡單莊嚴，一個朋友唸了一篇幽默感人的悼文，引起滿場笑聲，一點都不愁慘。但是老畫家太太的告別式他們打不起精神參加，給自己的藉口是忙，忙論文，忙找事。幾個月後他們離開安那堡，開始就業生活。老畫家那幅畫隨著他們搬遷，不管大房子小房子，始終掛在客廳最醒目的地方。她越來越發現自己並不眞正喜歡那畫，有時逮到自己暗藏的遺憾之感：但願挑了那幅晨霧就好了。

輯 III

她看見窗外半輪明月異常光潔，
便關了燈，月光淡淡洩入。
她靜靜喝水，
冰涼的水如月光緩緩順喉嚨流下去，到身心深處，
洗去所有恨怒和焦慮，讓她覺得格外清醒。
她似乎看清全局，知道該怎麼做……

黃昏之眼

太陽記得它沉落前最後的一瞥嗎？

女人死了。伍先生發現時，她躺在地上，群貓在屋內走來走去。

女人已經涼了。伍先生不需要摸她。見她那樣伏在地上，彷彿一件棄在地上的衣服，他便知道，她已走上了一條永無回頭的路。

我應該也快了。什麼時候？等了多少年了？

蹲在女人身邊，伍先生想。當他吃力站起，看見黃昏最後的光芒正從窗外逃去，屋內沉沉有如一只黑口袋。他感覺死亡正在室中，由那些肥碩的貓的眼中，熒熒朝外望。

來，抓我啊！你怎麼不抓我？我怕你嗎？我不怕你。活下去都不怕，怕死嗎？來啊，我等你來！

伍先生在女人生前常坐的籐椅上坐下。一隻大白貓懶懶蹭到他腳邊，他拿一隻指頭輕輕划牠頭上的毛。牠仰起頭，一下跳到他膝上。白貓的柔軟溫暖使他倏然憬悟女人爲什麼養這些貓。生命，活蹦亂跳的生命啊！

伍先生輕輕撫弄白貓頸下柔細的毛，感覺牠喉部連續的吟顫。一陣濕熱之感由深處湧起，他靜靜坐在那裡。抱著白貓，他靜靜坐在如黑口袋的室中。

地上死去的女人站起來，瘦長如竹枝的身影走到窗旁的縫衣機前，坐下來，左手理理頭髮，低下頭，軋軋車起來。

隔壁大聲的電視新聞將伍先生由沉思中驚醒。

她不在了，你們打算怎麼辦？

伍先生問那一群貓。發現女人伏在地上時，他正提著菜場要來的魚頭魚尾來給女人的貓。

一日伍先生突然醒來，坐在床上，赤著腳，被子圍在腰際，有點興奮，有點驚慌，有點小孩子站在陌生人面前的不知所措。

四點的時候伍先生上床躺一下，然後，一個高大的女人站在床頭，全身赤裸，豐盈飽滿，肌膚油亮綳緊，好像有另一個更龐大渾圓的身體，要從那綳緊的皮膚下跳出來。一粒跳出豆莢，滴滴滾圓的豌豆。一碗煮滾的，浮在水面，白胖的豬油湯圓。一個由想像和寂寞創造，比眞實更眞，熱烈逼人，如女神一樣由夢中踱出來站在床邊的女人。

伍先生坐在床上，夢裡女人的形象仍然鮮活遊行過他眼前。他使勁搖搖頭，並重重抹一下眼睛，下床穿衣服。不久他便下了樓，來到街角的裁縫鋪。沒有店名，只有一塊小小的白色招牌，紅紅寫著「裁縫」兩字。

伍先生從敞開的大門走進去，穿過院子進屋，走到縫衣機旁。她靜靜坐在那裡，縫衣機隆隆車著，軋軋軋，將女人手中的布料往前傳送。布料車完的時候，女人抬頭察看訪客。當頭的燈光照著女人側仰的臉，她不年輕。

伍先生提一提手中的「利美西點」塑膠袋：「補衣服。」女人接過塑膠袋，從袋中抓出一堆衣物。她迅速檢視那些舊襯衫、舊長褲，找出肩膀、褲襠和其他開綻或破損的地方。她一邊翻檢，一邊報告結果。不時伍先生伸手指出一些隱藏的破綻，女人便點點頭。檢查完畢，女人將三件襯衫兩條長褲重新放回塑膠袋中，站起來將塑膠袋放至縫衣機旁的一張大工作檯上。檯上散置著一支黃色木質長尺、一盒粉紅和灰綠碎成小塊的粉餅、幾塊疊在一起的布料、剪開的紙型，和一支直豎的電熨斗。

「你什麼時候要？」女人不知由工作檯什麼地方拿出一本冊子，用令他驚訝的粗嘎和冷淡的聲音問。

「什麼時候可以好？」伍先生小心問，彷彿那粗嘎冷淡的聲音象徵他過去曾做過的一切錯事。

「你什麼時候要便什麼時候好。」女人不看他。

「明天或後天都可以，如果明天能好——」伍先生有點囁嚅，小心揀著話，彷彿字長著刺。女人的冷淡讓他不由自主地膽怯。

「那就後天。」女人彎身在冊子上記下什麼，然後撕下一頁遞給伍先生。

「多少錢？」

「三十塊。拿時再付。」女人眼光在伍先生面上掃過。「新搬來的？」女人的眼睛沒有表情。

伍先生在女人的眼光下縮小。「是。暫時住在轉角的綠色公寓四樓。」伍先生說，一手捏著自己鐵灰西裝褲的褲緣。

「噢，高家。」女人說，轉身復在縫衣機前坐下。「後天下午來拿。」說完，女人隆隆車起來。伍先生點點頭，謙卑掉頭走了。

她是那樣一個傲氣奪人的人，你說是不是？

伍先生撫著白貓想。白貓沒有名字，女人的貓都沒有名字。一屋走動的貓，像一街走動的人，無名無姓。

我第一次看到她，她那種愛理不理人的樣子，那種說不出來的，讓人全身不自在，好像比她小，比她不重要的樣子，她那種樣子，那種樣子——你知不知道她那種樣子？

伍先生問膝上的貓。

我感覺到她那種樣子，因爲記得我的腰在她面前（唉，不是面前。她那人，從來不拿正臉對你。總是背，或是半張臉。鼻子直直統到前面，嘴角斜斜掛下來。她已經不年輕了，臉上的線一條條，都是往下掛的）一直、一直那麼奇怪的彎下去，躬下去，好像地底下一條繩子拽住我的脖子往下拖，拖。我的腸胃裡，也好像，橫著豎著，扎滿了冰棍子。她那人，就有這種氣勢。好比有人在她面前拿了白亮亮的刀子自己開腸破肚，挖出一堆紅紅綠綠的內臟，然後倒在一汪滾熱的鮮血裡死去，她也不會眨一下眼睛。她讓你感覺她有那麼冷，像從冰庫剛拖出來，絲絲冒著寒氣。難怪老江叫她冷凍肉、石觀音。

白貓由伍先生膝上一欠一躬，跳下地去了。

「試試看！」

伍先生去拿衣服時，女人指著牆角一道簾子，將一疊東西塞給他。

「不用吧，反正不過補幾個洞。」伍先生，很驚訝自己像頭一次一樣，完全落入女人奇異的威勢之下。

女人由縫衣機抬起頭來，想了想，露出微笑。

「沒錯，是我糊塗了。不過還是可以檢查看看，看有沒有漏掉的地方。」

爲了取悅女人，伍先生點點頭。在女人的工作檯上，將衣褲一件件披開來，細細檢查了一遍。女人脊背向前彎曲，自顧自隆隆踩著縫衣機。檢查完，伍先生說：「該補的都補了。」女人便從椅凳上站起，移到工作檯前，極其熟練將伍先生攤開的襯衫長褲一一摺疊整齊，由檯下抽出一只遠東百貨公司的紅色塑膠袋裝好。伍先生從褲袋中掏出三十元，遞給女人。

「謝謝，再來。」女人將錢放在工作檯上。

伍先生正要出店時，一個頭髮半禿、叼著根香菸的矮壯老頭進來，叫：「都涼了，快來吃吧！」伍先生朝老頭微微頷首，老頭笑著重重點頭還禮。伍先生出門去了。

此後一個月間，伍先生連續到女人的裁縫店幾回。頭一回，是伍先生又找到了一些可以補綻的衣服。第二回是去拿。第三回，是高太太給了他一塊布料，他想也許可以做條褲子，便又來到女人店裡。

「又來了。」伍先生甫進門，便先招認似的笑說。怕太強調，連句首的我都截去了。

「這次又有什麼要補的？」女人用認識一個月和毫不認識一樣的平淡語氣問。

「不補，這次做新的。」伍先生將布料由塑膠袋裡抽出來，放在工作檯上。

女人拿起布料，復又放回工作檯上：「做什麼？」

「想做條褲子。現有的褲子都是穿了十幾年的。卡其褲，說耐穿眞耐穿。」伍先生笑笑，似在爲卡其褲的耐用道歉。

女人微微一拉嘴角說：「你是該做條新褲子。」

得到女人同意，伍先生倏然興奮起來。

「不過，這料子我看，不適合做褲子。」女人將布料拾起，讓它由手中滑下。

伍先生摸摸料子，有點失望：「爲什麼？是素色沒錯，褲子都是素色的。色也夠深，深灰的。」

女人瞄伍先生一眼，拿起布料，圍在腰間。「看得出來吧，這料子軟趴趴癱在身上，做裙子還差不多！」

「那就沒有用了。總不能眞做成裙子。」伍先生看女人將布料摜回工作檯，愣愣說。

「也不能說沒用。做褲子不行，做襯衫倒還可以。」女人倚著工作檯，斜長像燈光投射的影子。伍先生再一次爲女人的細長驚訝。

「可是我需要的是褲子。」

「如果你一定要做褲子，那就做褲子。」

伍先生搖搖頭，好像爲失去的新褲子有點不開心。

「其實，以你的身材，很容易買到現成的，比買布做還便宜。」女人坐到縫衣機前，埋頭開始車起來。

「這布不是買的。這輩子還沒買過布做衣服，都是夜市地攤隨便撈來穿。」伍先生說，看女人自顧自車一塊軟滑花色布料，似乎根本忘了他在那裡，感覺相當無趣，隨手抓起布料塞進塑膠袋裡，打算要走。

女人停下來，站起身：「這樣好了，你把料子留下，過一個禮拜來拿。」伍先生仍在猶豫。女人已經接過塑膠袋，取出布料，大約量一下尺寸，接著拿布尺替伍先生量身。「貴姓？」女人蹲在伍先生腿邊量腿長。

「伍，人五伍。」

「高家親戚？」女人站起來，幾乎和伍先生齊高。

「一點點，說不是又是，說是又不是，那種八竿子打不著的關係。」

「作客？」女人在小冊子上記下伍先生的尺寸。

「暫時住住。高先生看找不找得到事我做。」伍先生勉強笑笑。「原來幫忙十幾年的店倒了。」

「下禮拜來拿。」女人坐回縫衣機前。伍先生對女人側影喃喃說再見，像突然被遺棄悵悵走了。

一個禮拜之後，伍先生回到女人店裡。不但有件新襯衫，而且有條新長褲。

女人這回沒在車衣服，而在前面院子裡整理花草。她的小院子裡擺滿了盆栽，一株株葱蘢茂盛。連屋內也處處看見盆栽，高如樹，小如花，盆盆罐罐。圍牆上由花盆沿竹竿爬上來的九重葛恣意伸展，牆角掛著養蘭花的蛇木。院裡不知多少種花，紅紅黃黃。伍先生進來時沒見女人，進屋後才又倒出來看見她蹲在花草間。女人頭髮攏在腦後，紮一條大紅紗巾，漂亮的曲線沿頸脖滑下肩背。伍先生口中讚美花草，心中讚美女人。以前伍先生總是筆直穿過院子進屋，這回是他第一次注意到這些紅紅綠綠。在盆栽中工作的女人，帶著像花一樣沉默美麗的氣質，善良了，溫柔了。

「我等一下就好。」女人說。

伍先生走近，看見她正在拔土裡鑽出的雜草。

「你的衣服在檯子上，你可以進去試試看。」

「沒關係，等一下好了。其他沒有，時間我多得很。」伍先生說，自覺到語氣中藏著一點苦，蹲下身假裝去聞一盆花。

女人手中擰著一把草站起來，伍先生隨她走入屋裡。「試試看。」女人指著檯上疊得整齊的兩件衣服，走入裡面不見了。女人再出來時，伍先生仍在角落簾後試穿。「怎麼樣？」女人問。

「等一下。」

「別脫，穿出來給我看看。有什麼需要改的，可以馬上做記號。」

簾子掀開，伍先生出來，新衣服捧在手上。

「怎麼換下來了？」女人平淡的聲音有點責備。

「合身。都很合身，很合身！」伍先生連連點頭說。

女人瞅他一眼，掉頭去看窗外說：「那就好。」

「麻煩你還加做了條褲子。」

「不麻煩，料子現成的。」

「總共多少錢？」

「一百塊。」

「哪這麼少？」

「別跟我爭，我說一百塊就是一百塊。」女人語氣像個媽媽。

「那我不能收你的襯衫跟褲子。」伍先生溫和但堅決的說，用出以退爲進的招數。

女人抬起眼，那眼光伍先生看起來，像年輕女人的。對比之下，女人的臉顯得蒼老，盡是年紀的憔悴。伍先生記得這臉上不相稱的霸道眼神，像凋敝的舊衣掀起，倏然露出火紅裡子。那眼神洩漏了女人的什麼，伍先生說不出。

「不收那我也沒用——」女人順手抄起，擲進一旁的垃圾桶中。

伍先生被女人的火性駭到，愣愣說不出話，看女人影子一樣飄到院子去。伍先生將衣服由垃圾桶中的碎布和線頭裡撈出，端正疊好，由口袋中掏出一百塊，扯直拉出「綳——」一聲響，小心對摺壓平，放在工作檯上，將衣服揣在脅下，走出門。女人沒在院裡，伍先生停駐張望一陣，搖搖頭，自言自語，完全戰敗似的垂著頭，走出敞開的大門。

穿著女人做的新襯衫和長褲，伍先生工整得像剛從菸匣中抽出來的挺拔菸支。他口袋裡裝著幾張從郵局領來的百元大鈔，準備慷慨花掉。

傍晚五點鐘，伍先生進到女人店裡。「又來了，我！」他用老朋友的語調輕快說。

女人坐在牆邊一只籐椅裡，戴著眼鏡看報，一隻花貓伏在腳邊打盹。她抬起頭，摘下眼鏡，打量伍先生，像打量剛糊的新牆壁。

「穿來給你看看。」伍先生有點窘迫說，彷彿討好賣乖只討到沒趣。

「褲腿長了點。」女人做了裁決。

「不長不長，剛剛好。」伍先生低頭瞧瞧，拉一拉褲頭。

女人沒有說話，眼光劃過又收回。伍先生踱到對牆縫衣機前的凳子，小心坐下來。女人繼續看報，偶爾搓弄出展疊報紙的窸窣聲。伍先生從襯衫口袋中取出一包菸，躬身將菸包遞過去給女人。女人搖頭，他收回菸包，抽出一支點燃吸起來。

「伍先生你有事？」女人聲音從報紙後傳來。

「沒，沒事，沒事！」伍先生笑說。

女人復又看報，伍先生靜默吸菸。約半支菸過後，女人放下報紙站起來。「如果沒事，我要到後面煮飯了。」

伍先生也站起來，菸撚在指中，臉上開著一張不知所措的笑容：「不用煮，我想，我是說，如果你不反對，我請你到附近館子吃吃。」怕女人反對，說完他將已有的笑容更擴大一倍，裡面的誠懇也增加十分。

女人有些詫然，摘下眼鏡，擰著眉心的肌肉。

「我口饞，想吃點口味不同的東西，又不想一個人吃沒意思——」好像知道女人必然拒絕，伍先生笨拙製造理由。

女人微微一笑：「上館子哪吃得到好東西！而且，老江要來吃飯。謝謝你的好意，不必啦！」

「沒關係，我連他一起請，人多熱鬧！」伍先生匆忙說。

「不行，我今天在菜場買了條新鮮鱸魚和腰子，要趁新鮮晚上吃掉。」女人說。

「那——那明天你不要買菜——」伍先生將燒完的菸蒂丟進垃圾桶中。

「這樣好了，乾脆你在這裡吃，上館子的事不要再提。」女人決斷說完，不等伍先生回答，飄入後面不見。

伍先生坐進女人的籐椅，復點燃一支菸，靜靜抽著。這樣一個霸道不留餘地的女人，他想，難怪身上不長肉。拾起女人遺下的報紙，看看又放下。報紙伍先生早飯前已經看過，不但看，而且鉅細無遺。在這年紀，無事可做，只好做報紙專家，他自嘲地想，站起來走到前院，無聊地噴煙踱方步。一支菸抽完，乾脆踱出女人的院子。不久，提著一個沉重的塑膠袋回來。剛入屋，裡面走出那矮壯半禿老頭。

「伍先生，你好！江大爲，叫我老江。」說著伸出手，熱烈和伍先生握手。「彩娥不要我幫忙，教我招呼你。我說，沒見人，不知跑哪裡去啦，你這就進來了！」老江說話快而且溜，教人耳朵幾乎跟不上。

「我到附近買了兩瓶酒和一點下酒菜。請客不成，起碼助一助興。」伍先生笑說。

「好，好，晚上可好痛快吃一頓了！其他事我不敢說，吃我老江絕對搶第一。」老江接過塑膠袋：「老伍你先坐一下，我去把這些裝上盤。」笑嘻嘻走進去了。

伍先生坐下，一支新燃的菸方抽上兩口，老江出來，拖過一張椅子坐下，伍先生敬他一支菸，他便也抽起來。

「馬上就好，還差個蒸魚。」

「不急。老江你跟這位女裁縫，很熟嗎？」

「什麼女裁縫，叫她彩娥！熟啊，幾十年的老鄰居了！」老江說。「我就住在街角，那家大為工藝社就是。有空歡迎過來坐坐！」

「只要不耽誤生意，我一定來。」伍先生誠心說。雖然說不到幾句話，他已經認定這老江是個爽直熱心的人。

這時女人出來，他們便跟她到隔壁房間用飯。房間小而簡單，正中一張方桌，牆角一只碗櫃，此外四只木椅。桌上滿滿，擺了四、五盤菜，魚香布滿空中。

伍先生和老江談得熱絡，女人極少插嘴。談話中，伍先生知道老江和女人由於皆是獨居，為減少麻煩，經常合伙吃飯。有時女人過去，有時老江過來。

「兩人說說話，總比一個人強。這人生慘事，說起來有三件。一個呢是久病不癒，一個呢是常敗不勝，還有呢就是這，一個人吃飯！」老江說到最後，極薄的單眼皮往上一睜，頭復一點，表明確是發自肺腑的心得。

「其實，大爲一個人吃兩個人吃，都一樣。」女人慢慢說，眼睛看著飯碗。「他這個人，對著牆壁也可以說不完，不需要聽眾的。」說完才看老江一眼。

「嘿，老伍，她這話可不假。我這人，天生愛說話，嘴巴一張就沒完。我媽以前有時叫我『嘴巴沒鎖的』。加上打了一輩子光棍，更練成自說自話的本領。不管有人沒人，我這一張嘴勝過兩張，一問一答，說得雞飛狗跳。走在街上忘了，也自言自語起來，像個瘋子。有人背後叫我『江瘋子』，以爲我不知道。」灌一口酒，接著說下去。「彩娥她這人，正好相反，跟牆壁差不多。跟她說話，你屁放得滿天，她羊屎也沒一粒。我沒冤你吧！來，乾杯！」老江舉起酒杯，虛空一晃，便即仰面飲乾。

伍先生酒量淺，留半杯。見女人也一舉飲乾，心中驚奇。「好酒量！」他稱讚。

女人笑笑。老江吞下一大口腰花，說：「彩娥酒量可沒話說。人瘦得像麵條，喝起來勝過彪形大漢。別人都放倒，起碼廁所也跑過幾回，這彩娥端坐不動，臉色不紅不白，心跳不快不慢，把酒當水。你說我有沒有說過分？」老江飲口酒，又塞了一大片滷肉進口，接下去：「不過要彩娥說話，就在酒一個字上。不要醉，三杯下肚，她也會笑，也會說話，也會唱歌了，完全不像平常石觀音的嘴臉！」

「像你，沒喝兩滴，酒話已經連篇了。」女人輕叱，但語調是寬縱的。伍先生看她似笑非笑，彷彿年輕許多。

伍先生回到高家已近九點。高先生有應酬，尚未回家。高太太問他吃過飯沒。

「吃過了，吃過了。」伍先生愉快頷首。「很久沒吃得這麼痛快了！」

在伍先生眼中，死去的女人站起來。

女人死了嗎？伍先生心中深處，這一切並不曾發生。知道是一回事，相信是另一回事。躺在地上的女人證明什麼？而且沒有活過的人怎麼能死？

死去的女人站起來，細長如繩，浮游過空氣。黑暗的室內軋軋軋充滿縫衣機的聲音，軋軋，軋軋軋，忙碌，飛快，充滿生氣，充滿目的。軋軋軋，踩縫衣機的人像一個勇猛的士兵，像甫出槍膛的子彈。軋軋軋，快樂的裁縫，快樂的女裁縫！彩娥！

伍先生低低喊出。伍先生看見的不是真正的女人。

女人活著時伍先生不曾叫過她的名字。不敢叫，怕僭越了兩人間的距離。男女的距離，以及，女人較常人所更不能把握的距離。伍先生怕女人，無以名之的懼怕。

那樣一個不可解的女人。瘦得像裝不下五臟六腑，冷得像冰，硬得像刀。一屋子花草，一屋子拾來的貓。發著貓聲，梳理貓長年掉落的毛，和貓講話。人不如花草，人不如貓。怪異的女人。怪異。伍先生向擦腳邊過的大黃貓說。

老江敏感呵呵笑了兩聲，識趣不看伍先生，忙著剪他的紙，口中飛快：「怎麼？有意思？我早看出來！」

伍先生覺得臉臊紅了，彷彿讓人發現他做的春夢。

「棺材進了一半，想這種事！」伍先生像在責備別人。

「嘿，這有什麼好臊的！人生兩大事：飲食，男女。聖人說的，是不是？我江大為是反老還童，看破，死心，做個快快樂樂思無邪的童男子，和每天經過工藝社上學下學的小朋友看齊，不然，老早也得娶個黃臉婆來每天鬥鬥嘴打打架，讓日子熱鬧一點！老伍你這麼大塊人，就是臉皮薄。」

女人的事，老江知道一點，不夠多，不夠深入。寡婦，年紀輕輕就守寡，沒兒沒小，無親無故，天地間吊著這樣孤零零一個婦道人家。脾氣古怪，手藝好，個性強。

年輕時應該很標致。她搬來時也四十多了，臉陰陰的，寡著一張臉，看得出來一度是美人。冷得像大寒天的野外，人沒人氣，女沒女氣，像武俠小說裡那種練了殭屍功的老太婆。我老江這一罐辣油的人，怎容得下讓人這麼愛理不理？也是和你一樣，補衣服補出來的緣分。我三天兩天來串門子，替她把招牌做起來，大門也漆了，紗窗也換了，死磨活磨，到今天，她高興叫我一聲大為，不高興連看都沒看見！根本，不知哪根腸子不對，你要我說，我說不清。這不知什麼地方冒出來的彩娥，說起來，就是對人沒興趣。我可以結論給你聽：三條腿的不如兩條腿，兩條腿的不如四條腿，四條腿的不如沒有腿！」老江手忙，頭卻轉過朝伍先生連說帶點。

「什麼三條腿的？」

「哎，女的兩條，男的三條！」老江眨了眨眼睛。「有一個婆子說，沒生過小孩才這樣陰陽怪氣。誰知道？說不定年輕時受過什麼打擊，她血性這麼強的人，吃得比別人重。是不是？心倒還好，熟了知道她面冷心不冷，只要不把那張臉掛在心上。」

「說老實話，我見她那張臉，連口水都不敢吞了。」伍先生羞澀說。

「別別別，假裝她跟別人一樣，沒什麼好怕的！」

「我這個人，在女人面前本來就特別笨。」

「我看得出來你老伍是個天生的老實人，連夢裡都不敢想入非非的。哈哈哈！」老江促狹的擠擠眼。

伍先生趕忙掏出菸包來，遞過給老江，自己也抓了一支。

我確實動過那個心思。伍先生說。

一個女人，他的女人，給他一個家，合睡一張床。

我確實動過那個心思。退伍金、這些年存的錢、打的會，加起來有一點。比不上人家財產百萬，但是夠成個家。這些年沒病過，連牙都沒疼過，也許等不到回老家見老妻，但是應該還有好些年可活，可做夫妻……彩娥也五十幾了吧！

伍先生存這樣幻想，經常上老江的工藝社，順便來看女人。女人不太招呼他，忙著畫紙型，剪樣子，車布料。軋軋軋，軋軋軋。伍先生一個人講話，怎樣離開閩南老家，軍伍生涯，退休以後。老家，老妻，子子孫孫。女人軋軋軋，軋軋軋。伍先生掏出相片，遞到女人面前。縫衣機停下。「我特地帶來給你看，這個，你看——」指指點點，妻呀、子呀、孫呀，好不容易輾轉寄過來的，珍貴近照。「丈夫是國特，受了不少罪！」搖頭感傷，把相片堵在女人面前。女人手推了推，站起來，扶著腰，捏捏揉揉。伍先生照了相片要寄回去，也來給女人過目。「是不是太老，太寒傖了？他們看了會不會以爲我在這裡受罪？我老覺看起來有點像——遺照！」女人手推了推，站起來。

「你要我說什麼？我要有辦法，買張飛機票把你送過去就是了！」女人的平淡似乎是發怒。伍先生把她的脾氣搞毛了。

伍先生把相片收藏到襯衫口袋裡，因爲窘迫而囁嚅。

「我很討人厭，總是婆婆媽媽沒完沒了，是不是？」他可憐自己，又蠢蠢抗拒。「這難道是我的錯？一個人不該留戀家庭、妻子？」伍先生沒說出來，不知道自己這麼生氣，以爲只是難堪，失面子。

「每個人都有傷心事。」女人低聲說。「再傷心還是要活下去。要活就不能把傷心事掛在嘴邊。」

「我這算是活？」伍先生聲音嘎了。他忍不住。

「我們還不是死人。」說完女人愣了愣，發出奇異的笑聲。「說不定，哼，說不定我們已經死了！死，活，有什麼不同？」女人踩起縫衣機，軋軋軋，軋軋軋。生命的聲音。軋軋軋。戰爭的聲音，軋軋軋。

大爲工藝社，一張桌，一張床，兩張椅子，一只架子上面兩層放碗盤鍋子，最下一層放書。老江的家當大約如此，目光一掃便看完。伍先生坐在桌旁，一邊抽菸，一邊欣賞對牆上老江的書法、剪紙、印章和水墨畫。伍先生不懂這些東西好壞，但直覺到它們帶來的，某種東西。至少，老江的牆比他所見過任何牆都悅目，而且有意思。在牆上糊報紙，或掛本月曆，已是伍先生能力之最。所以他誠懇說：「老江，你本事眞多！」聲音裡透注羨慕。

「玩玩，玩玩。成名不行，只夠自娛。人生第一要事，自娛。本領高了，自娛以後還可以娛人。我不行，自娛罷了。」老江笑說，彎身從地上的炭爐上提開水泡茶，他用一套小巧精緻的紅陶茶具泡茶。伍先生八月認識老江，現在已是十一月底。

倒茶後坐下，老江搖頭笑：「我這人，一事無成，錢沒賺到，老婆沒娶到，更不要講什麼成大功立大業，子孫滿堂了。幸好我看得開，一張床一個人，嘻嘻哈哈也就過去了。不然想起來，身邊多少人飛黃騰達了，多少人志得意滿了，那一張張臉，那種氣味，那種勢，唉，再豁達都要疼上一陣，晚上也別想睡好覺！」

伍先生覺得老江在說自己，擎起一杯茶聞了聞：「嗯，香！」

「香？吃狗肉那才眞是香！嗯，光想都要流口水。每年冬天我都要吃上幾次狗肉，吃得路上狗見了我就掉頭。惡名在外，畜生都知道了！」老江話一轉，似乎忘了原來說什麼。

「沒別的東西比吃更讓你老江來勁的。」

「那是眞，是千眞萬確一點不假。彩娥這點剛好跟我合，才變成這種標準的酒肉交情。嘿嘿，這女人是眞怪。喝不醉，吃不胖——」

伍先生不接話，問老江哪裡學來這些手藝。

「還能哪裡？軍隊！軍隊是一窩大江南北的牛鬼蛇神，什麼本事的人都有，這你知道。像納粹集中營，你知道那集中營裡也是，各方好漢，十八般武藝。不過有什麼用，人豬，砲灰，他們是。唉，人間慘事，唉！」唏噓一陣，老江一拍手。「高先生替你找事有眉目沒有？」

「找著了還成天東晃西晃？看是除了進養老院沒別的路了！」伍先生搖頭。「這年紀，找事太老，要死太早，沒個地方可以安插。我說讓我回老家，走得出去嗎？銅牆鐵壁啊，那是！你說怎麼辦？」伍先生苦笑。「你老江至少還一手本事，上有老人緣，下有小孩緣。說老實話，我羨慕你呀！我在軍隊裡除了學會疊豆腐，可什麼都沒學會。」

「說什麼話！唉，羨慕我？笑話，笑話！」

以後老江提起伍先生可以幫他管管帳，釘釘招牌，上油漆。彩娥那邊他可以代撮合，到時刻一枚「良緣不老」。在老江口裡，一切莫不輕而易舉。而女人確實，女人見到老江便有神采。老江那座瓦斯筒般的身材，那張縫衣機的嘴，軋軋軋，軋軋軋。女人活跳了，伍先生夢得大膽。軋軋軋，時間的布料往前滑。

現在，唉，現在！

你們怎麼辦？伍先生問貓。你們怎麼辦？一把豆子撒開去，各滾各的。像戰火中的人，同姓不同命，同簪不同運。現在你們怎麼辦？一聲貓吟，傳自屋中某個角落。死去的女人躺在地上，躺在無知覺的死亡裡。女人曾問：死，活，有什麼不同？

也許對你沒什麼不同，彩娥。伍先生說。對我，有。死人不會再想到改變什麼，活人會。我會。

爲什麼沒有再婚？你和老江，不能再好的搭配。老江話講得豁達，我能信嗎？老江是好人，好人。我算什麼？你既然不和老江，我有份嗎？雖然我要的不多，一個女人，一個家。我想過頭了。沒我的份。我只想改善處境，像濕了衣服想換下來。

伍先生不知女人年輕時怎樣夭矯，怎樣恣意。一個燒盡的女人。一個極端。

伍先生自己是溫和的，高大斯文，相貌端正，很體面的樣子。然而舉止間的抑制，笑笑唯唯，透露出一個沒有身分、缺乏權威的人。連夢裡都檢點小心，來了女人，那樣飽滿招搖，讓伍先生即刻驚醒。在伍先生心裡，別人彷彿具有窺見他的夢境的能力。

老江說，這輩子做過最有野心的事，是每月買一張愛國獎券。

伍先生的「野心」，是娶個老婆。或回老家。

伍先生曾有過女人。嫖的不算，雖然有一個老相好。真正的女人，他動情，她也動情的女人，有兩回。一回人家介紹，他還不到四十。沒成，發現他已有家眷。另一回是替人家洗衣的太太，人簡單勤快，離了丈夫在外，和伍先生同居半年，丈夫找了來，跟丈夫回去了。只這兩回，其他都不成事。年復一年，伍先生剩下回老家的打算。

你若不死，我也只是瞎做夢吧！伍先生說，慢慢站起來，腿麻木如死。

什麼時候輪到我？伍先生摸索出屋。我的時辰到時，妻子兒孫會不會在身邊？伍先生不知道六年以後，他會提著兩只大皮箱，裝滿了在台灣三十八年來累積的財物和風霜，又喜又怯回到家鄉，然後遽然病倒，幾幾乎就死去。這時他走出去，走出過去半年來的軋軋之聲，他要去告訴老江。女人，原是老江的女人。

出路

1

十多年前，那時他們還在台灣，一切都還算圓滿，天其對月芝說：

月啊你沒見識過外面，什麼都不知道，你以爲天下就只有台灣，吃飯一定要用碗筷，住家只有公寓。我跟你說月啊，外面有人睡水床吃東西用刀叉出門開汽車付錢用信用卡樓高得你要仰頭跌倒還看不到頂。我跟你說月啊，外面的世界你想都想不到！

幾個月前慕良對月芝說：

天其一直纏著我要錢，想頂下一家日式料理店。我哪裡來的錢？買這棟房子已經向我爸媽借了一萬美金付頭款，薪水每月付房貸下來再應付一大家人生活已經來不及了，我哪裡有錢？他老想我可以再去跟我爸媽借，不然去跟兩個姊姊借，不然就是跟教會裡誰誰誰借。他一心夢想頂下那家店，天天在我耳邊唸，和他怎麼都說不清……

然後是張梅粗沉的聲氣快速說：

你要替自己打算打算，沒合法身分怎麼行？你居然沒合法移民身分也安心住下來一住就是七年，我眞服了你！我是沒法過你那種日子的！你呀要替自己打算打算，不能等別人替你打算。你天生漂亮，還年輕，看起來才三十幾歲的樣。你去美容院修修頭髮，弄點型出來，再化點妝，以你的長相，一定就很漂亮的。不像我沒本錢，哈，再打扮也是白搭。你該想想將來，總不能就這樣一輩子下去吧？……趙國強有個，哎趙國強是我先生啦！他有個同事，姓楊，人很好，啊老實得不得了。可是老實還不好嗎？單身，不是離過婚的那種單身，而是一次婚都沒結過的那種單身，眞的，老好人，好得不得了，好到我老想罵他。我這種人兇巴巴的又雞婆，趙國強有時受不了叫不知道他當年看上我哪一點！我就還他一句，我對他也非常有同感！……

2

一個春天早晨，月芝在滿耳鳥聲中醒來。嘰嘰喳喳，那嘈雜的鳥叫十分快樂，好像教人也快樂。這裡是個只准快樂的地方，大家來這裡製造快樂。

這裡不是他們窩了五年的法拉盛，而是紐澤西郊區，一棟破敗的大房子。半世紀久的老屋，有五間臥房、地下室、容一輛車的車庫。雖然房子陳舊，許多地方需要整修，加上前後院，紐澤西比起法拉盛總算是一大進步。月芝看見美國出名的草坪，又整齊又綠。還有廣大的藍天，比她在台灣見過的天空都大、都藍。還有安靜漂亮的鄰里，寬大的街道，兩旁是漆成各種顏色的木屋。樹木、信箱、車道、人行道，每樣東西各在其位，像美國人的餐桌擺設：盤子、刀叉、湯匙、餐巾，規規矩矩，整整齊齊。

美國住宅區這種精心收拾的景象，月芝不知怎麼看來總覺有點假，起碼不眞，像商店櫥窗裡的擺設或是電影裡的場景，過不久就要拆掉的。不像台灣，擠歸擠，髒亂歸髒亂，鬧哄哄中一切自有秩序，實在又安心。可是紐澤西這裡很好（如果是眞的），她可以住，她暗想。她聽到鳥叫，又看到花。在紅、黃、白、粉紅的花裡，她認出了杜鵑花、鬱金香和水仙花。四月，她不得不承認天其和慕良聰明，選了一年裡最好的時間搬家。有一種樹她不認識，開白花或是粉紅花，飄飄要飛去的樣，非常秀麗。她帶小孩在附近散步時常在別家院裡看到，說不出的喜歡。後來聽說英文名叫狗木，實在不搭配。狗木，意思就是狗喜歡撒尿的樹！天其得意說。她對他那種愛假充聰明已經熟悉到麻木了。

天其當初宣布要搬家，且不是他帶她和三個孩子搬走，而是「全家」七人一起走時，她馬上覺得遭受重擊眼前發黑。之前她只有兩次類似經驗，一次是天其建議以離婚爲改善未來的手段時，一次是她第一次申請不到觀光簽證時。那些時候她感覺天地彷彿是鋼鐵鑄成，把自己封在中心。這次那感覺又回來了，而且更強。她強迫喉嚨擠出一聲「我不搬」，便離桌回臥房，將自己像屍體一樣擺在床上。聽得見孩子們笑鬧和電視的聲音，忽然一向低聲的慕良高叫了一聲：「不行，威威！」晚點天其進來，站在門口木木的，散發像要說什麼的空氣。月芝背對他躺著動也不動，他便兩手一攤走了。

搬家那天，天其租了一輛大卡車，找了同在餐館跑堂的三個好漢來幫忙。其中兩個二十好幾是香港來的，黝黑臉，有個眼睛會笑活像成龍。月芝總覺香港人好像就幾個臉型，看來看去差不多，美國人起碼頭髮顏色就不一樣。有個大陸來的，三十出頭，瘦身瘦臉，背微駝。他們興致高昂，邊搬邊說笑。年紀最大的一個悄悄打量月芝，暗自點頭。他們直接間接，都聽說天其有兩個老婆的事，喜歡找機會就糗他。先是低聲悄悄來，表情有點色色的。

後來乾脆堂而皇之，問兩個老婆床上風光。變態啊？天其會假裝生氣罵人。不然是：你以爲好玩？你以爲我日子多好過？聽的人明白他不只是受罪而已，更加有勁。在外人面前，天其有本事倒轉成敗，應該臉紅羞愧的事，他說起來竟更像洋洋得意。沉重的事到他那裡輕了，好像天塌下來自有別人頂著。自然，現在眞的是有人替他頂著：慕良。

天其開卡車帶柏聰和柏敏，其他人坐慕良的廂型車。月芝不辨方向，只在車子經過某大橋時回頭看看曼哈頓骨牌林立的剪影。法拉盛五年，她也不過在第五街大道上走了兩回。一次是頭一年聖誕節，慕良堅持帶她去看第五街上那些名店的聖誕裝飾。另一次是隔年，帶了一群小孩去看梅西百貨公司的感恩節花車遊行。這個摩天大樓插天的世界，和她一點也不相關。

「跟美國比啊，台灣不過是一大鍋粥裡的一粒老鼠屎！」天其曾說。

那時月芝不由立即尖酸回嘴：「你才是老鼠屎！好大好大的一顆老鼠屎！」心裡不免承認：「若眞有誰是粥裡的老鼠屎，便是我自己了。」

3

他們很快在紐澤西安定了下來。有人介紹，天其立即在一家相當大的中國館子裡找到端盤子的事，起初是打短工，幾個月後成了正式的。慕良透過當地中國教會的人幫忙，也替月芝找來一個小孩讓她帶。後來又多了一個，便是張梅的兩歲男孩。月芝的收入慕良堅持她自己收著，並替她在銀行開了個帳戶。早上孩子們先後坐學校巴士上學去，下午陸續坐巴士回來，便到廚房搜索零食，坐到客廳電視機前。月芝管理三餐，週末她和慕良一起去買菜。慕良也盡量在廚房幫忙，但月芝總很快就把她支走了。她對慕良雖不公開為敵，卻也軟不下來。晚餐時一桌熱鬧，英文蓋過中文。月芝發現孩子們到了美國話特別多，語氣也大了，鬧嚷嚷的，好像天下全是他們的。慕良談到整修房子，大家七嘴八舌都有意見。唯獨月芝，一口飯慢嚼慢呑好像出神，夾菜時偶爾才半抬頭掃一下桌邊的人臉，似乎和她毫不相關。「你看呢，大姊？」慕良堅持叫月芝大姊，她便淡淡說「我不懂」或「我沒意見」。

一個星期天，明月搬了椅子到浴室，地上鋪了一片舊報紙，面對鏡子坐好，讓月芝給她剪頭髮。不是大剪，只是修。明月愛她黑亮的東方長髮，喜歡頭髮在頸後擺動的感覺。有時安坐不動，也會不自覺地擺頭，感覺頭髮如水在頸上背上流動。「明月你脖子斷啦，腦袋放不穩？」一次讓月芝瞧見罵她。去年夏出於月芝堅持，把明月頭髮剪短了，齊耳的長度，斜斜下來，末梢打薄，月芝對鏡子裡的明月說：「看，整張臉都亮起來了！」她不愛讚美明月的容貌，儘管心裡承認女兒漂亮，甚至超過自己。明月看見滿地頭髮，一汪淚水忍了半天終於竄下來，暗恨母親虐待狂。這次，明月一直交代：「修掉一吋就好。還有打薄，越薄越好，薄到下面稀稀只有幾根！」她兩眼晶亮，直盯鏡子裡月芝手的動作。看見月芝果然聽話，嘴角才微撇露出放心的神情。

月芝正專心剪髮，明月忽然說：「你還在等他們離婚啊？」不是發問，而是陳述。

「你胡說什麼！」月芝像被刮了耳光。

明月披在床單下的肩聳了聳。

「其實我都知道。」明月沉靜說。

「你知道什麼！」月芝兇狠說。

「知道事情一團糟，知道都是爸一個人搞出來的。」明月很從容，一點都不怕。

「你什麼都不知道！」

「噢，拜託，媽！別再搬出那一套，這裡不是台灣！」

「哪一套？這裡不是台灣，我可還是你媽！」

「你何必這樣假裝？有個笨丈夫不夠，難道你希望自己的女兒也一點頭腦都沒有？」

「你這樣跟你媽媽講話的？說自己的爸爸笨？」月芝用力在明月腦袋上拍了一下。

「哎，好痛！」明月叫，氣餒轉過頭去面對月芝：「爲什麼你們大人總覺得隱瞞是最好的做法，然後又抬出一句小孩子什麼都不知道把事情壓過去？」

「不要動，你要我把你耳朵剪一塊下來！」

「我跟你說，我眞的都知道。」明月再試。

月芝厲聲說：「我是你媽，你是我女兒，不管這裡是美國是台灣，永遠都不會變！你聽清楚了？我不要你來教訓我！」

明月像月芝斜飛的鳳眼瞇了瞇，敵意中又似乎有點淚意，但她儘管瞪著鏡中的自己，一臉頑強。明月的倔強不知從哪裡來的，月芝自己向來溫順，直到逼不得已。

月芝以爲得勝，趁勢追擊：「你以爲到了美國就可以無法無天了？別以爲我沒看見，你現在講話目中無人，走路屁股扭來扭去，眼睛飄來飄去，自以爲迷人。什麼樣子，一點教養都沒有！」

「你以為裝出受害人的樣子事情就會解決！」

月芝剪刀停在半空，抬頭盯明月一眼，然後丟下剪刀和「你不是我女兒」，衝出了浴室。

4

月芝一陣掙扎，倏然醒來。這不是第一次。

她和慕良一起買菜。寬廣的超市一片白亮，冷得像冰箱。她推著購物車，跟在慕良後面。超市裡空空的，好像每次月芝來都是這樣。她們在海鮮部門，看玻璃櫥裡的魚。魚根本不應該切成一片一片來賣的。美國人一點都不懂吃魚。她自說自話，還是同慕良說。燈光一閃，滅了。燈光再亮，她變成了單獨一人。檯子後蓄了八字鬍穿著血污圍裙的男人問她要什麼。她看玻璃櫥裡的魚，這時都有頭有尾全身完整，金光閃閃像台灣市場上的魚。她不開口，指著其中一條微笑。男人取出魚，秤了，用紙和保鮮膜包好，貼上價錢。遞給她前，他問她要護照。

「沒先驗過你的護照，我們不能賣魚給你。」

「可是我沒帶護照，我只是上超級市場，不是上飛機……」她慌張結巴說。立刻出現了兩個也穿血污圍裙的男人，他們左右挾住她走過貨架間，往後面一扇黑色大門走去，門上標明「出境」。她掙扎，但全身無力，又叫不出聲，然後醒來。

她經常重複這場夢。發生的地點和方式可能不太一樣，可是最後總有人要驗她的護照，挾持了她出境。

通常她翻身就又睡著了，這晚悶熱，有台北八月那麼悶，她睜眼躺了半天睡不著，腦袋裡千萬件事攪在一起。額上身上都似乎蒙了一層細汗，她起身到浴室去，濕了小毛巾擦遍全身。擦完又覺得渴，便輕腳到廚房去倒水喝。從冰箱取出塑膠水瓶，倒了一玻璃杯，她便站在水槽邊喝。水槽面對後院邊上的一小片樹林，她洗菜時總喜歡看樹葉擺動，有時看見松鼠在樹下追逐便欣然微笑。這時她看見窗外半輪明月異常光潔，就關了燈，月光便很知心般淡淡洩入。她靜靜喝水，冰涼的水如月光緩緩順喉嚨流下去，到身心深處，洗去所有恨怒和焦慮，讓她覺得格外清醒。她似乎看清全局，知道該怎麼做。她再怎麼當明月的面否認，但知道女兒是對的。女兒比她聰明，也比她果敢，不但在她面前批評爸爸笨，還當面嘲笑天其愛錢。忽然一點輕微呢喃讓她回過神來。屏息靜聽，那呢喃聲漸大，變成呻吟，從慕良房裡傳來。月芝知道那聲音，禽獸交尾的聲音。以前這聲音會激怒她，讓她想死。這時面對月光她竟兀自微笑，想到了以前。天其每在床上火熱時，便開閘樣洩出一大串甜言蜜語：「噢，月芝，月芝，我愛你，我好愛好愛你，我永遠都會愛你……」以及類似狂言。天其激動時，便會說狂話做狂事。她當年就是愛上他這點像小孩子的個性，覺得他是個憨人。這時她放下玻璃杯，如蒙娜麗莎似的，似笑非笑，轉身輕步回房。

5

隔天張梅下班來帶小孩時，月芝送她到門外，站在車邊看她把孩子在嬰兒車座上安頓好，在她身後有點遲疑地問：「那位，你提過的那位楊先生……」

張梅弄完身子一直，回頭笑說：「終於想通啦？可惜，你想得太久了一點，人家已經……」看見月芝臉色突然萬分慘澹，趕緊煞住按了她的肩說：「哎，開玩笑的啦！我這個人有時就是，眞的是開玩笑啦！……」

於是約了那個週末，由張梅安排。

月芝不動聲色，只預先告訴慕良週末必須額外替張梅看半天小孩。那早慕良帶了孩子上中文學校，月芝便急忙回房。先從衣櫥裡取出早就挑好的一套絲麻混紡的紫灰套裝和珍珠耳環，放進西爾斯百貨的紙袋裡準備帶到張梅家換上，然後淡淡化妝。遇見天其前，她曾在台北的百貨公司做事，負責化妝品專櫃，結婚後素衣素面，這麼多年下來，拿起眉筆唇膏，心裡沒有把握，手指仍然嫻熟。她湊近鏡子，眼角張開的兩扇細魚尾紋，是她遮不掉的。不過，要很仔細才看得出來。

十點半張梅來接她，月芝一打開車門她立即就高呼（月芝聽來像高呼）起來：「就知道你打扮起來好看！看你，哎喲，腰比我的脖子還細，簡直就像個二十幾的小姐！哪裡像我，每天緊張緊張，可是全身不知怎麼就一圈一圈肥起來，下巴也一層又一層多起來！」張梅比月芝小兩歲，是月芝見過最爽直熱心又高學歷高薪的職業女性。她的身材月芝看來比慕良起碼小了兩號，厚實多過肥胖，可是她總愛拿自己的身材開玩笑。

「那個楊，先生——」

「放心啦，大好人一個！不好我絕不會介紹給你的！見面你就知道了！放一百個心！」

到了張梅家，楊先生米色的車已停在寬闊的車道邊上，毫不擋路。張梅直直開進了車庫，手裡鑰匙叮噹響領月芝穿過廚房。等月芝到一旁洗手間換上了套裝，張梅才帶她經過紊亂的起居室到客廳去。楊先生和趙國強坐在白色皮面沙發上，一人據住一端。兩人背後是一扇高到天花板橫跨整面牆的氣派大窗，米色黃藍碎花的棉麻混紡帘子拉開，光線透過白紗帘灑進來，整間客廳似乎便是一片柔和的白，好像是個純設計來反射陽光而沒有實際用途的地方。月芝第一次見到那白紗和碎花帘時非常意外，完全沒法把這樣女性化的裝潢和粗聲大氣的張梅想到一起。一見月芝，楊先生急急站了起來。月芝看到一個矮小身材的男人，灰髮厚厚一疊像粗糙的衛生紙搭在頭頂，底下五官平常，帶著討好近乎理虧似的笑容。她勉力微笑想說你好，結果只做到微笑點頭。他們沒久坐，然後月芝搭楊先生的車，開了好像很遠的路到餐館去。時間是月芝選的，館子卻是楊先生挑的。

停車後楊先生下了車，繞過來替月芝打開車門。她彷彿抱歉地微笑致謝，秀氣下了車，他替她在身後把車門關上。抬頭她只見一片陌生。不認識的小鎮，不認識的街。

「這裡你來過嗎？」楊先生問。

月芝微笑搖頭。

餐廳外面平常，進到裡面月芝才發現是個相當講究的地方。天其從不會帶他們去的那種地方。一來貴，二來天其是典型的中國嘴中國胃，瞧不起西餐。館子其實不大，地毯一踩便微微陷進去，鋪了兩層白色桌布的桌子隔得相當開。領班小姐問有沒有訂位，楊先生報了姓。她微笑帶他們到一個靠窗的桌位，月芝這才發現館子就在河邊，河岸景色秀麗。

人不多，他們是第二桌客人。坐下展開菜單，月芝不由露出苦笑。她的英文還是差，單字少，發音不準，說話結巴，論到讀更糟。

楊先生見到月芝表情馬上就會意了：「沒關係，我解釋給你聽。」研究許久，最後他替她點了烤迷迭香子雞，自己點了烤鮭魚，此外是菠菜苗沙拉。

侍者拿了菜單走後，月芝立即有點慌，轉頭看窗外，原來飄白雲的天色轉陰了，似乎有風，河岸水草不停擺動。

「這河景挺漂亮的。這家館子的名聲有一半是靠風景，菜還可以。」楊先生微笑說。那一餐，以及後來見面時候，都是楊先生說話居多。他幾乎是立刻就負起以說話來緩和氣氛的責任，彷彿直覺到月芝的尷尬和抗拒。他問她一些問題，她簡短回答。他也談自己，碰到什麼話題時順便發表一點意見，很溫和，也小心，不馬上就透露出太多自己。

菜來，他們便專心吃了起來。他問她好吃嗎，她點頭，他便低頭吃。他吃東西很小口，運用刀叉很小心，速度卻相當快。似乎她還在宰割盤裡的雞，他已經吃了八成。然後他放下刀叉，拿餐巾抹抹嘴，喝口水，漸漸把話帶到自己美國多年的單身生活上。

「每天上班下班上班下班，嘿，忽然人家小孩都上高中大學結婚了！更驚人的是有一天，聽說連下一代都生出來了！」聽到這月芝不覺露出一絲微笑。

他說話和他吃東西相似，小心，但是快。有時月芝覺得他是把話含在口裡嚼爛了才一口噴出來。笑聲特別，先是低低的，一下子變成了火車汽笛拔上去，背後還有種低音在震動，好像潮濕的木板在風裡拍打。每當他這樣笑時，她總不自覺左右張望，看是不是吸引大家側目。回程路上，他又在車裡這樣笑起來，她便微微驚慌，覺得他變成了另一個人，不是原先斯文溫吞的讀書人，而是個有所圖謀的男人。

一度他說：「也不知道是爲什麼，越來越覺得我兩手空空，什麼都沒有。以前我是不在乎單身的——不，應該說我滿喜歡單身生活的，看人家結婚生小孩忙得團團轉像看戲，覺得自己很超然。現在感覺不同了，說不上來。開始覺得說不定那些爲了老婆孩子勞碌不停的人還是比較聰明的，我們的社會傳統要我們早早結婚生子傳宗接代畢竟是有道理的，不然人生一趟辛苦到底爲什麼。你懂嗎？」

她麻木地點點頭。天其也老愛問她懂不懂，背後意思是「你什麼都不懂」。

他把她送到張梅家，她下車前他問她能不能再見面。她遲疑一下，答：「我們再安排好嗎？事情——有點複雜，你知道。」然後綻出鼓勵的笑容：「我會和張梅說。」他點點頭，還她一個微笑：「我們可以到公園去走走。或隨便你想到什麼地方，愛做什麼，我都帶你去。」後來她咀嚼「或隨便你愛做什麼」那句話。她老實想了很久，想不出若和他出去她愛做什麼。她一輩子到現在，難得需要自己做決定，尤其是憑自己好惡來做。她愛過一個人：天其，想過不必做店員的日子。兩樣她都得到了，此外她不知道自己愛做什麼，除了讓慕良消失。

6

悅來酒樓的停車場擠得滿滿的。裡面天其和所有跑堂都忙得團團轉，難在卻又要顯得不慌不忙。領班一再交代，絕不要顯出慌張的樣子，要給客人你全神招待他們的感覺。

星期五晚上通常滿座，最忙。宴客廳四張圓桌都坐滿了，一對中年夫妻慶祝結婚二十年。很多小孩，有的在桌子間玩躲迷藏。其中一個金髮小男孩不斷要綠色蝦片。另一個小女孩打翻酸辣湯，流到了地毯上。天其滿面笑容說沒關係，邊收拾邊暗罵：「該死的沒教養的美國小鬼！」

好不容易忙亂間有個喘氣的空隙，幾個跑堂在角落上一座屏風後站站。館子裡跑得最久的老陳捶自己的腰抱怨：「我這整個右後背，前天彎腰拔院子裡的一根蒲公英閃到，痠的，簡直就像泡在醋裡！一上下床就哎哎叫，我老婆聽得心煩。先笑我沒生過孩子，一點痛就呀呀叫個不停。然後說要幫我揉揉，她是存心整我，那麼小個子的人，拿出母夜叉的力氣，啊把我捏得死去活來。到現在我還覺得她那十根鋼條手指在我那裡跳上跳下！眞是沒良心，也不想我這裡衝來衝去多辛苦！」

天其大手往老陳腰上一放：「我運功替你打通血路！」

老陳回手一拍：「什麼功？陰陽採補功？」

也是台灣來的小蔡談起他一個遠親，離婚不久：「啊急著找太太，叫我幫他打聽打聽，說館子裡人來人往。操，館子裡人來人往干我屁事！人家來吃飯，不是來相親的。我自己泥菩薩過江，女朋友都沒，幫他？他可急，直拜託。我叫他這麼急，報紙網路徵友徵婚一大堆，他說試過試過，都沒效，一定要我幫忙。唉，所以啊，你們看有什麼認識的，不然太太朋友那邊去打聽打聽。人家過慣了抱老婆的日子，一下沒人可以抱，簡直到看見母的不管是兩條腿四條腿都一缸一缸猛流口水的地步了！赫，我還沒見過他這樣急色的，連我都臉紅！」

老陳猛地一推天其：「這哪裡需要打聽？不正好，明明就擺在眼前！我們這位家裡左擁右抱，比別人多一位，說不定發好心，把哪位讓出來……」

「老陳你剛才不是呀呀叫痛，不看看自己衰相，拿我開刀？我趙天其是那種人嗎？什麼左擁右抱，滿口胡說！」

「哪是胡說！」老陳嘴巴才開，天其閃手在他腰上一捏，他馬上折了下去。

那晚，天其上床前向慕良報好消息。慕良以爲又是要頂下哪家館子，細聽才發現不是。天其剝得剩下一條內褲跳上床，立即就貼上慕良。男人不能沒有女人，而女人要多肉，這他在有了慕良以後才領悟過來。月芝一身骨頭，她那張苦臉又分明寫拒絕往來，他要送上去不等於抱仙人掌？他才不自討沒趣。

7

月芝要搬到張梅家做保母，不和天其講，卻先告訴慕良，讓慕良很是意外——月芝對她始終冷淡，除非必要從不主動和她講話。等慕良轉告天其，他馬上跳起來：「幹什麼？在家裡帶不就好好的嗎？」接下來迸出慕良自己不願口頭提出的事實：「她搬出去，那這一大家子誰來管啊？」慕良眼光低垂，嘴角似有笑意。天其不解瞪著她。然後慕良提醒他：「別忘了，她是你的大太太，不是——」話就頓在那裡，讓天其自己去接續。

和月芝理喻前，天其先打電話給張梅，有點興師問罪的意思：「月芝是怎麼回事啊？怎麼一下子就說要搬到你那裡去？」

張梅快嘴一句：「是她自己做的決定，怎麼跑來問我？」天其就沒話了。

那晚天其到月芝房裡來。她正洗完臉準備上床，見他進來神色不變，既無笑容，但也沒趕他的意思，只像不相干的人那樣站在床邊，漠然看他。天其給她那眼神一制，還沒開口就先覺得理屈了。他走前幾步擠出一團笑，又微微清了一下喉嚨：「月啊——」以前，在婚姻還天眞無邪時他便是這樣叫她的。聽到這一聲，她依然素淨秀麗的臉竟像細瓷凍在那裡，光潔空洞。他原先備好的一篇理由面對這樣一張臉忽然拿不出來，不戰而敗了。他鼓勇加強臉上笑容到探照燈的光度，再叫一聲：「月，你怎麼了？好好的幹嘛要搬到張梅家去？」

月芝還是淡然看他，那無表情的表情裡有了一點無言的東西，近似同情，近似不屑，近似指責，又近似全盤放棄，足以打動任何最遲鈍最無情最自我蒙蔽的男人。

天其覺得心裡那火柴盒搭的台階忽然塌了一大段，自己一步踏空了。他不由自主又走近了兩步。

「月，我們——」

「早就沒有我們了。」月芝輕聲接過去。

「我們還是一家人。我說過會照顧你的。」天其軟弱說。慶幸至少她開口了。

「我已經做了決定。是你把我帶到美國來，現在，你要放我出去自己找生路。」

「月，我不是那樣的人！」天其急了，月芝話裡的暗示太可怕了，他承受不起。

「你是這家裡的一部分，是三個孩子的媽——」

「我不知道我是什麼。」月芝低微說。以前她早就尖聲嘶喊指控了，現在她聲音和表情都倒空了，剩下一絲荒涼。然後那張面具稍稍軟化，現出一抹無力的微笑：「你要給我一個機會。幫我走出去。」

天其急急說：「你根本不用擔心，我什麼都會幫你安排得好好的！」覺得力道不夠追加：「眞的！我保證！」

月芝再回給他一個千言萬語的笑容，他的保證立刻縮水，從遮天蓋地變成了郵票大小，剛剛好貼在眉心那一點上。他呆視眼前這個不知什麼時候變得陌生遙遠的女人，好像她光滑秀美的臉退化成了一只堅實巨大的鴕鳥蛋，除非打破，他沒法穿透。這個女人要拆散他的家庭。這不是他的月芝。這突來的震驚讓他不知道自己究竟是氣憤，還是傷心。一時他說不出的迷惘。十年前當他爲了身分和慕良結婚時，他很清楚自己正迂迴而筆直衝向一個充滿了可能的未來，那個可能許諾的是財富和幸福，在一個全新的世界裡，一切重新開始。那個未來正是現在，而他的夢想還沒完全實現。他開始有點膽怯有點結巴又自覺理直氣壯地和月芝描述，不，應該說是複述，那個她已聽過無數次的夢。

兩個星期後，月芝搬出去了。

盲熱

已過午夜兩點，他們在樓梯口的走道上碰見。

爸，她叫。

喬，他叫。

兩人都壓低了聲音，用小偷的腳步輕輕上樓。不敢互相多問，急於逃離上床，結束這天。

這不是第一次，也不是最後一次。

過去這兩年，在別人上床睡覺的時刻，喬卻越發清醒。不是單純睡不著，而是不知來自哪裡的騷動。起初她坐在床上寫日記（她酷愛寫日記），然後丟下日記本，下床換衣服，輕輕打開門，偷偷下樓出門，騎上腳踏車，踩過七條街，到最要好的紀重家，繞到後院去叩他房間的窗。有時他們坐在他床上聊天，有時在他家附近街上亂走，直到精力用盡。他們什麼都談，但不是談戀愛。他也常到她家，在她家吃晚飯，連她心不在焉的爸爸都知道他。他不喜歡她交男朋友，尤其不喜歡紀重（嫌他瘦弱無骨畏縮樣，這是喬無意聽見的），禁止她跟他來往。爸爸的警告對她毫無作用，只有反作用。她和他的衝突隨她長大越來越糟，他會突如其來對她大吼大叫，她面無表情只在心裡拉遠距離，冷冷剖析他。她剖析他如剖析自己，和身邊的朋友。她是個剖析狂。她這種不斷的剖析幾乎到了病態，晚上睡不著時，甚至在課堂上時，她都會發現腦子裡在永不倦怠的孜孜追究又分析。像精神手淫，她不能叫它停。

她的日記越來越厚。

寫：「腦子像著火了，燒個不停。有時眞是厭死了這樣不停的寫，寫來寫去好像就是那些：我的不滿、我的幻想、我的身體、男孩子男孩子男孩子男孩子！！！！噢……我的生活太窄太悶了，我需要新東西，我需要氧氣，純氧！」

另一頁：「我不知到底在做什麼。昨天才發誓晚上不再跑出去找紀重，現在又覺得坐不住，整個房間當頭垮下來垮下來，壓得我不能呼吸。我需要找個人說話，不然會發瘋，會死！」

外表上，喬（其實是喬安）看來漂亮而又瀟脫，好像什麼都不在乎。她的樣子是精心營造和無心碰上的成果：寬大男性化的衣服，低緩的聲調（她對自己低沉的嗓音十分得意），外八字步伐（她媽最恨的），縱情的大笑，再配上非常女性化的臉龐和身體（對這她可無能爲力）。她看鏡子裡的自己，知道自己不難看，但是對自己的評價不斷變換，有時相信自己算好看，有時覺得全不能看。還有，是她對自己整個的評價：她聰明嗎？乏味嗎？低能嗎？她的功課不很好，中等而已。她不在乎。她拿鉛筆心刻人像，用鐵絲銅絲繞成精巧的人物和動物，寫情節離奇每幾頁就死人的恐怖小說。她對自己對世界有很多意見，這些成績反映不出來。她有才氣（她自認），對未來有夢想。她不要做一個乏味的人。尤其不要做她爸媽。

第一次她午夜下樓，她爸爸才剛回來，兩人在門口碰見。她嚇了一跳，怕他問。出乎意料，他並沒說什麼。她假裝到廚房喝水，混了一下才偷出門。第二天他也沒提起，好像什麼事都沒有。她不願多想他對她半夜出門的反應，知道他有自己的尾巴要藏。他在外面有女朋友，這已經不再是秘密了。她媽和他吵但是沒效。他對她媽說他沒辦法，他沒法控制自己。一晚，她被爸的聲音吵醒，爬起來，聽見他和誰講電話講得很大聲。然後他把她媽抱到車裡，載到醫院去，後來才知道灌了腸。她看見她媽瘦下去，變成積極的佛教徒。

她的另一個好朋友史提也是佛教徒。他們常電話聊天，一聊就是一、兩個鐘頭。史提極聰明，會念書也會想事的那種聰明，卻又很虔誠。那種虔誠和她媽不一樣。喬不懂佛教，不懂任何宗教，但是感覺得出來史提浸淫在一種不同於她呼吸的空氣裡。不是氧氣，而是元素週期表裡沒有的東西。

她看見她媽那種佛經喃喃誦唸的做法，不感覺到信仰，只覺得是媽媽哭泣的方式。

暑假裡她媽回台灣一個月，帶著妹妹。她不喜歡妹妹不在旁邊，她需要她的天眞。她總不斷給妹妹買最可愛的小禮物，好像用這樣保護她的天眞。媽不在，爸忙他的，喬和弟弟照顧自己。她在餐館打工，他到跆拳館練拳。週末時她和紀重或史提一起，他們的爸媽也是台灣來的，也許這是他們談得來的一個原因。他們看電影，逛書店，到海邊游泳，混一整天。他們是她最要好的朋友，只是。他們少了什麼。

日記：「我喜歡紀重和史提，但我不愛他們。他們不吸引我。紀重不夠風趣，史提太拘謹。和他們在一起，我不覺得自己是女的，而像是他們的兄弟。他們愛我嗎？有時我想。如果他們愛我，我應該會知道。他們從來沒說什麼，我們甚至可以很不在乎的討論愛情和性的問題。」

日記：「爲什麼我有了紀重和史提還是這麼寂寞？爲什麼紀重和史提不給我那種感覺？」好幾天後她才對自己坦白：「我要一個男人抱我，親我。我要和他上床。我想我要的是艾倫，雖然我並不愛他。」她不知道什麼「是」男人。她鄙視像爸爸那樣的男人。

她認識艾倫好幾年了，偶爾到他公寓去聊天。她和艾倫不像和紀重、史提那麼談得來，他比她大了十歲，已經在做事賺錢，好像另一輩的人。他有兩個年紀差不多的室友，也都在上班。他們都拿她當小妹妹看，她在他們面前肆無忌憚談笑，裝老，不脫鞋就歪在艾倫床上看書，聽音樂。她喜歡搖滾，艾倫喜歡藍調和爵士。

後來她去得常了，覺得需要人說話時就打電話看有沒人在，然後一去就混一天，甚至到半夜。艾倫的室友睡覺了，她還在他房裡。音樂開著，他們在床上。他靠牆坐，吸菸，看他的科幻小說（他只看這）。她趴在日記上記錄那一刻，偶爾抬頭看他。她喜歡他的側臉，非常像雕像。她相信他也知道自己側面好看，海邊照的相片上他都側著臉。有時他摸小貓似的摸她披在臉上的頭髮，她歪著頭享受那感覺，自以爲的沉靜逐漸轉成輕微的顫慄。有時她頑皮扯他小腿上的捲毛，直到他丟下書來搔她癢，她大笑縮成一團。他們遊戲式的吻過，額頭、脖子、胸部、臉頰，輕輕一點而已。眞正的親吻似乎太大人、太嚴重，他們不去碰。在艾倫這裡，世界是介乎成人和小孩之間的無所忌憚。

喬的爸媽終於要離婚，她毫不意外。她爸公開外遇三年了，也許更久。她幫媽塡離婚申請書，發現爸四十六歲，媽小三歲，可是看起來老很多。她爸每早上班前先到健身房去健身，身材結實，臉色紅亮。她媽不化妝就臉色黃黃的，吊著兩只黑眼袋，精心化過後還算漂亮。

十月她陪媽去算命，算完媽才安心帶妹妹搬到聖地牙哥去，幫一個朋友照顧餐館。「照顧弟弟。」走前她媽只有這樣交代，另一句「別和你爸吵架」她有聽沒有到。弟弟孤僻得很，脾氣大，和她不到兩句便要吵起來。媽走後晚餐時她和弟弟各煮各的，大部分是隨便熱冷凍餐或罐頭，不然叫披薩，偶爾心情好她做一頓像樣的給大家。

聖誕節前，她幾乎每個週末在艾倫那裡過，一起買菜煮菜，一起上海邊，一起在他床上午睡，只除了過夜。她媽在電話上問她和爸爸怎樣，她說他們各管各的，互不招惹。只有在和媽媽講電話時，她那種一直要哭的感覺才壓不住。可是她總是壓住了，爲了她媽。

一個週末晚上，在艾倫房間，他們從打枕頭仗開始到她騎在他身上，他拉她下來吻她，他們很快就融在一起。她腦子裡沒有時間空間想別的，除了身體的十萬火急。但她畢竟沒忘記在艾倫房間之外另有一個世界。等一下，她從艾倫懷裡掙脫。她把頭髮從臉上撥開，打電話回家。

「爸，我在安家裡，晚上在這裡過夜，明早回去。」安是她唯一要好的女朋友。

「明早就回來，不要再到別的地方去了。」她爸竟然在家，也沒多問。

然後她打電話給安。

「安，我在艾倫這裡。我和我爸說是在你家過夜，所以如果他打電話到你家查證——你知道。我想他不至於做這種下流事，可是萬一，誰也不敢保證做爸媽的會做出什麼瘋事，尤其現在我媽不在家裡，他大概覺得權力更大，更要表現他是家裡的皇帝。反正，你知道，萬一他打電話過來，就說我睡著了，或編個什麼理由。我明天早上就回家。」

「你眞要和艾倫過夜？搞眞的呀？你知道如果你要，眞的可以來我家，就不怕戳破謊了。我反正還要一陣才睡，你可以現在就過來。」安總是很理智，很周到。

「哎呀，我什麼時候都可以在你家過夜，可是今晚不一樣。你懂我的意思。明天再打電話給你報告。拜！」

第二天下午她打電話給安，聊了兩個鐘頭，直到她爸有事在樓下大聲叫她。她和安什麼都談，雖然她覺得安和她完全不同型。安的爸媽是南韓來的，管教她極嚴，要求極高。安精明但保守，婚姻正常的父母對她保護備至，使她在男女事上幾近無知。安聽到喬談和紀重、史提或是艾倫，立刻的反應是：「可是你們相愛嗎？」

她便很世故地聳聳肩：「我們是很好的朋友。這和愛有什麼關係？」

「可是如果你們不相愛，那你們做那些事情——」

「小姐啊，哈囉！你好！喂喂喂有人在家嗎？這是什麼世紀？睜開眼睛！拜託！」

在安面前，喬一副世故老態，好像什麼都知道。安在性愛上的落後驅使她不知不覺走到對面的極端去，像歷盡滄桑了。

日記：「我在做什麼？我愛艾倫嗎？艾倫愛我嗎？我要他愛我嗎？他知道他在做什麼嗎？天啊，一團混亂！！！可是，和他在一起眞眞快樂！我以爲自己不可能這麼快樂的。問題是一離開他，情形就全不一樣了。我覺得我們都很虛僞，不負責任，一天混過一天。他年紀比我大很多，應該比我清楚。可是他好像全看我，我找他，他很高興，我不找他也無所謂。我也可以不打電話找他，像他一樣，那我們兩個就什麼都沒有，結束了。所以我們間沒什麼，只有興起的遊戲遊戲遊戲。而且都是我主動送上門去。噢，眞是這樣嗎？多空洞多醜陋啊！受不了！！！」

那第一夜後，她又在艾倫房裡過夜許多次。他們赤裸走來走去，對彼此身體熟悉有如自己的衣服。但是她不讓他越過最後一關，爲了沒法解釋的理由，她嚴守自己的處女之身像紐約街頭的女人緊抓自己的皮包。這種原始的守貞激得她發狂，一天到晚就是想性交的事。

日記：「我應該這樣嚴守自己的處女膜嗎？有什麼値得的理由？我和艾倫幾乎什麼情人做的事都做過了，除了最傳統的性交。眞可笑，我這樣不在乎的人竟然像個守城的將軍一樣把守最後的關卡。也許最最底下，我和安其實沒什麼不同。」

這樣盲目繼續，直到艾倫一個室友說：「你每次來總在艾倫房裡，他也不理你，你不覺得像他的活動家具？」

「我當然不是他的活動家具！我也不會讓自己變成任何人的活動家具！我也沒總是待在他房裡，我現在不就在你房裡嗎？」喬覺得被戳中要害了。

「你知道我的意思。」

「你老愛說話激我。」她也有點喜歡這室友，他比艾倫穩重，起碼他愛看書，言談也風趣，只是他矮胖，頭又幾乎禿了。

「才比不上你喜歡說話嚇人。」

「我都是開玩笑的！」她裝出一個大鬼臉。

這幾乎像調情。她可以這樣吊兒郎當和任何人說話，直到那些話以另一種面目從日記裡瞪出來。因艾倫室友公然的暗示，她看見了自己不是灑脫或前衛，而是隨便、幼稚、受人利用。這她要好幾天後才明白過來。而紀重有了女朋友，和她疏遠了，他們已經兩個月沒打過電話。紀重這樣，讓她有點寒心。她找史提去看電影，明知的爛片也看。爛電影最糟的是不但不能分心，反而讓她沒法控制的狂想愛、性交、爸媽、友情、她和艾倫間的整本爛帳。

日記：「如果愛情和婚姻是愚蠢，高中畢業舞會這種超級白癡無聊事能不愚蠢嗎？我們受了半天教育，最後只不過是重複父母或別人都做的事，不管那事有多愚蠢可笑，那我們念書做什麼？我爲什麼要上大學？」

但是她知道自己要上大學，若沒有其他理由，起碼是離家最快的方法。

日記：「我需要一個能相信的東西。如果不是愛，也許我應該相信錢。」

第二頁上她畫了一張自己的臉，五官都變成了$。

眼前她立刻需要的是長大。她所謂長大，首先是解決她的處女身分。她知道自己有野心（夢想恐怕比較恰當），雖然到底做作家還是畫家還是別的還不太清楚。但不管將來做什麼，她現在熱血澎湃的活著。她知道自己的身體，這身體說：艾倫。

這是電腦高速公路的時代，二十世紀在她大學畢業前就要結束，她無意活得像中古世紀的僧侶。

她媽不在家，聖誕節變成了負擔，雖然到時媽會回來。到處都在慶祝歌頌家這個概念：

家是窗口站著閃爍的聖誕樹（樹下想當然堆滿了聖誕禮物）。聖誕節就是所有人都在購物中心走來走去買禮物。她媽離家時應該有的那種痛又醒來了。她但願爸媽不要離婚，但願爸沒有認識什麼該死的女人，媽沒有搬出去。她一家又一家店亂逛，看見的都是妝點快樂而若你不快樂一點用都沒有的廢物。她在冰淇淋店買了個特大冰淇淋，坐下來。一邊吃一邊做了兩個決定：一，她要給自己一個聖誕禮物；二，聖誕節過後她要去聖地牙哥看媽。冰淇淋吃完她的心情好起來，給大家都買了禮物，除了她爸。

日記：「我在等一個特別的時候完成最後一步。什麼是那特別的時候？我在等什麼？愛嗎？再過九個月我就會到別的地方去上大學，不管到哪裡，反正這裡的一切都會結束，沒什麼可等的，至少不是愛。我不覺得我在等愛，我也不認爲愛和性必須搞在一起。我只是沒法解釋，覺得在等某種東西，也許是某種美的感覺。不是眼前馬上的快樂，那種快樂有時轉身就變得好虛好空好沒意義，甚至好醜。而是一種讀好書看好電影時的那種感覺，那種脫離現在到了一個更高尚更美好的地方的感覺。我在欺騙自己嗎？也許那種感覺只有在愛情存在時才能實現。可是愛情又是什麼東西？爸以前也愛過媽，看看他現在的德行！他一定也以爲他現在做的噁心事情也是談戀愛，又純潔又神聖什麼的。Yuckkk，這些所謂的戀愛！好像不管什麼寫到最後總是歸結到這可怕兩字。噢！！！」

聖誕節完過了一週，史提陪她從洛杉磯開車到聖地牙哥去看她媽。她沒告訴媽，想給她一個驚喜。

史提開車，她看窗外。

「聖誕節前我看到紀重了。他到我家來，給了我一個聖誕禮物，講沒幾句話就走了。我簡直不懂他幹嘛來！」

「搞不好他自己也不懂。我就老做自己搞不懂的事。」

「你？你這聖人？」她別他一眼，史提表情不變。過一會她忽然說：

「你絕猜不出我做了什麼事。」

「你不是處女了。」

「你怎麼知道？我已經告訴過你了？是不是我已經告訴過你了？天啊，不要連我自己說過的話都不記得！我才十八歲，就得了老年癡呆症！」

「別神經。我怎麼會知道？我亂猜的。」

「你看得出來，是不是？我走路的樣子不一樣了？我的臉腫起來了？腰粗了？」

史提斜眼瞧她一眼，知道她在裝瘋。史提眞是她見過最冷靜最沒表情的人了。

「你知道嗎，沒發生前我一直很緊張，覺得是很大很大，那種天塌地裂的事。可是發生了，我又覺得沒什麼。我還是一樣的我，艾倫還是一樣的艾倫。事前那麼緊張，簡直有點反高潮！」

到聖地牙哥，他們找了一陣，才在城郊一個小商場裡找到她媽做事的館子。方方小小的店面，幾張桌子，櫃檯上亮著大碟菜式的廣告燈牌，像美國到處可見的中式快餐館。進門他們找了一張靠牆的桌子坐下，她媽圍著白圍裙過來問他們點什麼。史提點了可樂和炸春捲，過不久她媽端菜來，放下飲料和春捲，盯著她問：「怎麼是你，喬？」

背。

「媽，你連自己女兒都不認識了！」她笑，站起來擁住她媽。她媽有點僵，點頭拍拍她的

「你一進來我就覺得像你，可是不敢相信自己的眼睛。可是你怎麼會在這裡？你來這裡幹什麼？家裡出了什麼事？」

她不能回答，除了覺得非來不可。她十八歲了，法律上已是成人，可以為自己的行為負責，但是她不能回答媽的問題。她在過去這一年走了很長的路，比從愛荷華搬家到加州更長，好像十八年的生活擠在一年裡發生。

她記得一年前，興匆匆買來一本紙質厚實如棉花手工製作的日記本，無比戲劇化的開始寫日記：「十七年前，一團火球從天上落下，在愛荷華的玉米田裡燒出一片沒有人可以解決的神秘，我在那裡誕生，那裡人說玉米長得比大象的耳朵還高，天比貓的膝蓋還低……」

現在，她看著媽，吃熱油油的炸春捲。窗外，南加州的陽光照例四季普照。也許她應該做作家，把這一刻放在她的第一本小說裡，這樣開頭：「她很清楚在那個時刻，事情忽然就自己決定了。那天，她和她媽坐在一家廉價的中菜快餐店裡，她們已經一年沒見面，她因吃了太多速食長出了第二層下巴，而她媽即將有第二個丈夫……」

也許，也許。

對媽，對史提，對窗外的陽光，對充滿未知的未來，她滿嘴油膩的微笑。

生命遊戲

1

飛機一降落，喬右腿無聊的抖動停了。出登機門她一眼見到十個月沒見的艾倫，竟比記憶中的更好看。他見了她，咧開熟悉的微笑，快步走過來。她丟下行李袋，一把抱住，腦袋緊緊窩在他頸邊。他全身一硬，約千分之一秒，才圈住兩臂回抱她，順便親了親她頭頂。

送喬回家路上，艾倫默然開車，偶爾眼光才從路面移到她臉上。

「你以為我在機場抱你是眞的嗎？」終於喬說。

「抱還有眞不眞啊？」

「當然啦！我不是眞心的。我只是一下衝動，想嚇嚇你，看你怎麼反應。結果你凍住了。別以為我不知道。」

「凍住？你在說什麼？」

「不承認就算了。」喬一聳肩。

「我嚇了一跳是眞的。你以前從不在公共場合摟摟抱抱的，說最痛恨那種事。」

「別緊張。我只是做實驗玩。」喬看窗外，加州永遠的陽光廉價而刺眼。

到了家艾倫幫她把行李提下車，緊緊摟她一下，說：「再打電話給你。」回去上班了。

那晚清晨兩點，喬睡不著，下樓開了媽的車到艾倫公寓外。空氣清涼，天空似有微光，不像羅德島的夜空黑得徹底。她雖然喜歡加州的陽光，但也喜歡上了新英格蘭的綠意和四季，包括秋的燦爛和寒冬的凜冽。她張望四樓艾倫的窗口，從背包裡取出彩色粉筆，在人行道上畫起來。她在羅德島有時就夢想這樣做，像人行道畫家。漸漸粉筆下出現了一具又一具舞蹈的形體，似人而未必是人，絞纏在一起，充滿了動感。水銀燈下顏色泛紫，而她知道早起晨跑的艾倫看見的將是鮮麗的顏色。她快速上色，一小時後開車離去。現在她總算有點累了，覺得睡意一點點從腦袋深處爬上眼皮。

2

因爲料理租屋的事，喬延到七月底才回洛杉磯。另外也是因爲傑姆的緣故。

原先說暑假要接她房間的同學最後反悔了，喬臨時得在校園校外張貼廣告找人來承租。她並無所謂，本來就沒有迫切理由要回加州。爸媽的交代她總可以不予理會，此外就是艾倫，若即若離的艾倫。喬終於悟到，接近他最好的辦法是離得遠遠的。留下來她反正有許多未完的計畫可做。她計畫的事總是來不及做完。

還有傑姆，她的新交。在一家酒吧裡認識，經一位同學的朋友介紹的。和他們那一群（都是大學生或研究生）不同，傑姆是有點年紀的，三十多了，還離過婚。

最先吸引喬的是傑姆的樣子。那晚他頂了大把的棕色頭髮，長而捲，披著，加上一臉鬍子，寬肩細長腰牛仔褲裡緊繃的小屁股，吞吐煙霧，活像個嬉皮。若綁了馬尾鬍子刮掉，立刻就年輕十歲，眼裡似乎也有了光。閒談間，喬發現傑姆最特別的地方在他是個私家偵探，而且住在船上。她問了他許多問題，他毫不在意。一個週末他們又在同一酒吧撞見，這次他邀她去看他的船。很快，喬就和傑姆熟了，常和他在碼頭廝混，釣魚、曬太陽、喝啤酒、游泳，不然跟著他開車出去辦案子，替保險公司跟蹤謊報車禍騙保險的人，到修車廠去打聽狀況，蒐集證據，花極長時間坐在車裡等。開始時有趣，在車裡把傑姆那一點有限人生聽膩了。

「你有沒有想過四十歲時做什麼？」一次喬問。

「沒。大概和現在差不多吧。」

「你有沒有到過加州？」

「沒。我是個快樂的本地人，最南到過紐澤西。」

「眞的？」喬不禁大笑。「你不想到加州看看嗎？」

「看，不看，無所謂。」

「傑姆，你眞是難以相信！」

傑姆把她的話當作奉承，微笑領受了。他有他的小船，碼頭便是他的家，天和水是他的，時間是他的，吸迷幻藥和追年輕女人的自由是他的，他要的都在眼前。

「你太貪心了，喬。」

很快喬便覺得跟傑姆出勤無聊，寧可一人在碼頭上瞎混。

其實，喬喜歡傑姆擁擠的小船勝過他，她更喜歡傑姆不在家的時候。她帶了喜歡的書，譬如卡繆、安．蘭德、瑪格麗特．愛特武，在碼頭上將毛巾、飲料、塑膠躺椅安置舒服了，無憂自在看書。有次她甚至向一位自命怪異的同學借了《魔鬼聖經》來看，邊看邊笑，覺得天下最有趣的事莫過於人類的愚蠢了。當然，她還帶了日記本。她總是隨身帶日記本。她讀《魔鬼聖經》的結果只在日記本裡賺到這麼一句：「爲了需要，人可以相信最白癡最可笑的事。」這時她戴上橘紅太陽眼鏡（她另有一副深藍鏡片的），繼續讀《瘟疫》。透過鏡片，書頁發著橘紅霓虹燈樣的光，有種風暴就要來了的末日感，又像吃了迷幻藥萬象變形時空慢下來的離奇感。在橘紅螢光裡，《瘟疫》裡感染黑死病的人鼠蹊腫大、發燒、昏迷而後死去，她身在一個充滿死亡和無助的腐爛裡，奇異極了。她停下，在日記裡寫下：「怎麼描寫你自己一個人所在的，那種充滿了死亡的橘色魅惑裡？誰能懂那危險、那激切、那無比的英雄情操？噢，我愛卡繆！」喬和她所閱讀的作者關係總很親密，近似迷戀，像惠特曼、尼采和卡繆。齊克果和海明威她卻一點也不愛，嫌齊克果長得難看，而海明威粗暴。

一個下午傑姆始終沒出現。喬讀了兩個多鐘頭卡繆累了，放下書，抬眼四看。橘紅世界帶著蒙昧燃燒的歡喜，彷彿毀滅前的迴光返照。碼頭上空無一人，早先在隔壁洗船的女孩已經不見，連一向叼著根肥大雪茄菸在自己船邊釣魚的大鬍子也不知去向。喬曾對大鬍子十分好奇，不像傑姆總是無事忙，大鬍子永遠叼著雪茄菸安坐不動，在碼頭上釣魚。

一次喬問大鬍子：「你抽菸鬍子有沒有著火過？」

他哼一聲：「你鐵定想見識看看。」然後好像想見自己鬍子起火燃燒的景象，他不可置信的搖搖頭。

「不是。我只是想到車子在加油站加油時，引擎總是關掉。」

「嗯。想像力太豐富了。你一定沒抽過菸。」他說。

她幾乎就迸出：「抽過！」臨時起意謊說：「沒有。」又加一句增加可信度：「可是我抽過大麻。」

這逗他歪嘴笑了，一副世故自得的神情。她在肚裡暗罵：「得意什麼，就憑你多幾歲加上肚子上那桶肥油？」

出她意料，大鬍子卻很和善問她在看什麼書，於是從卡繆便和她聊了起來，談到越戰（他打過）、民主黨共和黨（他認爲兩個黨都一樣混帳）到環境污染、股票市場（完全是有錢人在操縱），竟不把她當無知小鬼。末了，她居然滿喜歡他。只是納悶他究竟是做什麼的，疑心他可能是幹毒品走私的。她沒有證據，只是像他說的，想像力太豐富。

她在碼頭上乾坐，把碼頭裡每艘船的名字都讀過了一遍：崔西、卡翠娜、蘇珊娜、茱麗葉……。船名像車名，總是女的。她想若她有艘船，必定取個男名。大衛？阿波羅？成吉斯汗？卡薩諾瓦？這時她最中意卡薩諾瓦。也許她可以做個女性卡薩諾瓦。

水聲蕩漾卻沒風，她熱了起來。還是沒人，整個碼頭好像就她一人。她取下太陽眼鏡，陽光一下白亮轟來，天空洗藍，水銀亮。她脫光衣服，跳進水裡，朝出港的一只白色浮標游去。她以前是個游泳好手，游出了結實的肩膀和手臂。她穩健划水，自信可以游到浮標再回來。長髮如水草漂浮在身後，海水涼遍她的肌膚。浮標竟比估計的遠，而且似乎不斷在往後漂移。她奮力游去，不知多久雙臂開始有點沉重，右後腿扯緊了像要抽筋。她翻身向上，頭後仰，張開雙臂全身放鬆漂浮。抽筋的感覺消失了，她從容呼吸，閉上眼睛。只覺眼皮上一片火紅，水一波一波打在耳邊，她彷彿漂浮在血海裡。倏然一個影像跳進腦海裡：她赤裸伸展如十字架大張於水面，若哪條船上有人必可以看得過癮。同時一個聲音躍出：「看就看，那又怎樣！」等她覺得體力恢復，腿部不再有抽筋的危險了，才一個翻身游回碼頭，收拾東西回住處。不，她沒有理由趕回加州。

那晚她爸打電話來，大罵了她一頓，最後吼：「你在學校裡幹嘛？還不趕快滾回來！」然後艾倫竟也挑那時候打電話來，東拉西扯說了一個多鐘頭。放下電話她趴在床上寫了整五頁日記，還畫了插圖。圖裡是鳥瞰自己仰面赤裸浮在水面，兩臂平張，背景是一片陽光如透過眼皮的血紅。畫面最醒目的是兩腿間那一片島嶼似的綠色陰毛，她一筆一筆畫得絲縷分明，直到清晨三點才睡。她極喜歡這張插圖。

她知道非得回加州不可了。

3

喬在她媽開的小店裡幫忙。一角老李正在烤她最喜歡的菠菜餅，滿店香味。她媽也在櫃檯後忙，做馬鈴薯沙拉和鮪魚沙拉。四十五分鐘裡只來了一個反戴棒球帽的呆子，滿臉紅紫青春痘如熟爛開始發酵的草莓，買了個牛肉片三明治和一小包薯片、一罐可樂，搖擺如企鵝出去了。她靠牆勾起一腳如火鶴單腿而立，聽她媽說老李。

「眞是笑死人！你說笑不笑死人，兩個老婆卻沒地方睡覺！」

老李昨晚又睡在店裡了。他能做天下最好吃的蛋糕和派，又會做湯汁淋漓的道地北方小籠包和水餃，卻在這三明治店浪費本事，喬不懂。像她媽也是，明明做得一手好菜，卻開這種沒水準的三明治店。她媽多年來一直念念不忘要一家自己的店，終於靠公婆資助實現。嚴格來說，她既已離婚，公婆已不再是公婆，但她仍是公婆孫子孫女的媽。婚姻不在了，血緣關係總還在。

喬的祖父母完全不同於她爸，是那種美國人眼裡穿不透，籠罩在古老歷史煙霧裡的傳統中國人。媽和祖父母間有糾葛，她始終搞不太清楚，除了和錢有關。在中國家庭人事的複雜面前，她正是那種在門口愚蠢張望的美國人。

「狡兔三窟，嘿這裡就是我的第三窟。」老李笑說，出口就是成語，半真又半假，是他的專長。

「男人啊實在是，」她媽手拿攪沙拉的長柄木匙在空中一揮。「我實在是，不知道怎麼說。」她說話急，聲音又尖，聽來很厲害。其實她不會說話，氣上來了舌頭就打結，一開口就氣急敗壞。

喬記得小時她媽常吼：「進來！你們統統給我滾進來！」或：「氣死我了！氣死我了！你們是要把我活活氣死！」還打過他們，有時直接從廚房衝出來，眼睛像冒煙的油鍋，揮著長柄木匙，抓到誰就抽誰。他們驚懼同時又覺得好笑，尤其她弟弟傑瑞，見到有人挨打反笑得很開心，結果是他挨得最重。打完她媽氣消了心疼，拿了藥膏給他們塗紅腫的地方。傑瑞才不屈，一副好歹不吃的樣。喬看不慣傑瑞，也看不慣媽。現在她媽經常上廟裡去，手腕上一圈佛珠，兩鬢泛白，眼裡是平靜的光。

離婚手續還沒開始辦前，她媽帶了小妹搬到聖地牙哥去了。離婚還沒辦完，朋友的中菜館賣掉了，只好又搬回來。她爸照常在外面交女朋友，祖母也一直在朋友間請人幫忙給他物色。他每天一早便起床慢跑、練身，臉上油光，腹部綳緊，愛穿大紅粉紅的襯衫，看來不到四十。喬的媽搬回家後，他在家裡和女朋友間兩頭來回，像公車。在這點上，老李和喬的爸正一樣。

「你眞的有兩個太太？那不是犯法嗎？」喬趁媽去招呼客人時問老李。

老李只管在鍋裡拌菠菜餡，笑答：「唉，三個和尙沒水吃。」

喬並不放棄：「你兩個太太都愛嗎？」

老李還是不答，莫測高深的表情。

「她們都知道你還有另一個？」喬繼續努力。

「喬！」她媽在前面叫，喬只好去照顧客人了。

4

喬回來一個多星期了，艾倫並沒電話來。

他們只出去吃過一次飯。泰國菜，由她點，她挑了最辣的點，辣得兩人鼻水直流，說話的時間還比不上擤鼻涕。事實上他們只有長途電話上可以談，她在羅德島時他約一星期總會打一次電話來，一談至少半小時。眞人對面了反而無話，她幾句話對他的寥寥幾聲哼哼哈哈。多是他點了菸，在煙霧後聽她談學校裡的林林總總。她極其生動地替他勾畫系上的教授、班上的同學、宿舍裡的室友和校園裡的見聞。喬可以說得忘我，等回到家才覺得和艾倫在一起完全是透支。

她在日記裡寫：「艾倫把我榨乾了而卻捨不得給我最起碼的一點點。我應該把他給丟了的。我反正不愛他。從來就沒愛過他。」

不過喬有許多事做：到媽店裡幫忙，帶妹妹上海邊或去看電影，不然在家看書做自己的事。其實只要在家，大半時間她都花在學期中沒完成的立體書上。期末作業老師要學生自己找主題和形式做一個三度空間設計。一位同學本來要做立體書，後來改做迷你舞台，喬喜歡那構想，徵得同意便接收了。她原計畫拿莫內的一幅油畫，做成立體故事書。她預計要六幅，動手後才發現比意想中複雜許多，一幅立體畫便花去三、四倍預估的時間，學期結束只完成了三幅。老師欣賞她的構想，也喜歡她已完成的部分，仍然，她沒把作業完成。也就是，老師並沒給她高分。喬很失望，但只聳聳肩，老師的話她只聽最入耳的部分：老師說她有創意、手工精巧的部分。至於老師說她太執迷於細節而缺乏組織和時間概念的部分，她立刻就丟到了腦後。她和幾門課的老師多少都有衝突，除了意見（或是說品味）不同，原因都在她計畫不能完成。她太喜歡細節，越做越細，直到無法收場。

細小精緻，充滿無數複雜交接線條和密室的東西，從來就讓喬著迷。她有一個小玻璃櫥，裡面是她多年來蒐集的小玻璃動物。一塊香皂到了她手裡，便成了迷宮雕刻。不然一根鉛筆心，讓她雕成了纏繞的人體圖騰。做立體書時，她不斷想到另一個設計，圓形建築組成的極小城市，街道迷離交錯，路上行人往來。這構想只是個粗糙的雛形，連概念都不是，她甚至不知道要用什麼材料來做，也許是由多種材料結合，包括木板、厚紙板、保麗龍板、橡皮、塑膠、玻璃和銅絲。構想雖然原始，但她非常喜歡，不斷在心裡重組添加，結構越來越龐大離奇。深處她隱約知道：這個城市永遠不會實現。

5

喬回到洛杉磯的第二週，週五晚艾倫的舊室友麥克打電話來，約她隔晚去看一部剛上的法國片。她說：「我明天再打電話和你確定。」

喬知道麥克剛和多年的女朋友吹了，需人解悶。可是她還在盼艾倫的電話。她已經不再像幾年前，經常主動打電話給他。最後艾倫沒電話來，她便答應了麥克，先晚餐，然後去看電影，之後上酒吧，過了午夜才到家。

那晚日記她寫：「和麥克混了一晚，聊得極痛快。不是我自言自語單人播音，而是眞正的、有來有往的談話，兩人眞正的面對面溝通！互相發現我們有許多相同點，譬如都喜歡法國片和伊朗片，喜歡藍調和爵士樂，喜歡吃辣，喜歡生魚片和芥末，喜歡喝茶，喜歡陶器，喜歡有哲學味的小說，討厭標榜肌肉、拈花惹草和自我中心的男性文化……一大堆。和艾倫從沒談得這麼深這麼開心過！艾倫像塊泥巴，像堵牆，像架機器。可是，眞帥，尤其是下巴！麥克就是難看，又胖。唉唉唉！什麼地方鐵定有人在笑。」

闔上日記，她越躺越清醒。兩點半，她悄悄下了樓。車庫自動門開啓時極響，她不由屏住呼吸。艾倫的公寓仍燈光大明（她毫不意外），她按鈴，對講機裡一個女聲問，她答喬，門就開了。迎面是嘈雜的電視音效和濃濁菸味，一些男女歪在沙發上喝啤酒看錄影帶，咖啡桌上一袋袋的薯片和餅乾，塑膠菸灰缸裡堆滿了菸蒂。都是她認識的，常來這裡走動的人。嗨！他們打了招呼，她坐下來看了一會錄影帶，超低智商的好萊塢動作片。她起身到艾倫房間去。他房門關著，她站在門口傾聽，裡面隱約有爵士樂聲。她輕輕敲門，無聲。再敲，還是無聲。她開門進去，走道燈光反射入房，床上艾倫正赤裸跨在一個裸體女孩身上。她頓在原地，只來得及收入他驚愕半抬的臉，倉促一聲「對不起」，就退步關門出來。匆匆經過客廳和大家說聲再見，便奔出門去。

隔天一早天才亮喬便打電話給麥克，要他立刻過來。七點他一到門口喬已經下了樓，上了車叫他只管往前開，走得越遠越好。

「沒目的的車我不會開，喬。給我一個地點。」麥克開了車說。

「隨便！聖地牙哥、拉斯維加斯、聖芭芭拉、加拿大、中國，哪一個都好！」

「發生了什麼事？」

「不要問我，我只要坐在車裡以最快速度離開這裡，越快越好！最好離開地球！」

「往南還是往北？」

「往北！往北我還沒走過！」

「我到過千橡，那小鎮滿可愛的。可是挺遠的，恐怕要三個多鐘頭。」

「我不在乎。你開到舊金山更好。」

「你眞是瘋了。」

「我一晚沒睡。你開車，我要睡覺。」

喬閉上眼睛，艾倫在床上的鏡頭卻馬上出現。於是她睜開眼睛，看麥克技巧地從一條高速公路換到另一條。她沉默看窗外加州人所謂的金色山嶺，和路邊可見的西班牙式的白牆粉紅瓦屋頂。高速公路漸漸把郊區也丟在背後了，開始迴旋爬山。從半山腰可見前面平展的綠色谷地，和一片片的粉紅屋頂。然後車子下到谷地，好似在平地上飛奔，平行高速公路的地方公路兩旁是高大的尤加利樹。不知過了多久又開始爬坡，遠方重重暈藍的山嶺出現，山嶺背後隱約有顫動的鱗片水光，是海。她閉上眼睛一下，之後是麥克輕輕搖她的肩：「喬，到了。」

千橡是個老鎭，雖然小但有模有樣，還有自己的美術館。喬無心逛街，加上兩人都餓得慌，便在大街上找到一家有點情調的小餐館午餐。菜單沒什麼特別，兩人隨意點了。菜來喬發現自己竟然大口吃了起來，不禁笑：「看我，像頭狼似的。」

「那只是你自己覺得。我看來一點都不像。」

「我們開了多久？」

「三個半鐘頭。」

「你一路沒停？」

「幸好早上出門前先上了廁所。」

「對不起。星期天一早把你從床上挖起來。」

「還好。我有時星期天加班也要早起。」

「眞的？」

「有時趕進度，連覺都不睡。」

「我完全不知道你上班也會那樣辛苦。」

「應該說你完全不知道有我這個人在。」

「討厭，麥克，你又來了，講這種莫名其妙的話！」

昨晚麥克確實做過類似的暗示。這時他沉默了。

「麥克？」

「你到底打不打算告訴我發生了什麼事？」

「晚點。」

出了館子，他們在大街小巷上閒逛。多是禮品店、畫廊和服裝店。喬興致低，麥克一切隨她。逛到一家書店，喬立刻就要進去。書店竟不小，滿牆木頭書架，中間的書架人頭高，分門別類，又有一、兩張骨董桌子，上面排了剛上市的和書店推薦的書。他們在裡面一待兩小時，直到麥克說得考慮回程才離開。

路上，麥克不說話，等喬開口。但她只顧左右張望，不然就直視前方。於是他們一路沉默。

快到洛杉磯時已近八點，喬說：「我還不想現在就回家。」

「那就到我那裡。」

麥克的住處喬來過一次，兩房一廳的單身公寓，收拾得十分整潔。麥克雖胖，卻是喬認識的人裡唯一愛好整潔的。艾倫的整潔止於一身，他慢跑，瘦而筋肉精實，衣服灑脫，但襯衫必然燙過，牛仔褲必然恰到好處箍住他微翹的窄臀和筆直的長腿。此外，他對生活本身心不在焉，花錢隨意，房間裡東西亂放，開車常超速收罰單，不太說話，說過的話回頭就忘。喬認識他時才十四歲，他們相差八歲，認識已經七年，他甚至帶她回家見過他父母，介紹說：「我的小朋友喬。」然後就走了開去，把她留給他父母。艾倫和麥克先後都說過：「我看著你長大的。」他們同住一間公寓幾年，直到麥克搬出去。她認識他們兩人一樣久。他們同年又同行，相貌身材和性格卻剛好相反。

「我喜歡你的地方。」喬說。

「我知道。你第一次來就說過。」

「眞的？」喬大驚。「我全不記得！」

「我記得很清楚。」

「我的記性實在糟。」

「餓嗎？要不要喝什麼？」

「有點餓。」

「我去洗把臉。你想想晚餐要怎麼解決。出去吃，叫外賣，我都無所謂。」

喬瀏覽一下麥克蒐集的陶藝品和陶茶具，在土色的皮沙發上坐下來，腿折起來收在臀下。她覺得累，又睏，但這些都比不上腑臟扯緊的感覺。她覺得像只拔掉插頭的燈泡，亮不起來了。艾倫在床上的情景又晃過她眼前，尤其是他倏然轉頭的驚訝神情，美得讓她心痛。她閉上眼睛。他有追出來嗎？有在背後叫她嗎？她依稀有他出口喊「喬」的印象，但沒把握。

麥克從臥室出來，換了件襯衫，問：「想好了嗎？」

「我不知道。這裡是你的地盤，你決定就好了。」

「那我帶你去一家我最喜歡的日本館子，我請客。很近。」

「先等我一下。」喬到浴室去，上完廁所又洗了臉，看看自己鏡子裡的臉色，嘆口氣，出來了。在麥克面前，她毫不在意自己的樣子。

是家典雅幽靜的上流館子，空間不大，簡單直線的桌椅，灰和白兩色對比著用，給人寬敞明快的感覺。喬點了一客三色生魚片和沙拉，麥克多點了一樣小菜兩人分。

等上菜時喬說：「煩了你一整天，眞抱歉。」

麥克頭一低竟然尷尬了：「沒什麼。」

「今天我實在應該自己一個人的。和誰在一起誰倒楣。」

「你可能不願意我說。可是，是艾倫吧？」

喬微微點頭。

麥克等著。

「我有沒有告訴過你我在東岸的男朋友？」

麥克搖頭。

喬便談傑姆的事。

「我很喜歡他。我知道他和我完全不一樣，他太懶散，太——我不知道怎麼說，太知足吧？可是和他在一起我很開心。我不愛他，他也不愛我，可是我們在一起打打鬧鬧非常愉快。而艾倫，艾倫——」她頓了一下搜索用詞。「我知道我們一點也不搭配，和他在一起我總是生氣時間居多，我相信我並不愛他，可是，可是——」這時眼淚直衝上來，她趕緊低頭拿手背去擦。

麥克低頭吃東西，等她平靜下來。

「其實我出發到東岸以前就下定決心和艾倫斷。我並沒和他說什麼，只是心想一旦分開，我們之間自然而然就會不見了。事實上也幾乎是那樣，我在學校裡很忙，並沒工夫想他。我也不眞的想他。而且，爲了確保我不會一心留戀艾倫，我特別努力交男朋友。不是談戀愛的那種，而是可以玩玩打發時間的那種。有的男孩子就是朋友，可以談心的。傑姆比那多一點，半是朋友半是情人。誰知道艾倫不時會打電話來，不然會送有趣的電子信來。隔了幾千哩，他不但多情而且有趣。我有心不顯得太熱衷，甚至告訴他傑姆的事，可是他好像一點都不在意，還是一樣寄信和打電話。我這次回來，他竟然特地從公司跑到機場來接我。然後除了吃過一頓飯，就一直沒來找我，連一通電話都沒有。」

「就因爲這樣讓你翻船了？」

喬撥弄碗裡的沙拉，她不喜歡那過甜的薑泥醬。

「不完全是。」頓了一下，望望麥克。「如果我說了，你保證不笑我。」

麥克調皮微笑：「我可以保證不大笑。」

喬放下筷子，兩手夾起，放在桌下的兩膝間，兩腿微微搖擺。

「我撞見艾倫和一個女的在床上。」

麥克果然笑了，盯著喬只管搖頭。

「我知道我沒資格生氣，我知道我完全莫名其妙，我知道那不代表什麼，可是，可是，我不會說，我就是覺得——這你一定又要笑我的——我覺得世界毀滅了，至少我毀滅了。」

喬又談了一陣自己的感覺以後，麥克問：「你眞的不知道？」

「知道什麼？」

「艾倫。」

「你什麼意思？」

「你不知道艾倫是那種喜歡招惹女人，把她們吊在半空中的男人嗎？」

「你是說他是那種喜歡玩弄女人的人？」

麥克點點頭。

「我不同意。我不認爲他是。我覺得他反而是那種不太會討好女人的人。我覺得他很笨，沒腦筋。不然就是不用腦筋。」

麥克聳聳肩：「艾倫是我的朋友，我認識他很多年了。要不是不得已，我寧可不說他的壞話。」

喬沉默了很長一陣，終於說：「我不能說了解艾倫。我連自己都不了解。我不懂我爲什麼這麼傷心。不管他怎樣，我已經下定決心不要他的。」

「因爲你根本就愛他愛得發瘋。」

「我沒有！我沒有，眞的！」

麥克又微笑搖頭，盯著喬看。

「如果你發瘋的對象是我就好了。」

喬眼光一閃笑說：「好啊，你這是趁火打劫！不是的話，省省你的同情吧！」

麥克也笑說：「趁火打劫？隨你說。我好歹是男人！」

6

一個週末，喬醒來，起床拉開橘紅色窗帘。一屋悄然，已經是下午兩點了。

她沖了澡，下樓隨便吃點東西，又回到臥房繼續工作。現在臥房便是她的工作室，路邊撿來的舊門板搭起來的克難工作桌上攤滿了割開的白紙板、彩色紙、剪刀、工具刀、膠水等。她的立體書進展極慢，就像學期中那樣。一連幾天，她日夜埋頭剪貼，卻還只是在做起碼的細節，遙遙無完工跡象。其實老師分數已經打了，完成對成績並沒幫助。是她自己想要。她喜歡這個構想，要見到它完成的樣子。

在她放得極響的藍調樂聲中，電話忽然響了，她滿手是膠，電話響了七、八聲她才終於跳起來接，一下又找不到電話，只聽它尖厲直叫。拿起聽筒，她爸奇大的聲音在吼什麼，她把聽筒拿遠一點，才聽到他大叫：「我的黑卡其褲呢？今天誰有洗衣服嗎？我的黑卡其褲不見了！」

喬隔著空氣對話筒說：「我不知道。我怎麼知道你的卡其褲到哪裡去了！」

她爸還是大叫：「什麼？你說什麼我聽不見？」

她這才聽見她爸的聲音同時由樓下和聽筒裡傳來。她拿著話筒走到房門口，看見她爸穿著內褲站在樓梯底正對無線電話吼叫。她放下電話朝底下叫：「爸！」他愕然抬頭，看見她把問題又重複了一遍。

「不要這麼大聲好不好？我就在你面前，不需要這麼大聲。」

他把問題一字不差又重複了一遍，聲調反而更高。

她聲音也大了：「你小聲一點好不好？又不是聾子，幹嘛每次都要這樣大吼大叫！」

「你給我下來！我問你我的褲子在哪裡，你給我大小聲！你他媽的眼裡還有我這個爸嗎？你給我下來！」

她不動，一邊剝手上的乾膠：「我怎麼知道你褲子在哪裡？」

「你眼中還有我嗎？跟我這樣講話？」

「我沒怎樣跟你講話，是你自己每次開口就大吼大叫的，好像我們一家都是聾子。」

「你教訓我？是我是老子還是你是老子，你說？」

「中國人講話老是兇巴巴的，美國人總以爲我們在吵架。」她低聲說。

「你說誰是老子？」

她低頭剝手上的膠，忽然她爸咚咚咚已經衝上樓來了，矗立在她面前。

「你眼中還有我這老子嗎?你以爲上了大學就可以胡作非爲了?」

她不作聲，也不看他。

「你看我呀你!」他一掌拍開她剝膠的手。

「你要我怎樣?」她忽然爆了。「也不看看你自己做的!」

「我做了什麼?我做了什麼，你說!」

「我們不是白癡。」明知頂嘴不智，她止不住自己。

「你們這一家大小，你們都在控訴我!逼我!這個家我還住得下去嗎?」

「眞會給自己找藉口。」她管不住自己的嘴，更管不住聲音裡的輕蔑和敵意。

「你說什麼?」她爸忽然看來有點心虛，但仍是惡狠狠地說。

「我說你很清楚爲什麼你臥房門給劈得亂七八糟。」她靜下來了一點。門是傑瑞幾天前用菜刀劈的，在和爸大吵一架以後。

「你不要跟我提傑瑞。你們一家沒一個好東西!」他轉身下樓，下了幾級，突然又轉身警告:「你以後給我說話小心點!」咚咚咚衝下樓去了。過不久，他的車出了車庫。

7

八月中，喬一家、祖父母、叔叔一家，還有嬸嬸的父母和姊姊夫妻，一大群人吃飯。這樣場面，一年至少兩次。十五個人，佔了這家廣東館子角落上一張大圓桌。一陣寒暄開場，茶水來了，菜已事先點了，花生和小菜先來。館子裡聲音嘈雜，他們隔桌面呼喊。

「喬越來越漂亮了！上了東岸的名藝術學院，是大畫家了？有沒有畫什麼回來啊？」嬸嬸的媽媽問。

「沒有啊！什麼都沒看到！這個學校好有名唷，貴得不得了！」祖母說。

「喬主修珠寶設計。」喬的媽說。

「珠寶設計？還有珠寶設計這種課啊？美國學校裡的名堂可眞多！那好啊，珠寶好生意，將來有錢賺。」

「珠寶設計有什麼錢賺？將來擺地攤賣耳環？」她爸說。「建築那就不一樣，起碼還有一點搞頭，標到大工程的話。不然像那個誰，那個念耶魯的中國女孩子，設計越戰紀念碑的那個，她叫什麼想不起來了。沒幾歲就出名了，全國都知道！」

「那是了不起，了不起。」

「這越戰紀念碑我還沒看過。好像不就是一道牆，上面刻了一堆人名？」

「這也叫設計？」

「你不懂，這才叫設計！得了什麼獎，還上電視節目什麼的不是？」叔叔說。

「這珠寶設計也好啊！如果設計了什麼皇后、夫人戴的耳環項鍊，那也了不得！」嬸嬸說。

喬很想說：「下學期我要轉到工業設計去。」她有點厭倦了精工細小的珠寶，想要做比較大型比較簡單實用的東西。她還不確定。但她什麼也沒說，假裝沒聽到眾人的談話，只管和妹妹說悄悄話。

話題很快轉到大陸親戚來美、回大陸省親的事，到做生意、股票市場上。

菜來，喬的祖母給一些年長的夾肉：「來，吃，吃！大家都只管說話，吃，吃！這家的鐵扒牛排做得好ㄟ，肉好嫩好嫩，好好吃！來，吃吃看！」也給幾個小孩夾了。

「欸，謝謝謝謝，我自己來。」嬸嬸的姊夫說。「我現在吃素，好久沒碰肉了。」

「哎呀，你也跟人家美國人學流行，減肥吃素的那一套啊？」喬祖母說。「你又不胖，身材都好得很嘛！這美國人就是花樣多，今天這樣明天那樣，我們中國人什麼都吃，就沒像他們什麼都不敢吃還那麼胖！怕吃這個怕吃那個的，那人生多沒意思呀！再怎樣還是要吃嘛，你說是不是？我是糖尿病加過敏，吃不得，不然我才不怕吃呢！」

「不是減肥，其實是注意體重。眞正原因是我現在哈哈，改邪歸正，不殺生了。動物的命也是命，不是只有人命才是命。上天有好生之德，中國人以前不是說？」

「哎喲，生做豬牛生做人，都是前世注定的，想那麼多！不然連蔬菜水果也都不要吃啦？」祖母笑說。「我的哲學是，你們有人吃肉，我就煮肉。」

喬和妹妹、堂妹胡扯，她們正瘋「鐵達尼號」的明星迪卡皮歐。她們年輕一輩間，講話一律是英文。喬的另一隻耳朵兼聽大人說話，總是很快就爲那膚淺厭煩。藝術學院裡的同學固然也有他們的膚淺和虛僞，起碼層次不一樣。像一個西班牙同學說：「美國沒有文化，只有商品。美國人拍的電影根本就是變相的廣告！」即刻就被駁了回去：「那你爲什麼不留在西班牙念書就好了？」她有許多同學來自歐洲、亞洲和中南美洲，都是上流人家甚至貴族世家的小姐公子，動輒拿美國文化開刀。一個義大利同學說：「文化是過去貴族階級的生活裝飾，是上流社會創造出來的神話。就像美國的民主是神話，是開國的地主和權貴聯手創造的神話。一直要到現在的美國，我們才看到了眞正的文化，屬於大眾的文化。文化到了二十世紀，尤其到了網路發達的今天，才有了充分的意義。」這些聰明優越又有才氣的同學用很堂皇的詞彙涵蓋很大的題材，她只有聽的份。她長大的圈子裡，沒人談這種話。所有談話都和切實生活有關，和馬上在進行的事情有關。在藝術學院裡，她覺得是個局外人，又興奮，又膽怯。在一個她沒去的派對上，幾個女生在兩、三杯酒下肚後，脫光了上衣跳舞。她若在場，也會脫嗎？可能會，也可能不會。她不喜歡派對，更不喜歡跳舞。更重要的是，她不喜歡聚眾行爲。脫衣服不是問題，問題是跟在一群人後面脫。

祖母給她夾了一塊鐵扒牛排，她吃了一口，果然極嫩。祖母又給她夾了一塊炒龍蝦，喬說謝謝然後笨拙地動手剝殼。祖母滿是黑斑的臉上，現出滿意的笑容。

「你什麼時候回學校？」媽悄悄問喬。

喬的爸掩了嘴用牙籤剔牙，眼睛一邊溜溜張望別桌客人。她媽坐祖父旁，斜對她爸，臉上一片漠然。她但願她媽也有個情人。

祖父招手要帳單，侍者拿來卻讓親家公奪去了。祖父已年過八十，矮小精壯，頂上幾根白髮，笑嘻嘻的。親家公高大些，一頭白髮工整油光，兩包眼袋。喬看兩個老人半眞半假熱鬧爭執，最後甚至她爸也加入了。這她已見過許多回，仍然，像個美國人，她看得津津有味。她不懂中國人。祖母說她長得像標準中國古典美人，瓜子臉、鳳眼、櫻桃小嘴、水亮直瀉的長髮，就像古畫裡的女人一模一樣。櫻桃小嘴，那形象讓她起雞皮疙瘩。那不是她。她寬肩大步粗腰肥臀，她不可能是那樣的中國女人。

8

九月初，喬回到了羅德島。

離開洛杉磯前，她的身分是艾倫的女朋友。他每天打電話給她，派對上朋友問她：「怎麼回事，艾倫到處宣布你是他的女朋友？」她鳳眼一飛，雙肩一聳：「說不定是因爲我床上功夫好？」

開學前一天，喬單獨到鎮上去看電影，是在洛杉磯和麥克看過的那部法國片，因爲喜歡，她想再看一遍。這家電影院小小的，保持了舊式小電影院的特色，譬如有些座椅是雙人的小沙發，她就愛挑這樣的沙發坐。電影還沒開場，旁邊來了個年輕人。他先禮貌問她旁邊有沒有人，她搖頭表示沒有他才輕輕坐下。看完電影他請她去喝咖啡，禮貌的替她拉椅子，旁若無人的做影評。她一手撐著下巴，一手摸自己的肉鼻子，聽同是亞裔的他母音子音一絲不苟，整齊的白牙間列隊而出挺胸作戰的句子大軍，越過桌面的杯盤點心向她登陸。她沒見過這樣兼具多禮和傲慢的男性。他叫隆梅爾，是海軍軍校的學生。他有點矮，可是筆直，而且俊。臨走時他給了她他的電話號碼，也要了她的。

「我不會打電話給你的。」她說。「我已經有男朋友。」

「那把我的電話號碼還給我。」他笑說。

她眞的把紙片給他，他並不收，只是微笑，好像暗地裡在給她打分數。

隔兩週，隆梅爾打電話約她吃飯、看電影，解釋：「我故意多等了一星期。」

「爲什麼？」

「我不喜歡太快就約女孩子。我喜歡事情進展有一個恰當的步調。」原來隆梅爾比喬更喜歡記錄和分析自己。不同的是，他做事喜歡按部就班。他喜歡做計畫。

兩個月後，他們幾乎每週末在一起。喬記得她和麥克傾吐的那晚，他曾分析她，說她其實是個貪心又不肯面對後果的人。她起初不肯承認，因爲她對自己一再的記錄和分析得到的是相反結論。但既然是麥克說的，她尊重他的判斷。起初她以功課忙做藉口，不准隆梅爾週末來找她。她更不主動打電話給他，這點她始終維持。傑姆那裡她和艾倫下過承諾的，幾乎斷了。偶爾若傑姆打電話來，她還是上船和他喝一罐啤酒聊聊。但是，在焊接項鍊或敲打銅片時，她知道那她極力避免的事畢竟還是發生了。甜美而愚蠢的事。但是，總有個但是。

唉，喬啊喬，她微笑嘆氣。

輯IV

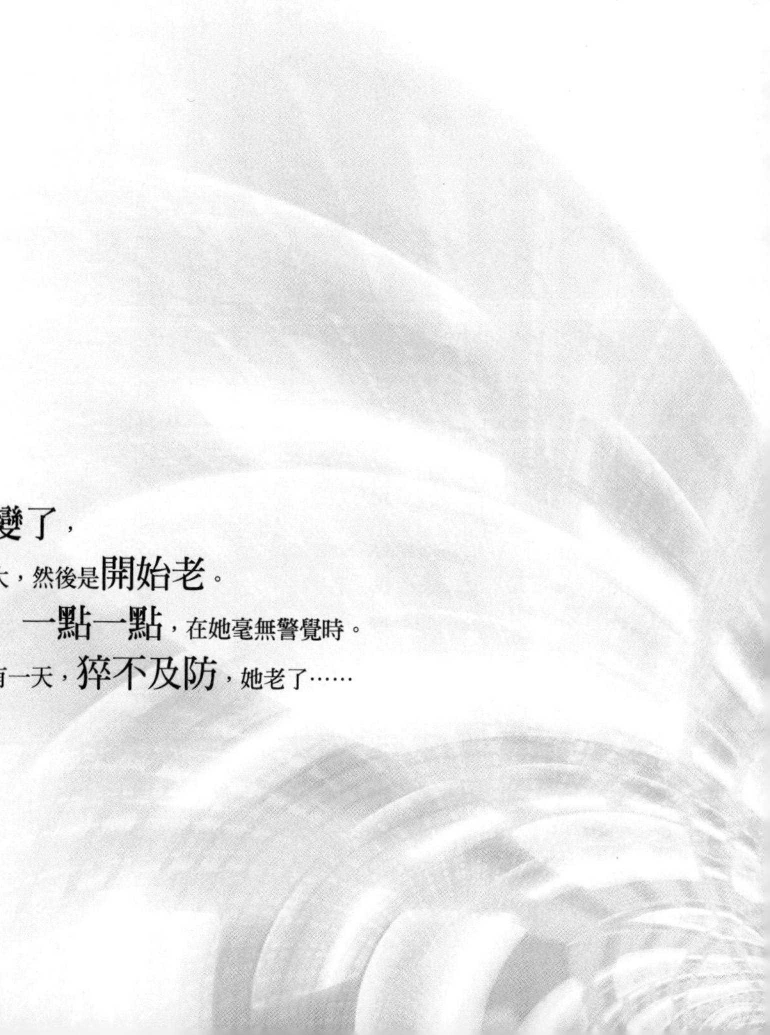

她變了，

先是長大，然後是開始老。

一點一點，在她毫無警覺時。

直到有一天，猝不及防，她老了……

快樂顏色學

1　生活自助手冊

這不是什麼故事，雖然有人，有場景。

一個女人。我從沒見過她，不能描述她的樣子。但我知道她，也許比她自己知道得還深。當然，她若聽見我這樣說，一定會極力否認。

她面窗而坐，白色陽光從落地窗照進來，一隻黑鳥停在樹幹上，脖子紅得發亮，吸引了她的目光。什麼鳥？她提醒自己回頭得問二兒子，他對草木蟲魚無一不知。

她去超級市場，停車場裡一個女人白風衣紅圍巾飄然走過。她不由拿眼追看那紅圍巾好一陣。在超市裡她捏緊紙條時時看上面記的牛奶橘子汁果醬麵包馬鈴薯綠菜花雞蛋垃圾袋洗衣粉牙膏肥皂，沿走道一條條看下去，一樣樣研究盒上標明的成分比較價錢研究不同廠牌衛生紙捲是單層還是雙層以及總尺碼，她看得見自己透明的腦袋裡成千上萬的小齒輪飛轉，看得見自己一旁帶笑看那無數忙碌熱鬧的小齒輪。她逐漸發現自己每天面對的就是一個字：小。相對，出門去上班在外面翻滾的人面對的是：大。二兒子出生後她辭職在家，做飯洗衣吸塵督導兒子功課開車接送他們足球籃球鋼琴小提琴游泳中文學校生日派對牙醫小兒科醫師等等，她的世界是無數針尖牛毛搭起來的摩天稻草堆。相對，她看見外面世界是圓柱拱門鋼筋水泥的雄偉殿宇。在她心裡有一幅圖像：螞蟻搬家。家裡四隻雄性動物消費迅速，廚房料理台上永遠有一張隨手記下的購物單，她三兩天就得上一趟超市採購補充，將東西一件件由貨架上取下放進推車裡，再一件件拿出放上付帳櫃檯的傳送帶，再一袋袋放進推車，出了超市轉放進車廂，到家一袋袋再拎出來提進屋，一件件從塑膠袋拿出來，分門別類送進冰箱、櫥櫃、水槽下、浴室或臥房裡，一邊喃喃自語：「你是個白癡！你花那麼多年拿個學位就爲了這個！」

她從沒提筆寫作過，但是在無盡搬運瑣碎時其實持續在腦中寫下了龐然鉅作《女性生活自助手冊，N卷，N冊》，這樣開始：「沒有一個家庭主婦會覺得自己是日理萬機的大臣而沾沾自喜。不錯，她是家裡的總統、機要大臣兼總經理和公關，也是職員、工友、下女兼妓女。妓女這兩字夠觸目驚心吧？比下女嚴重得多。看清楚了，這裡沒有任何言過其實的地方，如果你是女人，就算你是那種裡外一把抓三頭六臂的現代女強人，馬上就會點頭同意。如果你不是女人，正好趁機大開眼界，抹掉眼睛上堆積了幾千年的眼屎，看看當初讓人追得死去活來的那人變成了什麼模樣。從夢中情人變成黃臉婆，從發言變成嘮叨，從小姐變成妓女，從伴侶變成奴才，她掉得夠快夠低夠徹底！如果你以爲這是因爲她錯過了女性主義自甘落後，那是因爲你不知道天平的中點到底在哪裡，你還沒資格談女性主義，談思想談公平正義和其他冠冕堂皇的東西，不管你是男是女！」

你看得出她《女性生活自助手冊》的嗓門很大步調很快，簡直就能想像她站在高台上面對萬人廣場演說。然而你知道眞正的她不是那樣，儘管你不認識她，你不需要認識她就知道她，坐在廚房圓桌旁看窗外的後院，洗衣機隔一道薄門轟轟轉。她未曾寫下一言片語，因爲這些可說都出自她自己的選擇。她心甘情願。

2 記憶裡的花

紅紅綠綠的顏色，是孩子滿地的玩具：大小各型的汽車、飛機、太空船、塑膠恐龍、塑膠螳螂蝴蝶蜜蜂毛毛蟲，和數不清的毛茸茸的布偶動物。牆上是一條條巨大的彩色魚，抬頭天花板上飛懸著豔麗的熱帶鳥類：粉紅火鶴、紅黃藍的鸚鵡、巨嘴鳥。觸動了她深處一些色彩繽紛的東西，讓她微笑：彈珠、糖果紙、蠟筆、餅乾盒、月餅上的嫦娥玉兔、彩色卡片、花布、綁頭髮的大紅蝴蝶結、女人油光的口紅、歌仔戲和布袋戲、紅色計程車、霓虹燈、喜幛和紅包，許多許多。

所有人都出門了，她一人在小兒子房裡。她到這房間來看要重漆成什麼顏色。家是一個永無止境的工程，總有東西需要整修或換新，不是屋頂、窗戶、牆壁、地板，就是熱水器、冷氣機、水龍頭、水槽、馬桶……起碼燈泡又燒掉了一支。她計畫要重漆全家牆壁好幾年了，因家裡大小事都靠她一人推動，她總等到自己實在受不了了才一鼓作氣。她不能決定到底給每個房間什麼顏色，站在兒子房裡，她的心思讓這些顏色撩了起來。

她記憶裡有一種大樹開碩大的黃花，在大夏天的太陽底下，他們瘋狂奔跑中抬頭，看見樹上一朵朵大如碗公奪目如帝王的可愛黃花。她始終不知那是什麼花。到處的扶桑花，粉紅、橘黃，更多的是一種看起來極其廉價的紅，他們摘了花吸花心的甜汁，吸完一朵又一朵。可憎的夾竹桃，比扶桑花更多，野草一樣到處長，一叢叢彷彿有毒的桃紅，讓她打從心底厭憎。然後有一天，她在一座北美植物園的熱帶植物室裡看見了許久未見的夾竹桃，如見親人那樣狂喜，喃喃誦唸那英文名：orleander, orleander, orleander。扶桑也是，hibiscus, hibiscus, hibiscus。生平第一次，她知道了扶桑其實有那麼多顏色、花形，那麼別致、漂亮。媽咪小時住的地方到處都是這種花，她告訴兒子。誰也聽得出她聲音裡的鄉愁。然而留在美國是她和先生討論過後下的決定，也未曾反悔，仍然……老三發現角落有個鯉魚池，他們一下呼擁而去了。她落後信步而行，在幾竿竹子、香蕉樹、榕樹和茶花之間驚奇：確實，植物是地理景觀和記憶地圖的要素，她對植物向來不太注意，大兒子三兒子對植物的興趣更低。他們喜歡會動的，機械更好，比如汽車、飛機、火箭、太空船、電腦。

然後，還有九重葛，是另一種桃紅，紫一點，比較厚道，比較穩重。以及紅漆大門、紅春聯、紅鞭炮，在時間裡褪色。而她記憶裡的生活其實似乎沒什麼色彩。家裡用的大花被面洗得泛白了，等她媽買了布料重做，那大黃大紅大藍讓她高興了起來。可惜媽給了哥他們那一床，因爲他們把被面踢出了一個大洞。她爲這氣悶了好幾天。大學時一次社團旅行，巴士一出北宜公路，宜蘭就在腳下，一片藍汪汪的綠色田野直到地平線盡頭。她第一次見到，突然整個人驚呆了，肚裡緊縮起來，好像痛的感覺。以後但凡看見一大片顏色，她肚子就抽緊，眼睛就濕。好像，顏色便是感覺。

3 一個黃色謊言

她從小愛看電影。有時星期六晚上，全家去看電影。她先和大哥去買票劃位，買完在戲院前站上半個世紀爸媽才帶弟妹到了。她看見媽塗了口紅，臉上有點快樂羞怯的表情。進戲院裡人都坐滿了，在嗡嗡的說話聲裡他們擠進屬於他們的座位。很快燈暗下來，上國歌、加演片，然後終於正片開始。光豔的色彩，不是眞實生活有的顏色。外國片的顏色尤其漂亮，天是藍的，草是綠的，人人白皮膚大眼睛紅嘴唇，生命熾烈鮮明。她相信那是未來的寫照，未必是出國念書然後成爲美國公民，然後在還來不及的時候就進入中年，驚慌發現她半生成績是手上空空。未來儘管模糊，卻必然是幸福快樂的濃縮。

念研究所時，她和七個美國研究生同租一棟老房子。她的房間在角角上，裡面是一張單人床、一張書桌、鼻涕綠的地毯、四面白牆，唯一特別的是兩扇窗，和一面傾斜的天花板。她痛恨那地毯顏色，但喜歡那毛茸茸。書桌太窄，她總攤了一地書在地毯上念，念累了就地躺倒，四面白牆往天花板集中，長長的冬天是白色和灰色，一、兩個月下來她眼睛發慌了，覺得無色的生活也了無滋味。正對門的室友辛蒂亞學畫，一個學期下來累積了一堆油畫。借我兩張掛掛吧？她要求辛蒂亞。

辛蒂亞是黑人，不是黑到發紫的那種純黑，白人讚她膚色如法國咖啡牛奶，她便臉蛋一斜：「親愛的，要喝嗎？」

她從沒見過比辛蒂亞更漂亮的黑人，其實可以說沒見過比辛蒂亞更漂亮的人。尤其是眼睛大又橢圓，眼尾微挑，說話時眼珠滾溜溜轉，生動極了。辛蒂亞慷慨，讓她到充當畫室的地下室去挑。她看過辛蒂亞的畫，都是人像，但不是一般肖像畫，而是半寫實半抽象，很暗，總是深咖啡、深藍、黑。並不眞是她喜歡的色調，挑了半天，她說，不是有的美國畫家拿顏料整桶潑在畫布上嗎？解釋：「其實我並不要畫，只要顏色。」

辛蒂亞借了她一塊畫布、幾支畫筆，教她上色。她在地下室熬了三個晚上，用了不知多少管黃色顏料，漆了一片黃，白煮蛋的蛋黃那種黃，三呎寬，五呎長，一片不是很均勻的黃，正對床掛在牆上，她醒來一張開眼，就可以看見那像一片油菜花的黃。覺得房間亮了，那黃召喚來童年些許野性的記憶，她覺得目標達成。

辛蒂亞來看她的黃：「嗯，還沒前衛到一片顏色就是畫，至少要兩色。」兩手扠腰看了一陣，補充：「我老覺少了什麼，說不上來。」過了幾天說要幫她加上一點別的顏色，再過幾天說這一大片黃老在她耳旁嘮叨，叫她畫點別的上去。最後辛蒂亞問可不可以讓她畫上幾條曲線，一、兩個點，多少都好。「這黃色是我台灣家鄉夏天的菜田。這一片黃色就是寫實。」她鄭重說，自己都信了。其實除了地理課本上看過，她根本沒見過眞的油菜花田。她記得的是地理課本上華南平原上一片鮮黃油菜花田的圖片。

無論如何，因爲那片黃辛蒂亞和她熟了起來。一晚午夜兩點，辛蒂亞來敲她房門。她還在K書，問知是辛蒂亞便開門讓她進來。然後她們躺在地毯上閒聊，談現在過去未來，後來乾脆下樓到廚房烤餅乾吃。

「最近我走路時老覺有人跟，昨天我從學校下樓，又覺得有人跟，回頭一看，哪裡有人，只有我自己的大肥臀！」說完兀自大笑起來。除了眼睛靈活，辛蒂亞還有全天下最洪亮的笑聲。

「胡說，你一點都不胖！」

「我說我胖了嗎？我說的是緊跟我不放的那位朋友！」

辛蒂亞說話別具一格，一位油畫教師問她爲什麼老畫黑人，她答：「你大概沒想過爲什麼耶穌基督是白人。」她不喜歡風景畫，一次油畫作業是風景，她畫了一個寬肩肥臀的女人面窗梳頭（背對看畫的人），窗外越過院子、一棵樹和電線桿、電線，是一角乾黃的玉米田和飛過的烏鴉。「這是我的風景，我的女人看到的風景。」辛蒂亞解釋。

她異常記得辛蒂亞那幅風景，因爲雖佔據畫面約五分之一，感覺上卻小如郵票，而那女人堅實壯大如百年老樹，像《詩經》裡「碩人」的形象。畢業後辛蒂亞到紐約去了，她一直說要去紐約。十三年後她和辛蒂亞隔一條哈德遜河，一年見約一面。辛蒂亞單身，眼睛依然靈活，臀部依然壯觀，笑起來依然豁達響亮旁若無人。

「紐約的男人超級自戀，他們只要玩不要眞，以爲可以永遠做談戀愛的青少年。嘿，你要做長不大的青少年你儘管去做，不要找我，我有更重要的事要做，譬如對我的咖啡杯自言自語自導自演……」辛蒂亞說，縱聲大笑起來，就像學生時代一樣。

4 快樂顏色學

泡好的茶色從淡綠到深棕色，看是什麼茶。但茶的性格是霧氣的顏色，淡淡的，帶青，捉摸不定。事實上她平常喝的是茶袋泡的紅茶，不喝咖啡，偶爾偶爾，才泡一壺好茶犒賞自己。上書店時，順便才在隔壁咖啡館叫一杯卡布奇諾。至少還沒墮到喝即溶咖啡、帶兒子上麥當勞和唱卡拉OK的地步。她對卡拉OK的態度引來一個直話直說的朋友批評：「告訴你，這是自我表現自我陶醉加上我樂樂眾樂樂的時代，單單是崇拜別人或孤芳自賞的時代早就過去了，你還是趁早醒醒吧！」她不禁一震，後來居然也能帶笑在朋友家的聚會上聽一個五音不全的男士自鳴得意地鋸她的神經，彷彿已欣然坐化。

她第一次喝咖啡在念研究所時，一個念醫的朋友拿她做實驗，給一杯即溶咖啡，腦袋插上許多電極，測量神經反應。那天一大早，才過八點，她還半昏睡狀態，踩著草地的露水到他研究室去。青白的日光燈，光滑的打蠟地板，靠牆幾張書桌，只有他一人，已經用電壺燒好了水，問她要不要加奶粉加糖。她和他不熟，其實是朋友的朋友，出於禮貌，她兩樣都要了，猜想喝咖啡就是那樣。一紙杯灌下去，甜甜的，有點泥土味。那整天她神經直跳，到了晚上還睡不著，乾脆爬起來寫情書。後來校園裡小咖啡館多起來了，她不會喝咖啡也愛進去坐，喝紅茶，假裝面對教科書和筆記本，看進進出出的學生，男生女生一樣愛看。坐久終於也會喝咖啡了，剛開始覺得嘴裡濃濁，苦又甜（她至少加一茶匙糖）外，澀澀黑黑的，有點像混沌初開，還沒有雛形和邊際，說不出所以然來。喝出門道了才知道當初那第一杯咖啡根本沒資格叫咖啡，充其量是咖啡色的泥巴水，就像大學自助餐廳裡所謂的湯根本就是大家心照不宣的洗鍋水。

生活裡的顏色？紅黃明藍鮮綠橘紅紫，陽光海天草地和水果的顏色。夢想只能是紫色，紫羅蘭那種紫，不能是其他顏色。不冷不熱，非明非暗，富郁到叫不出名字，愛情、性愛、床和夢想相連，也是紫色，胸罩、內衣，自然也該是紫色。所有紫色東西必然一躍而到她眼前，呼喊她，紫色和綠色，天下最好的搭配。婚姻的顏色？西方結婚是白色，中國人是紅。她不是那種嚮往西方教堂白色婚禮的人，她想到白色婚禮的意義：虛玄。白色像犧牲的祭壇，中國人的紅起碼熱鬧，血性而人間，多一些世故人情，不是白色的抽象和潔癖，暗示了強烈的壓迫。

她先生在美國電影上，看到電影明星衣服一剝下來裡面都是黑胸罩內褲，建議她試試看。他對顏色其實沒什麼感覺，對很多事情也沒什麼感覺，除了每天早上急著去上班，晚上不到八點不下班，偶爾唱唱卡拉OK上電腦下圍棋，便是以一種家具盆景式的生動表示感情。可是有時他會莫名其妙從什麼地方學來一些東西，而且很堅持，好像眞是自己想出來的。譬如他聽收音機說吃魚好，忽然一定要吃魚，一盤魚一個人就可以吃掉大半，維持了好幾星期。又譬如在報上看到研究說做愛有延長男性壽命的功效，特地從辦公室打電話回來告訴她。她不禁打趣：「所以你趕快打電話回來訂晚上的床位是不是？」他那頭竟然也不遲疑：「不是也好久了？」

她不喜歡黑色，從來都不喜歡，除了東方女人黑亮的頭髮例外。黑色是消沉和墮落的顏色，失敗是黑色，恐懼是黑色，永恆也是黑色。西方人拿黑色做死亡的顏色是有道理的，她不能把黑色和擁抱、狂歡想到一起。想到雪白的肉體上箍著刑具似的黑色胸罩和內褲，簡直陰森可怖。尤其是新娘，白紗禮服黑色胸罩內褲，那對比，那裡面的涵義，眞是耐人尋味。

她買了黑胸罩內褲，那晚他在臥房裡打量她，好像她不是她，而她很清楚自己不過是個年過四十的女人，三個兒子的媽媽，乳房下墜，小腹一圈肥肉，眼角兩扇魚尾紋，心裡一團漆黑。他們竟然比平常興奮，像做戲。什麼陌生異想假借那黑色胸罩內褲還魂，兩人全身火熱，一番激戰後便很快結束，好像一杯烈酒還沒來得及喝就已揮發光了。他馬上就翻身睡著了，她繼續看書。看得眼澀，抬頭眨眼，看見夜晚不應有的明亮。原來研究所時漆的那幅黃色油畫就掛在正對面牆上，幾天前她才特意從飯廳移過來，覺得那片黃是她個人的，屬於臥房。現在那片黃色觸動她的情緒，讓她輕微痙攣——她要去學畫、學鋼琴、學跳探戈、拿博士學位，她要出家去做修女，她要年輕二十歲，她要馬上就灰飛煙滅，從宇宙消失，她要給兒子買新內褲、襪子，要把全家漆成一個快樂的地方。她有種想哭的衝動，但是眼睛像紙頁一樣乾燥。

後來她整理抽屜，在角落裡摸出那黑胸罩內褲，把玩一下，忽然剝掉衣服，對鏡穿起來。有哪個女人不對鏡左顧右盼嗎？她有點慚愧，然而立刻又將那快意一舉掃蕩乾淨。小說電影裡的女人都少不了鏡子，因爲眞實生活裡的女人需要鏡子，她不是第一個，也不是最後一個。天下沒有人比她更了解自己的身體，她對自己的身體幾乎已經淡薄到無愛也無恨了。這時那小小兩片黑色像臉上的太陽眼鏡，有種挑逗的神秘，她竟在自身上看見了電影明星的那種味。不是美，是慾，你看清楚了！她憤然剝下那片東西，把它又塞回抽屜角落去。

5 黯到黑白可怖

陽光越來越斜，蔡琴的〈出塞曲〉，音樂裡充滿了風沙和馬蹄。她在屋裡來來去去，拿髒衣服到洗衣間，清理客廳、起居室、臥房和廚房，再到洗衣機拿乾衣服出來送到臥房，繼續整理報紙、雜誌、書籍、廣告郵件、玩具，種種。

音樂大響，仍是蔡琴，〈最後一夜〉滿屋迴盪。她對窗看一疊從圖書館借回來的室內設計書，只看圖片，鮮亮的房間，明麗的生活，一頁又一頁慢慢翻，一聽再聽的音樂給空氣一種熟爛香甜的氣息，密室、隱私、停滯、腐朽、死亡的氣息。氣溫升到華氏七十度以上她便打開窗透氣，涼氣貼地進來，地板忽然有大理石的涼意。她把腳蹺到椅子上，在屋裡她從不穿襪子，也不愛戴任何首飾，包括結婚戒指。

有一天她在院子裡拔野草，聽到鳥叫，抬頭在枝頭高處找那鳥。陽光當頭照下來，讓她緊瞇了眼。低頭後只覺眼前一片黑，仰頭閉上眼，只見一片血紅浮盪。她任頭仰著，閉眼沉浸在那一大片紅海裡。心中竟然浮起不久前看過的影碟「夜色落下」裡兩個漂亮的女同性戀者在深紅床上做愛的鏡頭，那深紅便很像眼皮上氾濫的這片豔紅成熟以後的顏色。她沒法想像和同性好友談戀愛，她相信，沒有任何力量能將她變成同性戀。但有時，當她覺得住在一屋四個男性間有如住在動物園裡時，不免想像一群女性好友共同生活的情景：她們只要講上半句其他人便懂了，不需多費唇舌。然而很快那景象便暗下去了，好像日蝕，有個陰影擋在她和光亮中間。等她再張眼，幾乎是在一片黑色裡摸索過院子走進屋裡。

而，女性未必便彼此了解。

她還在念研究所時，有一天下午到工程系館去找先生，那時他們還只在交往階段，她喜歡他學業上聰明其他方面木訥單純，喜歡他會蠢蠢陪她去看校園裡的經典電影。

那天，她牛仔褲球鞋走過光鑑的長廊往角落的樓梯到地下室去，在樓梯口幾乎撞上一個東方女人，兩人及時停步，面對面近乎僵持了幾秒鐘。那女人一把骨頭的瘦，上身兜著鑲了白長毛的黑外套，緊身黑褲，黑短靴，顴骨突出的臉上厚厚一層白粉，畫了很黑的眼線，細黑眉毛，嘴唇大紅，在微笑打招呼前她臉上有千分之一秒的驚凍表情，像一張恐怖面具。立刻，那面具解凍，拉拉嘴角搖著屁股走了。她回頭看那乾癟的臀部，一時不解自己到底看見了什麼——她從沒見過那樣豔到黑白可怖的顏色。後來才聽說是某大陸研究生的太太，才剛從大陸來。人瘦如乾柴，卻總畫得五顏六色，行動招搖，馬上中國學生間都知道了，引來一些背後的刻薄。謠傳她先生出國這些年來早另有新歡，她爭取出國好多年才終於成功，妖豔的打扮分明是自衛。有人則說，醜人多作怪。她後來再見過她幾次，總是繽紛森然，讓她不知是憐憫還是鄙視。最後她先生果眞和她離了婚，刻薄的人說：難怪！加上一串得意的笑聲。她聽了十分不齒那人，但也沒出口替那不幸的女人辯駁。實在，那女人不討人喜歡，不只不喜歡，她對她簡直說不出的嫌惡。落井下石的話她固然說不出口，但也絕不會出力替那毫不相關的女人說話，只在心裡一再告誡那女人：你妝不會化得淡一點嗎？你眞以爲眼圈塗得像熊貓一樣就能挽回先生嗎？你不知道你先生的新歡什麼妝不化都比你好看一百倍嗎？同時幾乎下意識地在鏡裡檢查自己的臉，看有沒有那種乾瘦過氣一敗塗地的樣子。她的臉圓中帶方，眼睛還沒完全脫離高中生的清純之氣，細細的腰身配上方正的肩膀和滾圓的臀部，一雙彈性大腿，不需要化妝打扮，正是如日中天。然而這她並不知道，她只是放心，因爲年輕，更因爲無知。儘管，她對自己的身材姿色和打扮穿著，就像她對愛情的挑逗和人際的風險毫無概念。她知道的是，一切在進行，不受她掌握。一身素樸，像每個學生一樣扛著大背包走過校園，她一點都不快樂：有人愛她，而她愛別人，但那人一點也不愛她。

6 一無所有

是不是沒有神？是不是生命就是性交？神就是性交？

是不是這一無所有就是女性本質？

有個猶太作家在一個短篇小說裡提出了這些問題。由故事主角在他當時的情境提出來好像天經地義，猶太人好像天生就不斷在問那些問題。她先生和左右的中國人問的是股票跌漲和公司人事。因此見到那很猶太的問題她重重給扎了一下，來回讀了兩、三遍，直到那問題像條蛇盤踞她的腦子裡，時時蠕動，吞吐蛇信。

漸漸她憤怒了。是不是這一無所有就是女性本質？那猶太作家有什麼資格這樣說？這樣一句看似有物而實在空洞的話？她因爲尊敬他是諾貝爾獎大作家，忙不及便接受了裡面的智慧，即便深處有些懷疑。然而誰，天下有誰有資格說女性本質是什麼？考古人類學書裡說女性因爲生產而和死亡聯結。她總覺不可思議。如果生就是死，什麼不可聯結？而且若說一無所有，男人的生活不比女人更一無所有？男人有什麼？陰莖便是他們的權杖嗎？而女人終究只能像瑪丹娜那樣靠內褲胸罩宣布女性勝利嗎？更不可置信的是，在一個元宵聚會上她還聽到一個「洞房花燭夜」打「開封」的恐龍時代燈謎。而多虛僞，他小說裡多的是周旋眾女人間卻一天到晚擔心女人不忠的男人！

她在家裡大步來回，把客廳家具又移動了一次方位還是不順眼。她要把所有家具砸掉換一個新家！她要變換性別！她要離家出走！

前面一聲響，小兒子回來，卸下書包來不及脫鞋咚咚咚衝進浴室去撒尿，連浴室門都沒關，聲音如瀑。她可以想見尿液噴灑的景象。她檢查書包。

這是什麼？六十五分？六十五分？小兒子出來，她拿他的算術考卷在他面前揮舞。

至少不是二十分三十分！他說，理直氣壯。

所以六十五分就夠好了是不是？你爲什麼不乾脆說至少不是零分？她發火。不准玩，不准看電視，馬上開始寫功課。

小兒子拿鉛筆狠狠扎進橡皮擦裡，左手一揮把剛帶回來的學校作業紙掃到地上。

撿起來！她怒喝。

小兒子頭撞在書桌上，兩手扯自己頭髮。

一陣熱氣轟然由肚子直衝上來，她覺得自己像一頭史前惡獸由口鼻湧出黃色毒氣，嘶嘶有聲。怕會做出可怕的事，她強迫自己走開去。三個兒子裡，老么從小最固執難教，事事都竭盡她的智力和耐力，而她似乎總是輸。對付學位的本事似乎和應付兒子全不相關。她曾在盛怒之下甩了小兒子一個耳光，之後花好多天安慰自己他不會因此而變成心理變態。她計算自己小時挨過的揍，大哥挨的更多。我們都好好的，既沒仇視父母，也沒仇視人類。她安慰自己，而她所知有限的佛洛伊德心理學不斷恐嚇她：童年經驗的創傷是永久的，你動孩子一根寒毛便須以一生來抵償。

半小時後她回桌旁坐下，拿起小兒子的橡皮擦。

好痛！橡皮擦叫，你有沒有聽見？她說。不管和孩子再怎麼生氣，她總無法持續過三十分鐘，頂多一個鐘頭。哎喲，好痛！痛死了！她繼續輕輕揮動橡皮擦，裝出尖細的聲音。

小兒子有豐富想像力，凡事她必須透過遊戲才能引起他的反應。

媽咪，橡皮擦死掉了，怎麼叫！小兒子笑說。

她感覺裡面一陣熱，自己像一片熱吐司上化掉的金黃奶油。

老大九歲老二七歲時，她眼看可以再回去做事了，心裡倏然一陣恐慌，生出一個從來沒有的念頭：我要一個女兒！她先說服自己，在心裡召喚兩個兒子小時的情形。說實在她想不起多少，除了一些模糊的甜蜜和勞累。她說服自己多想念懷抱嬰孩的幸福，告訴自己需要一個新嬰兒給生活增添新的喜悅，而且要的是女兒。今天是甜美的女嬰，將來長大就是我的朋友，她這樣說服自己，並強迫自己承認沒有朋友，一個也沒有。她花很大力氣說服先生。兩個就夠了，還要一個幹嘛？我們床上玩當然好，你知道我是來者不拒……可是能不能不要製造新的下一代？……他試圖以幽默解圍，並兩臂誇張做了大腹的手勢。不然：一份薪水，三個小孩上大學，負擔得起嗎？最後他讓步了。她痛了近二十小時生下來，幾乎就剖腹了。痛到受不了時，她嘶叫：你爲什麼沒勸阻我？你爲什麼沒勸阻我？都是你的錯！老三果然絕頂漂亮，遠超過兩個哥哥。生人總不禁讚美：噢，她好可愛！她糾正，不乏得意：不是她，是他。小兒子愛哭少睡，比頭兩個格外磨人。她贖罪一樣特別寵愛，小兒子也好像會意似的更加刁鑽。大兒子卻對小弟十分鍾情，十足大哥樣。有時她氣不過，只好叫大兒子來將小的帶走。然而她最愛小兒子，不可理喻。好像中國史書裡的偏心皇后，一心扶植沒有出息的么兒做皇帝。也許因爲他是她一生中眞正不顧一切的成果。她剩餘的最後一點創造力的結果。

也許快樂未必是如願。

也許眞正的快樂只在即將得到前的那一刹那。

7 快樂是個髒字

如果她給自己取名，會放一個顏色進去。

她想起一系列帶顏色的名字：李白、蕭紅、秦紅、李藍、紫薇、紫蘭、潘迎紫、鍾楚紅、蕭麗紅。李清照、潘金蓮，一個淡雅，一個濃豔，都有色彩意味。譯名翡冷翠更是。夏綠蒂這名眞是不能再漂亮，她少女時代極偏愛。她總夢想給自己一個類似的漂亮名字。讓別人一聽就愛上的名字。

她表妹有個漂亮的名字：煙采。她曾十分羨慕那名字。煙采也漂亮聰明，總有一堆男生追求。但煙采嫁的是個追她最勤最猛，而卻不是她很愛的人。

一天煙采從加州打電話來，說要離婚，手續已經在辦。「你不要勸我。」煙采說。

煙采不知她其實並無勸阻她的意思，只是媽在越洋電話上一再交代，覺得有義務虛應兩句。

爲什麼煙采馬上就假定她會勸阻她？只因是煙采要離婚而不是她嗎？她情緒立刻敗下來，覺得在世人眼裡她已經傳統到再不能傳統，讓先生兒子婚姻家庭定型，再也沒別的出路了。

她朋友裡有離婚的，有婚姻維持的。有時她想，沒離婚並不見得即是成就。在她最低落最鄙視自己時一度悟到：快樂是個髒字，誰敢談快樂不快樂？像娜妲麗華在「青青河畔草」裡問華倫比提「你快樂嗎？」，分明是愚蠢至極。但是大學時代在電影院裡，她那一句話讓她熱淚盈眶。那時，她還沒什麼不快樂的理由。

煙呆在電話上問：「既然你知道我們兩人不和，當初為什麼沒告訴我？」先生說：「她到哪裡去找一個更好的先生？她以為婚姻就像辦家家酒？她自以為多漂亮多討人喜歡？」

她反駁：「這和漂亮討不討人喜歡有什麼關係？為什麼要漂亮？要討人喜歡？她有工作，可以自立，敢離婚是誠實，是勇氣！表示她敢面對眞相！」

她嘴上強硬，心裡越來越生表妹的氣。她一向就覺得表妹嬌生慣養，幼稚又且任性。

此外，她有個秘密：她曾去找過離婚律師，在生老三以前。

從電話簿上找的，在離家不遠的小鎮上。早上十一點，大街旁一棟古老二層樓裡。她一身巧克力色長褲套裝走進樓裡一扇窄門，油漆微微剝落，門上的窗蒙著一層灰。入門是長長窄道，燈光昏暗，樓梯口在中間，一上樓便即面對幾道緊鄰的深綠色門，一式一樣。她從門上名牌推開律師的門，迎面立即是一陣淡淡的霉味。小房間裡一個顯然是秘書的中年女人坐在書桌後，臉上浮著一生累積的無光粉彩。問明她的來意，女人用黏膩帶某種她無法分辨的口音和氣請她坐下，然後推開房裡的另一扇門。她幾乎才剛坐下，女人已經微笑示意她進去。只見一張大書桌後坐著一名龐大醜陋的老男人，體型讓她想到河馬。河馬微帶倦怠詢問她的來意，她解釋自己並無離婚意思，只是想了解一下離婚的手續。

「如果不想離婚，就沒什麼了解的必要，只是浪費時間。」河馬用沙啞低沉的聲音直截了當說，呼吸聲吁吁響，而且她隱約聞到一股腐敗的臭味。她心目中的律師是電視電影裡看到的，年輕英俊衣冠楚楚口裡射出飛彈時間就是鈔票的，面對她的顯然不是這樣一個角色。

「我……我想要先有心理準備。」她簡直覺得理屈，像個闖入者。

河馬問起婚姻狀況、第三者、財產問題等等。

「沒有，都沒有！」她慌忙回答。

「那是你先生有什麼重大缺陷？」

「沒有，沒有。他……他很好。」她越發心虛。

「你要知道，離婚程序一旦開始，不管你多想保護對方，好的也要說成不好。你是上法庭離婚，不是上教堂做告解。『洛城法網』裡那些恨不得互相剝皮吃肉的夫妻都是眞的。」河馬臉上浮起狡獪而又略微不耐的神色，好像她是一個遲鈍的犯罪同謀。

十五分鐘後她離開律師事務所，漫無目的走過大街。隨意逛了幾家骨董家具店，最後進了一家咖啡館。叫了杯義大利濃縮咖啡，看裡面來來去去似乎充滿目的和自信的客人，才稍稍消解了荒謬之感。

如果告訴先生，他會說什麼？她從沒考慮過。她不能告訴先生他們已經疏遠到竟有離婚律師介入的可能。無從開始。他們像坐在一座山上的兩坡，他在向陽的一面，她在背陽的一面。你爲什麼不到向陽的這面來呢？他會說，好像她是心甘情願坐在背陽的一面。她能說什麼?在彷彿一無可抱怨的情況下的抱怨,只有一個形容:庸人自擾。而她會比誰都更快給自己冠上這頂帽子。衣廩足而知榮辱,古書上說。不,衣廩足而知……其實,第一個跳上她心頭的是:欠缺。衣廩足而知欠缺,而知不足、不滿、不快樂。衣廩足而知煩惱!她總算找到了確切的形容。

8 光還是顏料

所有顏色加起來或者是白或者是黑,看你談的是光還是顏料。

她要求太多了。她到底要多少才足夠?也許你會說。

你想必會同意,她不是我,也不是你。或者,你竟而不同意?

降落以前

她剛剛離開台灣，離開彭悅。

在台灣她叫彭悅，在美國大家叫她YP。

兩小時前，在桃園中正機場，父親再一次提醒：「年紀不小囉，彭悅！」飛機升空時，她鬆了一口氣。現在她可以回到眞正的她，YP了。

空中小姐問她要什麼飲料，她要了橘子汁。

這班長榮客機上的空服員都非常年輕，剛才送飲料的小姐更是，繃亮的瓜子臉，眼斜飛，嘴唇微嘟，粉紅唇膏如釉彩發光。儘管梳了鳳仙頭，濃妝，還是像個高中生的嬌樣。她不禁多瞅了兩眼，想像這樣小女生在每一趟飛航中站有多少情人等候。她自己從沒嬌過，看見這樣的女性總像見了稀有動物，悄悄拿眼光解剖。

稀有，是的。現在YP經常深切感到人生眞正渴求的，是一些稀有的東西：天才、美色、青春、權力、幸運、快樂……甚至對於她自己，過去的那一個她已經是稀有到甚至不存在了。

才不過一週前，再一次睡在家裡的舊鐵床上，睜眼聽對面公寓夫妻吵架，看窗外鐵欄的影子映在牆上，記憶大舉襲來。她在童年的街道，彭悅的街道上。這條小巷一變再變，早已不是原來樣子。門牌號碼到了八百，還有用之一之二的。沒有一棟房子一棵樹，可以用作指認的標記。除了，街名不變，與大街的方位也不變，小學和菜市場還在老地方。新舊交集，是既陌生又熟悉的錯亂感。

記憶潛游到過去。再一次，她被樓下父母的聲音吵醒。

「你打死我好了！你把我一下打死了我就不用再受這個罪了！」

不然：「你爲什麼要回來？你這樣也配回來嗎？死在外面就好了！」那年她十歲。

黃色路燈從齊榻榻米的兩個小窗照進來，打在小閣樓低矮的天花板上，折到牆上。窗開著，還是悶，充滿了榻榻米、被單、流汗的人體和睡眠彷彿即將發酵的氣息。以後她永遠在開窗，潛意識裡仍在逃避那似乎擺脫不掉的蒸煮氣味。綠豆殼的枕頭沙沙響，旁邊二姊坐起來了。天啊！大姊長嘆一聲，翻個身。不久二姊又躺下了。以前在這種時候她曾激烈低嚷：「我殺了他！」等發現母親的反應遠不如她激烈，反而以「小孩不懂事」護衛父親，漸漸也就漠然了。

多少年了，樓下一起動靜，她們三個必然立即醒來，躺在半黑中聆聽，直到平息或睡著。誰也不知道，哪天眞的會出事。她始終驚訝，白天和善甚至風趣的父親，晚上會有另一副嘴臉。賭和酒，兩樣他都犯了。女人呢？沒聽說。難保沒有，吃喝嫖賭向來一起。像傑寇醫生和海德先生，人格分裂在深夜發生。巷子裡誰都知道，晚上她家發生了什麼事。她們這條巷子，一家家牆貼牆門對門，一式一樣的窄小二層樓，蜂窩一樣擠滿了人。不公自開，私事也就等於公事。隔天早上她背著書包去上學，經過鄰居門口，眼光筆直向前，冷漠而老成，先發制人的威嚴，像蓋世太保。走出了巷子臉色才漸漸平和下來，恢復了孩子應有的開朗和好奇。她兩個姊姊早早就談戀愛，捲在自己的煩惱裡。她母親像隻蝸牛扛烏龜殼，一天馱過一天。沒有發瘋也沒有早死，氣極了罵人掉淚，竟還有笑得抱著肚子的時刻。她不懂，母親想必是個樂天的人。不過，畢竟是最早死的，一晃她去世已七年了。

「彭悅，你不要像你兩個姊姊一樣，以爲嫁人就解決了問題！」不然：「彭悅你腰直起來，年輕輕彎得蝦仁似的！」

母親所有期待集中在她身上。彭悅知道姊姊想嫁人，更知道她們談戀愛最主要是爲了「那種感覺」。大姊偶爾露出形跡，不然有話和二姊講。兩人若不吵架就私下嘀咕，密謀什麼大事。一個潮濕裝滿秘密的成人世界，像長滿水草的水族箱，彩色魚在其間出沒，彭悅臉貼著玻璃窺視究竟。二姊比較肯和小三歲的彭悅瞎扯，描述戀愛的感覺，包括心理的、生理的，又愛又恨，充滿了心得，若第二天情緒壞了就全盤推翻。

「你知道那種被男的抱著的感覺？骨頭馬上就軟掉了。眞的！你不信？小說裡寫的都是眞的！他只要碰你一下，你就開始麻，不知道是要飄上去還是掉下去。他手臂伸過來把你一攬，那你就整個人歪在他身上，根本沒法控制……」彭悅面無表情，有一次說：「噁心！」惹得二姊喊：「哈，你等著瞧吧，有一天！」

「反正你沒經驗過，再怎麼也是聽不懂的！」二姊總免不了炫耀她有經驗，知道得多。炫耀透露了心虛，話一轉：「不知道我跟你這什麼都不知道的小鬼浪費口水做什麼！」然而二姊總還是和她說男朋友的事。

彭悅不說她自己的事，讓姊姊們以爲她無知，只會念書和嘲笑她們。

現在大姊和二姊講先生、小孩的事，還是覺得彭悅一樣無知，雖然能幹。

YP看窗外。淡藍天空，幾乎無雲。

飛機上她避免和隔壁乘客交談，尤其是這種長途飛行。她總盡量要靠窗的位，轉頭向窗，表示沒有交談興趣。幾次因客套而引來對方身世告白，無處可逃，讓她從此擺出禮貌冷淡的臉孔來自衛。她不要聽生人講和婆婆怎麼不和鬥法，也不要聽商人的生意經，不要聽家庭樂事，也不要聽旅行趣聞。她只要清靜。

這時旁邊一男一女倒聊了起來，從氣功、學佛到飲食、養生，越談越熱，多年的情報心得互相輸送印證，開心極了。她無意竊聽卻又不免耳聞一二，不禁心煩。她從不能和人見面就熱絡暢談，甚至和熟人也不能。美國人見面的摟抱，她在十多年觀察學習後終於可以像電腦模擬全套動作，卻是有形無質，乾巴巴的，自己有數。人多的場合，她照例笑得嫻熟，天衣無縫誰也不能指責她失禮，其實裡面自己站得遠遠的，生怕沾染了什麼似的。她厭惡在飛機上和人坐得那麼近又那麼久。所有溝通媒介裡，她最喜歡的是網路通信。近而遠，安全不過。

「你回來，人家就問我你什麼時候結婚，教我怎麼答？都四十出頭，不是十七、八歲的小姐，馬上就是老小姐了，你知道嗎？老小姐，聽清楚了！這個老字很嚴重的，你不知道！我都快八十了，你以為我還有多少年？今天上床明天不知道下不下得了床。你在美國新潮，我行我素。別忘了，再新潮也是會老的！」

這次回家，父親又不忘一再提醒彭悅。她假裝輕鬆說：「有啦，一直在想，不會忘的啦！我比你還急咧！」她曾經很喜歡父親，覺得他瀟灑又有才氣，在他身上看見一扇窗，開向另一個世界。他是她的第一個幻滅，她對他輕視而又憐憫。她沒有母親的強韌和樂觀，也就沒有原宥的肚量。她不能接受母親對他近乎無限的包容。她受不了母親承受的委屈。

原先的二層樓在她高中時全街拆掉重建，他們分到三樓。六年後她出國，一走二十年，中間回家五次。這次回來，父親早上聽到她起床，就給她用微波爐熱牛奶，烤麵包，放在飯桌上等她。他這樣伺候她讓她愧疚，也因而生氣，覺得他無異在以溫情做要挾。他一開口她就想掉頭走開，直奔機場。要等回到美國，有太平洋的距離保護了，才膽敢讓自己心軟，覺得自己無情。父親畢竟是父親。

如果父親知道她有個小九歲，同居五年的雙性戀情人？其實沒什麼好知道，已經結束了。她永遠也不會告訴他，沒有必要。他連她喝咖啡還是喝茶都搞不清楚。當然，那不是他的錯。她變了，先是長大，然後是開始老。一點一點，在她毫無警覺時。直到有一天，猝不及防，她老了。反而是，父親似乎越來越年輕。

我回來時，希望房子是空的。走前 **YP** 告訴丁一宏。

他走了嗎？她想，腹裡一陣收緊。當初他搬進來是她的意思，他極力抗拒過。在台北十天她盡量不想丁一宏，現在飛行了幾個鐘頭，她逐漸從台北時空倒錯的混亂中恢復，回到了自己的心靈空間裡，記起了他。

喝下午茶時，林雅君問起她感情的事，她幾乎和盤吐露，最後還是沒說。反而是林雅君這最保守的人正如火如荼鬧外遇，YP半真半假捉弄她，岔開了自己的事。外遇她聽多了，眞的是司空見慣。現在人要醜聞，是近親相姦，譬如父女、兄妹，或是父母殺小孩、孩子殺父母，還可以挑起一點原始禁忌的恐怖和刺激，不然男女離合，實在平常乏味。可是林雅君在那裡天人交戰，好像絕無僅有。她忍不住，大大嘲笑了林雅君一頓。趁機也嘲笑自己：「至少你可以大談外遇，我連外遇的資格都談不上！說談戀愛又好像太假了！」

YP頭髮一甩，笑得灑脫，她自己肚裡知道。奇怪林雅君總逼出她的極端來。

高中時一個週末，她們去西門町看電影。直接從學校去，書包制服全套，急急往前趕。電影在二十分鐘內開演，而她們走路要二十五分鐘才到，加上放學已經晚了五分鐘。她們頂著毒熱的太陽穿過總統府前面，林雅君不斷唸：「來得及嗎？大概來不及。我看來不及。」彭悅倏然停下來，惡狠狠說：「來不及那你回家不要看算了！」自顧自走了。林雅君一愣，默默又趕上來。她們繼續趕路，穿過一個又一個十字路口，越走越快，背上濕透。她們終究還是朋友。或者應該說，林雅君始終沒放棄她。

YP和丁一宏維持了六年。她的紀錄最長是三年，一度甚至同時有兩個情人。並非蓄意，結束時元氣大傷，和道德疲勞無關，純粹是時間和體力上的。她發誓絕不再重複腳踏雙船的遊戲，左手無名指上戴了一個自己買的第凡內小鑽戒。

你老在抱怨公司裡的人事，天天上班下班不煩嗎？一次丁一宏問。

養活你這痞子呀！

錯啦，我不是你的痞子，是你兒子！

你是說你看中我的錢？她笑說。

你的錢？你有什麼錢？天天出去給人壓榨來的血汗錢？白領奴工？

你是說你心疼我？她一下記起來他是有錢人家出身。

心疼你？我才不浪費力氣！我看你根本就喜歡給人那樣擺布。

一天她近八點下班到家，他的摩托車不在車道上。近半夜他終於進門，她穿了睡衣躺在客廳沙發上。

等我？先睡就是了！他笑說，話聲溫和而並無歉意。

睡不著。公事煩。她找個藉口。

我和一個紐約的老朋友碰頭，在酒吧裡忘了時間。

她望著他，心裡掠過：朋友是男是女？等更進一步的解釋。

來，我送你上床。你當女兒，我當爸爸。他溫柔說。

他意外出門晚歸的次數多了，兩人間開始衝突。

教你不要等！一晚他進門見到她又在沙發上即刻就迸了出來。

你這麼晚不回來我睡不著，不是我愛等！

我不是總是回來？從沒整晚在外面過？他不耐煩了。

再一次她終於收不住嘴了：你根本不把我放在眼裡！

誰要你做我媽了！他冷笑。

那就走，沒人留你！她冷冷說，腑臟忽然一陣絞痛。

他幾次威脅要走，畢竟沒走。每次爭吵過後，他們必定有一陣蜜月式的和好。但裂痕已經造成，兩人都無意彌補，只是假裝無事。拖。

一次他們在她出差前大吵。她臨出門上計程車往機場時對他說：「如果你要走，希望在我回來以前走。」

一個星期後她從巴黎回來，跨進門，他和一個漂亮的小伙子在客廳看橄欖球賽，身體黏在一起，咖啡桌上一堆空啤酒罐。她放下旅行箱，對那小伙子微微一笑：「派對結束了。你可以走了。」然後走進臥房。

丁一宏沒在那時就搬出去，她半是慶幸，半是不齒。她自己絕沒有那樣的臉皮。

通常她下班回來，丁一宏在廚房做菜。她進去洗把臉換上運動衫牛仔褲回到廚房，他給她一杯葡萄酒，讓她在一旁看報聽音樂，不准幫忙，但是特准旁觀。丁一宏做菜像他畫畫，講究不同尋常的味道。她靠碗櫥站著，旋杯裡的葡萄酒，講辦公室裡的無聊人事和笑話。他愛做菜，她相反，連對吃都不太熱衷。她喜歡漂亮的衣服和家具。他說她得失心太重，是個最沒情調的人，除了在床上。

有時上床前他給她按摩，從太陽穴到腳心，讓她全身酥軟。所有感覺集中在皮膚上，再轉換成細微的戰慄。她要他，從沒有過的，強烈到讓她害怕。

偶爾，他騎摩托車帶她出遊。他熱愛騎摩托車。

穿越偏僻小路，到幾十哩外的小鎮上，或到她陌生的海邊。她緊抱他的腰，迎面的風和引擎聲在頭盔裡混爲一團。他們在一個無人沙灘上散步，一邊是木籬高草，一邊是藍色大海。他們在沙灘上野餐，看海水來去，海鷗在四周飛翔，陽光在雲後乍隱乍現，幾艘帆船悄悄浮盪。一陣風來。看！他叫，指給她看滾滾的草浪。風忽然停了，她正要興嘆，又是一陣強風，草浪旋律起伏，好像特地爲她演出。她轉頭看他，滿臉笑容。她強烈想要說：「我愛你。」但自衛的習慣克制了她。他們間從沒談到愛字。

她一向喜歡他的油畫，儘管他從不諱言輕視她的品味。太中產階級，太保守，太愛漂亮，太強調人，他說。

他的作畫風格是典型的文化混血：東方的水墨趣味注入西方的油彩，從寫實、抽象、印象到達達、超寫實，都有，超然之外，又有種要將一切縮限到一個顏色、一塊平面甚至單是一個點的純理性。

然而她知道他走的是條老路，趙無極、莊喆、劉國松、蕭勤早就走過了。高中、大學時代，她便從《雄獅美術》雜誌裡知道了他們，十分喜歡。他的獨特，是舊意象的意外轉折，在大筆揮灑的色塊或線條底下，視線最容易滿足於自己的詮釋而略過的地方，隱藏了極度工筆的物象，初看好像是人物動物林野城鎮十分熱鬧，細看卻只是線條和顏料。那彷彿暗示什麼的視覺挑逗，給了他的畫某種意境。

有點神秘，她說。

有點，她尋找更合適的詞彙，有點，曖昧。對，就是曖昧！

當然，他從不解說自己的畫，由她去聯想，去「分析」。她沒說的，是恐怕他的本事沒法討好或征服市場，因爲不夠尖端，不夠駭人，儘管他並不欠缺才氣。她自己從前的那一點沾惹，她一向當是興趣看待，而不是才氣。

他有自信。

等吧，你等著看有一天國際市場搶購中國人的畫！西方人不懂，不知道未來的藝術在東方，他們還在自迷自戀醒不過來！

來，寫1！他說。她寫1。

想想，爲什麼一定要從上向下寫？從下向上寫不也是1嗎？他說。

他的口頭禪是想想，好像除他以外全世界都不知道想的意義，好像他腦袋裡永遠攜帶一個不同習俗不同流行的版本，隨時可以對任何傻瓜醍醐灌頂。不眞知道他的人，以爲他只是一個運動衫牛仔褲淘氣愛笑的人。她初認識他時就是這樣以爲，雖然隱隱覺得他底下有點別的，難以猜透的東西。

她愛他裹在牛仔褲（她對牛仔褲有種無可解釋的偏愛）裡的臀部和雙腿，和全身筆直利落的線條。然而眞正吸引她的，也許是他眼神深處，那種予取予求的狂傲和無情。

機艙裡已經進入深夜，電影、食物都停了，主燈熄滅留下小燈，大部分人在睡覺，連空服員都不見人影，只有引擎嗡嗡不絕。

她在飛機上一向睡不好，再怎麼累，腦袋總是亢奮，裡面許多小齒輪飛轉不停。若是出差她看公事，私人旅遊時便看書，累極了勉強瞌睡一下。這時她毫無倦意，屁股坐得疼，眼皮有點澀，閉上眼睛卻思路交雜，只好趕快睜眼。她換個坐姿，重心放左邊，面對窗。偷偷拉上遮窗板，外面一片黑，反映艙內幽幽微光。艙尾傳來小孩哭聲，聽來像嬰兒，扯直了嗓子嚎，越嚎越大聲。**YP**等那哭聲小下去，但那嬰孩不顧著急的母親和滿艙煩躁的乘客，逕自哭下去。終於一個空服小姐急急走過去，大概是給那母親送什麼東西。又過了彷彿幾分鐘，哭聲停了。

這時**YP**想起和林雅君會面時的談話。林雅君還問起畫畫的事，她一直就比**YP**更惋惜，以爲她是眞畫家的材料。**YP**不辯駁。

彭悅從有記憶就一直在塗鴉、佈置教室、做壁報和海報、畫書籤和卡片、寫故事書畫插圖。這些事她不但做來有興趣，而且輕而易舉。林雅君頭十年極力模仿彭悅，以爲她不知道。林雅君相信彭悅必然要成爲畫家，將來作品掛在畫廊和美術館裡。高三那年她對林雅君說：「將來我要出國，再也不回來。」

彭悅大學念經濟，出國後念企管。爲了補貼學費和生活費，她端過盤子，照顧過生病的老太太，在實驗室洗過儀器，甚至替一個動物系教授數過一種非洲無腿蜥蜴的甲片。多少個下午只見鱗甲而不見蜥蜴，滿鼻子福馬林酸腐衝鼻的味道，無聊到和那蜥蜴說話。然那段生活，因爲年輕，因爲正和一個已婚航空系研究生水深火熱，因爲江湖未老還不知道害怕，因爲可以一天只睡六小時走過校園腳下仍然有彈簧，因爲吃了披薩緊接就吃冰淇淋聖代毫無顧忌，因爲整個下午做愛而不覺官感飽和浪費生命，因爲未來懸在眼前燦爛如紐約百老匯的霓虹燈，那一段生活是她一生中最快樂的時間。但那種因爲貧窮而無所選擇的窘迫和卑屈，她無意在任何情況下重複。

因此，她以爲了解丁一宏。

一個感恩節前，超級市場門口，老人頭戴紅白條圓錐形紙帽，提著鐵筒搖鈴募捐。丁一宏塞了幾張鈔票進去。

剛才那是募捐什麼的？她問。他聳聳肩。

募捐什麼都不知道就大把丟鈔票！她笑說。

都是一塊錢的。他推購物車喀啦喀啦往前走，那購物車輪子有毛病。他們一起買菜時總是他推車，她甚至不必管買什麼，只是站在一旁指點發問，像個漂亮的擺設。對她，這幾乎比在床上更親密。

你怎麼知道這些募捐不是騙人？他們募了錢收到自己口袋裡我們怎麼知道？

哎，過節嘛！就算被騙也不過幾塊錢！你在乎那幾塊錢？

不是，而是原則問題。我也不喜歡被騙。我不喜歡被人當傻瓜。她不說其實她已盡分內的慈善義務，每年都要開好多張支持環保、國際人權協會、救濟孤兒、醫學研究的支票。為了什麼名義上街示威抗議的熱情她沒有，開幾張支票聊表社會關懷她還做得到。支票開出去，一點起碼的社會義務便盡了，此外她不覺得和這社會，甚至和她居住的鄰里有任何相關。

有人在面前要錢，你總不能假裝看不見吧？尤其是白頭髮的老頭子老太婆，笑瞇瞇在外面吹冷風！他笑說。

已經繳了那麼多稅，YP不懂為什麼這個社會裡還是到處有人要錢。她不能忍受這裡那裡今天明天，無時無地總是有人要求瓜分道德同情的嘮叨和零碎。她賺的是辛苦錢，可是對丁一宏她說不出：「那你怎麼不自己去賺！」

她沒法告訴林雅君丁一宏的事。林雅君會懂，但她不願給她那個機會。她會受不了讓人那樣了解。林雅君已經不是朋友，她們是舊識，如此而已。

YP從來就覺得林雅君和自己是不同象限裡的人。

這次在台北，YP見了大學的男朋友歐瑜生。交往了三年，他是唯一讓她死去活來的戀人。他總沉默而冷淡，他的愛情長著倒刺，甚至上了毒。他不說愛，說愛是自由，是釋放不是約束。彭悅爲他瘋狂，要他不惜一切留住她。他打定主意不出國，她非出國不可。他不偈限她，要她感謝他給她海闊天空的自由，而不要求她爲他犧牲爲他留下。

是，你是唯一無二的人才，沒有你台灣就會完蛋，就會沉到海底去！彭悅冷笑。

我只是不想出國。我不是那種求新冒險的個性。他安靜說。

好個只是！你只是自命不凡，不屑跟大家一樣崇洋出國鍍金，只是……彭悅說了一串，激動時她有出口傷人──不，出口殺人的本事。儘管一邊說一邊自己淚流滿面。

彭悅出國，歐瑜生沒有到機場送行，無爲作風再一次的表現。她知道他沒有別的女朋友，他畢竟看她夠重。偶爾有一封信來，親切而不親密。是彭悅結束他們的感情。她在一封信裡告訴他她愛上了別人。她需要渡過太平洋，才能看見他的被動是一種無能，而不是灑脫。

YP特別穿著簡單，白色長袖襯衫，牛仔褲，黑色羊毛大衣。她有幾種打扮風格：簡潔明快，流線型的高效率現代職業女性；搖曳嫵媚，直線放長放鬆，顏色由中性轉爲有機，淡綠、淡紫、深紅、靛藍……引發紅葡萄酒和夜空的聯想；之外運動衫牛仔褲，隨時可以赤足衝刺的年輕和瀟灑，是她最喜歡的打扮。她看場合在這些風格間轉換，像季節變化一樣自然。爲了見舊情人，她特別用了心。她要他看見她年輕煥發，瀟灑不凡。那年出國那天，彭悅就是相同打扮，除了外衣。她知道自己一身最出色的地方在飛眼和長腿，沒有比白襯衫緊身牛仔褲更能襯托出她的丰采了。他沒到機場去，她一點也不意外。仍然，在飛機上，她在想殺了他和掉頭回奔兩個意念中煎熬。那種如戲的激烈，讓她簡直覺得自己不是眞的。

近十年沒見，歐瑜生仍然瘦長，頭髮仍然亂，許多花白了。依舊穿他迷信的黑色，臉上有了風霜，眼皮微微向下垂，桌上的手像她記憶中一樣大而沉靜。談他的病毒研究時神采飛揚，眼光還是令她一震。等他談到太太、小孩、日常瑣碎，她漸漸才能脫離彭悅，以YP的眼光來看他。她看得出來爲什麼彭悅受他吸引，他貌合神離，有種憂傷的神秘和脆弱。你永遠不知道底下眞正是什麼東西，而他給你足夠暈眩吊住你的好奇。

YP有種想墮入往日親密的衝動，同時又覺得一切聯繫已經在二十年間斷絕。他們這樣開始：「好久沒見了。怎麼樣？」隔桌相笑，除此沒什麼可說以打破陌生。她不能告訴他這些年來的經歷，他也不能，更無意。他陷在已經到達了的現在、這裡——這便是他停留的所在。而她想要回到他們斷裂的那一點，哪怕只是一分鐘。

他終於問：「還是單身？」她知道他明知故問。

「你不知道我是非你不嫁嗎？」她挑逗似的看他，但立即自覺低廉而收回視線，補充：「我大概不適合結婚。其實我等於結過婚。」

他沒接話，她沒繼續，談話就擱淺了。他問得太少，連眼前現成的話題都沒碰。都是她問他答，而她厭倦一切都得由她自動奉上。他的被動，他的自我中心。他所謂的愛便是被愛。一位女同事曾將人分成兩類：受者和施者。他似乎沒有長大，維持了男生呆澀的氣質，以爲受就是施。過了不久他們起身。YP堅持付帳：「我請你來的。」他便接受了。以前他也不爭這種事，他只爭一件事：她不能指揮他。

分手前他說：「結婚的話讓我知道，我會很高興。」

「搞不好比我老爸還高興！」YP笑說。

「我那麼老了嗎？」他也笑。

「我們都老了。」YP說，直直看到了他眼裡。終於，他的眼神誠實回答了歲月的無奈。他們才不過四十幾。

「看看這些千篇一律的房子，看看這些千篇一律的草坪，看看這些千篇一律的核心家庭，看看這些千篇一律的市郊，看看這些千篇一律的青少年，看看這些千篇一律的美國個人主義！」丁一宏說。

「看看丁一宏這些千篇一律的批評！」YP說。

「罵得好！」丁一宏笑了，竟有些嘉許。

丁一宏在夏末搬進來，原意是暫住，等找到合適住處便搬出去。一天YP稍早到家，晚餐後（那時他已經開始做菜，他一搬來就發現YP幾乎不做菜，她的飲食習慣驚人地糟），丁一宏說服她在附近街道散步（他是個極愛走路的人）。YP住的是一個不新不舊的社區，大約有五年歷史。整齊翠綠的草坪，樹齡不超過五年零星散佈的單薄楓樹、橡樹、櫻桃樹、柳樹等。已經過八點，天色微暮，竟還有人在割草，轟轟的割草機聲是郊區住宅區最平常的聲音。在有一搭沒一搭的閒聊中，丁一宏發表了他那「千篇一律的批評」。

他是個富家出身的台北小子，五年前來美國念生物化學博士，半途輟學改學藝術，畢業後到紐約闖藝壇才一年，自認已經看穿美國社會的病根。九〇年代初期，他便和YP宣布：

「美國文化已經失去衝勁，已經開始衰老、沒落了。二十一世紀得看捲土重來死命趕上的中國人！」他愛在談話中批評中產階級，批評資本帝國主義。起初YP公然反對，甚至嘲笑他，逐漸便充耳不聞了。不拆毀他的象牙塔，也不戳破他的自相矛盾，偶爾半自嘲地點出：「我們是同床的敵人。」

一回兩人晚餐多喝了葡萄酒，都有點半醉了。丁一宏談起他的外科醫生父親和兩個極有出息跟隨父親腳步的哥哥，以及他虛榮好勝更甚於父親的母親。他忽然轉而攻擊YP。

「爲了畫畫，我什麼都放棄了。你放棄了什麼？」

「你怎麼知道我沒有放棄什麼？你以爲你知道我多少？」YP笑說。她沒生氣，拿丁一宏當孩子看。她從沒向他洩漏過自己早年在繪畫上的執迷。早已放棄了那個充滿夢幻的自己。

「我知道你是個漂亮、寂寞又冷冰冰的中年女人。」

「眞好，有人了解我這樣透徹。」她嘲諷微笑。

「我知道你一定有很多秘密。不過，我並不感興趣。」

「還有呢？」

「你脫了衣服一定更好看。」

YP忽然覺得裡外轟一下燒起來。沒人跟她這樣講過話。沒人把話題從空洞的高調這樣急速拉到純動物性的挑逗。在他面前，她始終自覺是個老女人。

「還有呢？」在火速煞車和加速衝刺間，她聽到自己說。

「還有你以爲我還在包尿布。」

「還有呢？」

「還有你以爲我不知道你看不起我。」

「你知道我追求什麼嗎？」她靜默了一會說。

「我知道你在等人家拿大把大把的紅玫瑰來追你。」

「我追求獨立。我絕不會讓人養我。我會消化不良，我會睡不著。我會不知道自己是誰。」她的聲音陡然硬了。

「那請問你是誰？」

「我是個誰也不靠，自己養自己，愛怎樣就怎樣的女人。」

「啊，恭喜！你不是丁一宏，不是個連自己的地址都沒有的 nobody。你所有的成績都在這裡——」丁一宏兩臂一揮，涵蓋了她屋中所有藝術品、家具和擺設，好像指引一群無形觀眾的視線，眼睛發亮，臉上一朵膨大如原子雲的微笑。

「你知道嗎？你的眞名叫 asshole！」YP 微笑舉杯。

他們從沒眞正大吵過，那種豁出去的大吵。YP 豁然覺悟丁一宏沒看重她到豁出去大吵的地步，只有眞愛眞恨的人才那樣。她只是他漂流中的一站。她遽然大痛起來。這時發現下顎痠痛，才將咬緊的牙放鬆，深深吸了一口氣。

機身傾斜，好像準備往地面俯衝。

一路只睡了兩、三個鐘頭，YP 全身鈍重。再過一個多鐘頭，她就可以回到自己的家了。

家，在台灣時迫不及待要回到的地方。仍然，回台灣總還是叫，回家。

在台灣時睡在當年的床上，她不覺得自己是彭悅。好像**YP**是舶來品，假的。

丁一宏會喜歡彭悅，他們是同一種人。他們有夢。

彭悅會愛丁一宏，頌讚他的任性，和他一起「瀟灑」。她可以比他更不顧一切，更李白，更莊子，更藝術家。一無所有的人，往往才有瀟灑的本錢。

「我早就知道你是會幹這種蠢事的白癡，就像我早就知道我是會固執到底的白癡。」她想到不久前在報上看到的，魏京生在一封信裡罵鄧小平的話。她記得特別清楚，覺得說的就是她；然則，放在丁一宏身上也很恰當。她突然非常想笑，白癡對白癡的笑。

彭悅會要他留下。

YP確信她到家時，丁一宏不會在那裡了。

這次眞是無法挽回了。她也無意挽回。

沒有什麼可以挽回的。

撒哈拉新娘

1

新到的十一月《國家地理旅行雜誌》裡，有篇〈撒哈拉新娘〉的報導，YP睡覺前躺在床上看：

「隔天便是婚禮了，有許多事需要準備。十五歲的新娘坐好了，讓親族婦女在她身上張羅。她們在她頭髮裡搓進黑色香沙，然後紮成細辮子，拉過一條辮橫過她乾淨寬廣的額頭。新娘是生平第一次這麼嬌貴，不然平常她不過像傳統游牧民族的女性，天天在沙漠裡牧羊。……」

報導附了許多照片，有張是個吐爾瑞格族新娘，紫黑頭巾，紫黑嘴唇，充血的眼白鑲著深色的眼珠，臉旁吊著大銀耳環。另一張是黃沙疏草中，一支赴婚宴的隊伍。騎驢的女客穿鑲了紅花邊的白袍，戴著靛黑頭巾，驢背上負了大綑豔麗的禮物。男客騎著高大的駱駝，也是紫黑頭巾，包得只剩一雙懾人的眼睛，讓她想起電影「遮蔽的天空」裡的一些鏡頭。報導很長，連照片共二十三頁。她讀到十五頁，終於支撐不住，熄了燈睡覺。睡夢中，她恍惚騎著駱駝在一片陌生空曠的平原上奔馳，神秘如鬼嘯的嗥聲從遠方傳來。

於是她有了這念頭：我要到撒哈拉沙漠去。

2

這個二月不同往常：拉席不在。他休假回家去了，他家在撒哈拉沙漠旁的阿爾及爾。不是很近，他總會說，我們家離撒哈拉沙漠還很遠，而且，撒哈拉沙漠很大。

我知道，**YP**也總說。

拉席是她同事。他們除了在公司裡不時一起吃吃中飯，不過是週末看過幾場電影、吃過幾次飯，連手都沒碰過。在一起談的也很普通，多半是公司的事，不然偶爾提到頭痛牙痛之類，很少深談。他不多話，寧可以微笑代替。兩年來，她看慣了他的一口白牙。他們出遊總不出紐澤西，最遠一次是紐約的格林威治村，他帶她去吃一家摩洛哥館子。他的母親是摩洛哥人。幾張桌子的小館子，菜單只有兩頁，其中一半是燉羊肉。她討厭羊肉羶，還是點了羊肉燉棗子，看來濃稠如柏油，入口既鹹又甜，還遮不住濃重的羊羶味。拉席臉上微笑沒斷過，和漂亮的女侍稱讚菜好吃，還問她放的是什麼樂團的音樂，聊了起來。吃完，女侍端來一壺新鮮薄荷葉泡的茶，清香誘人，**YP**喝了一口，才發現很甜。拉席和女侍聊完視線回到**YP**臉上，笑說：「眞像回家了！」她第一次看見他笑容那樣迷人，第一次見到他是多麼想家。

他們怎麼成爲午餐搭檔，她已經想不起來。辦公大樓裡的建築設計類似蜂窩，一間間無窗的小室，每間裡兩隻人形工蜂，早晨七點前後便陸續進來嗡嗡苦幹，到下午七、八點才像群蜂出巢下班回家，有的甚至週末也不休息。拉席屬於那種莫名苦幹的單身漢，沒有家人朋友，像她，生活便是在工作來去間打發。此外，他們並沒有任何相似之處。他們不同組，認識但不熟，辦公室隔走道相對，進出不免碰到。幾次午餐時間在走道上碰見了一起走，之後便似乎心照不宣了。

3

週末，屋外白雪森森，映得四壁白牆更加刺眼。YP端著咖啡從廚房走到餐廳，到客廳，到門口，最後站在穿堂正中，面對客廳。白瓷咖啡杯小心翼翼坐在托碟上，她緩緩啜著，冷眼端詳。她看見四壁白色森嚴如修道院的牆，洞穴般深邃神秘的黑皮沙發，幾塊技巧點綴的大紅絲絨靠墊，牆上的油畫，矮櫃上的陶器、木雕擺設，無一不顯得小心翼翼、自命不凡，好像在說：看我花了多大力氣，多出色！忽然她看見了丁一宏一向就看見的：贗品！她一向不把丁一宏對她屋中佈置的批評放在心上，現在，不知怎的，他的眼光忽然移植到了她臉上，她原本自得的家一時原形畢現：不是家，而是攀上某種階級品味的展示，像裝潢雜誌上抄下來的，了無個性的贗品！那恰到好處的大小細節，在在寫著心虛。她想逃跑，跑出這櫥窗似的家。她想到打電話給拉席，甚至跳上車直接開到他門前。然後她記起來：拉席回阿爾及爾去了。

拉席住的地方她去過一次。那次他們約好到公園去，他的地方在半路，便由她去接他。他住的是租來的兩臥房公寓，白牆天花板地板，幾件簡單廉價的舊家具，窗邊一架運動用的固定腳踏車，角落裡幾箱書還沒有打開。空空的，帶著單身漢的荒蕪氣息，好像等待什麼。

她記得自己念書時也是那樣，而他畢業五年了，心態還像個窮研究生。

好像窺見YP的心意，拉席笑說：「我很少待在這裡的。我都是在附近咖啡館裡坐，回這裡多半只是睡覺。」

她心想：這樣就解釋過去了嗎？她常在心裡斥責拉席，他的溫和於她無異是溫吞，他的不慌不忙簡直就是無力。他讓她心急，讓她想到甜爛的水果，碰一下就一塊瘀傷，用點力就戳出一個洞。除了他睫毛深長的眼睛和無比性感的青下巴，他是那種她不太看得上眼的男人。她可以想見他週末獨自在咖啡館長坐的模樣，面前一疊報紙和厚重的電腦書，眼光失落在遠方，也許是北非，也許是巴黎，也許是威尼斯，也許是麥迪遜。再怎麼樣，她不會單獨長坐咖啡館展覽自己的寂寞。美國人的形象是「我只需要自己不需要別人」，儘管事實相差不可能再遠了。離婚率高，爲的是再婚，沒人高打單身萬歲的旗幟。譬如，她並沒選擇單身，而是忽然就已經是個單身多年的中年女人了。

她回到廚房，又添滿一杯咖啡，站在水槽前看窗外的後院。一隻灰色松鼠，大概是她取名蘆花的那隻，從樹上竄下來，奔過雪地，又竄上樹去了。她微微一笑，像每次看見蘆花一樣。咖啡喝完放下，她還是木立觀看。小樹林投影到雪地上，非常安靜。蘆花不再奔行而過，剛響的冰箱馬達將她驚醒。她有週末整整兩天要打發。

4

這個二月又碰巧多事。

拉席走後第三天，一個最得力的手下辭職轉到一家剛成立的小公司去了。她挽留不住。然後在一個中階層會議裡，上面宣布她手上的一個計畫取消了。公司業績不如預期，一直有砍計畫和裁員的風聲，她自己也早有心理準備。然後，那天，她開了一上午會，還來不及吃中飯，就又接到那卑鄙的威脅電話。

「我要告你！你給我小心！你從一開始就不斷暗示我提早退休，根本是歧視，還處處阻礙我申請休假的事，混蛋加三級！……」

他叫她臭婊子，沒人要的老妖精，姘出來的小主管，一串她想像不到竟會用到自己頭上的話。不過她已經不再吃驚，把聽筒拿遠，好像看見蟑螂蠍子成群從裡面爬出來。這是他第三次打電話來恐嚇她，她邊聽邊好笑：眞的是惡人先告狀。這人是個上海人，見人就堆笑，本事奇差又愛投機取巧，但凡他經手的事必是需要別人收拾的爛攤子，卻又眼明手快，夸夸奇談，搶別人的功。公司要裁人，用提早退休的案發下來，以優厚的遣散費招徠，要所有經理級的人通知符合條件的屬下。他拿了遣散費離職，打算另外找事，事沒找成卻遷怒到她身上來。她不過照指示行事，上面發一次通知，她便提醒屬下一次，對他並無特別之處。而他拿這做理由威脅，以爲可以嚇倒她。一而再再而三說：「我要告你！你給我小心！」她平心靜氣，聲音裡甚至帶著笑意，把以前解釋過的話再重複一次。終於他在一番「你走著瞧」中掛了電話。

唯一還算愉快的，是參加一位中國同事的婚宴。新郎以前和她同組，比她年輕幾歲。新娘是茱麗葉音樂學院剛畢業的鋼琴家，黑髮棕眼的美國猶太人。YP天性對任何儀式都不耐煩，但是那天在新婚夫妻家裡，雖然嫌佈置得有些俗氣，但她幾杯香檳下肚，站在人群裡看新郎新娘精心安排的童年幻燈片，配合兩人互相嘲笑的旁白，不禁縱情大笑。

第一張是新郎裹在布包裡的嬰兒照片，癡肥的臉上一對鬥雞眼。新郎旁白：「那時我媽就千交代萬交代，將來一定要找一個像我一樣漂亮，同文同種的人物結婚。」新娘的幻燈片拿她的猶太習俗開玩笑，她父母甚至在一旁幫腔：「中國人除了什麼都吃讓我們有點提心吊膽，不然和猶太人是非常的像，譬如都喜歡叫客人不停地吃。」最後還有現場演奏，新娘彈鋼琴，她的音樂家朋友們拉大提琴和小提琴。YP不懂音樂，叫不出是莫札特還是舒伯特，只知音樂輕快和諧，藉香檳的酒意和場面的氣氛，她駕著音樂在人群中周旋談笑，有些感動，也有些感傷，但臉上笑容明亮，誰也看不出來。若是願意，她連自己都可以騙過。

5

讓YP說她和拉席之間有什麼，她會眉毛一挑反問：哪裡有什麼？

若眞要說，是有那麼一天，就是那天她認眞動了去撒哈拉的念頭。

那天，他們共午餐一年後，半年多前，七月某個週末，她花了近一小時在衣櫥裡東挑西揀，換上換下，對鏡裡看了又看，然後在正午的陽光裡開車出門。她先要去接拉席，然後一起去紅岸鎮上的河濱公園聽爵士音樂會。

地方路，出了住宅區便是田野。速限50哩，她開60。透過墨黑的正圓形太陽眼鏡，天地還是鋁箔般白亮，她隨收音機裡的鄉村女歌手點頭搖擺。忽然一輛紅色敞篷跑車飛速超車，從右線切入正前。她瞥那駕駛一眼，他滿臉笑容正從鄰座金髮女人的臉上轉開，瞟了她一眼，便疾馳而過。那一眼的親密，或者連輕蔑都不是，讓她不由盯著紅色跑車不放。他根本沒看見她，迷離的眼神還蕩著給金髮女人的笑意。Jerk！她暗罵一聲，把音樂聲量加高，隨那震耳的節奏更猛烈擺頭。

到了紅岸鎮，YP和拉席坐在河邊草坡上，面對臨時搭起的音樂台。前後左右都是人，空氣裡是烤肉的味道。刺耳的搖滾震天，拉席抱膝隨鼓聲前後搖晃。YP眼睛在人群中穿梭，看見推著嬰兒車的年輕父母，騎在父親肩上的小孩，褲腿寬大反戴棒球帽的青少年，手牽手的年輕戀人，腹部鼓突的中年人，和大花洋裝大耳環臉上塗抹如調色盤的老太太。左前方一個棕髮的年輕女人，貼屁股牛仔短褲，右手夾著香菸，赤腳長腿，隨節拍熱烈舞動，像狂風中的樹。

幾步遠一對漂亮男女坐下來。女的金色長髮，白色貼身露背洋裝，時裝模特兒的曲線。男的麥色短髮，黑色馬球衫，卡其短褲，筆直的長腿金金的毛，沒穿襪子的腳上是雪白球鞋。紅色敞篷跑車！她即刻便認出他們。他左手拿啤酒罐，右手環住女友的肩，白牙燦爛，俊得讓人發痛。她斜視他們，移不開眼。音樂越來越響，人越來越多，那撼人的鼓聲記記敲在她腦神經上。她輕按一下拉席肩膀。

「這音樂震得我頭痛，我們可不可以走走？」

他們往碼頭走去，並肩靠在欄杆上看河面的船。忽然一陣似泥土和松香混合的味道襲來，似曾相識。河對岸有一片茂盛野草，在微風下輕輕起伏如浪，她轉頭指給拉席看，那氣味一下轉濃，她才恍然是拉席的體味。她第一次聞到拉席的體味，那柔情與性慾混合的氣味，激起了她埋藏的記憶。她豁然驚覺：他是個男人。

「我很抱歉你不喜歡這種音樂。其實廣告上說是爵士音樂節的。如果你喜歡，我們可以到別的地方去……」

「不是我不喜歡這種音樂，我也聽搖滾的。只不過今天我有點頭痛，吃不消這樣劇烈的敲擊。」

他們到拉席住處拿了大浴巾，到附近店裡買了些瓶裝礦泉水和三明治，換拉席開他的車，往海邊去。

她沒來過這個海邊，長無盡頭的白沙灘，藍天藍水。他們找了一片人比較少的，攤開浴巾放下吃的東西，脫了鞋，赤腳在沙灘上散步、涉水，不然坐在毛巾上喝水、看海、看人。海鷗嘎嘎飛來飛去，一群小孩在淺水的地方潑水叫鬧，不少人拿了長長的魚竿釣魚。旁邊一個男人穿著寬鬆的游泳褲，坐在海灘躺椅上看書。她有意無意瞄了他幾眼，腹肌有點鬆弛，相貌還算端正。

這時他們並肩坐在浴巾上，拉席提到阿爾及利亞、童年、他母親的橄欖燉雞和洋蔥煎餅、他最喜歡的無花果、常去的地中海海灘，還提到他母親一再問起他的婚事，和他不知什麼時候才會下來的綠卡。他已經三年沒回去了。

「原來是要回去相親。」YP玩笑說。

「相親？也許總勝過什麼都不做吧？這樣每天上班下班，你知道，除了上班還是上班：

……」

野餐完他們收拾了東西放進車廂裡，然後沿著海灘走去，一直走到盡頭的燈塔，再慢慢走回來。黃昏的光金金照著，天色轉成靛藍，海風吹了起來。她不由得想到丁一宏。他們最後經常吵架，畢竟掩蓋不過他給她的甜美記憶。沙灘上幾乎沒人了，他們的腳印平行。她忽然停下來，倒回去，踩著他的腳印走，重複印象裡某部電影裡的鏡頭。他隔幾步看她，臉上帶著遙遠空洞的微笑，像個等待釋放的囚犯。她即刻跑到水邊，在濺起的水花和半真半假的笑聲中掩飾什麼。

天黑以後，他們回到了紅岸鎮，在一個新開的甜水啤酒屋裡晚餐。她是第一次來。五種啤酒屋自釀的啤酒，從外面可見正面大窗裡就是兩只巨大的紅銅啤酒槽，對著長長的吧台。還有雪茄單供客人挑選，進門就是濃重菸味。她馬上想：丁一宏會喜歡這地方。

女侍講解各種啤酒的不同，用什麼穀類，什麼酵母，怎樣發酵法，結果怎麼不同。她沒仔細聽，反正叫顏色最淡的。她向來不喜歡啤酒的苦味，儘管很喜歡苦瓜。拉席叫顏色最深的，在啤酒和食物中間，在左右客人的嘈雜聲中，他們斷斷續續，接起海邊的話題。裡面有兩個字像警鈴一樣閃亮大響：結婚。

「說不定你會從阿爾及爾帶新娘回來。」她玩笑說。

「說不定。我不知道。這種事可以忽然很快的。誰知道？」拉席聳聳肩，以他典型的慢調子說。

YP看得出來他溫和的笑裡是向局勢投降，雖然帶了保留。

「反正不要昏了頭。」她找話搭腔。

「爲什麼不要？也許昏了頭比較好。」拉席半認眞說。或者，不止是半認眞，就像他信回教，不眞正信，也不算不信，但是奉守一些規矩，譬如不吃豬肉、守齋月、認爲魯西迪的《魔鬼詩篇》越過了界。

「反正昏不昏頭，祝你一切順利。」她舉起啤酒杯。他也舉杯。

「我要到撒哈拉沙漠去。」她突然冒出來。

「眞的？什麼時候？」

「說不定我和你一起去。我一直都想到撒哈拉沙漠去，正好可以順便參加你的婚禮。」爲了強調她的認眞，她自覺眼睛張得快要滾出眼眶。

拉席歪了歪腦袋，再度露出那遙遠空洞的微笑，好像看破世間的白費心機，尤其是她的。

6

又是週末，YP整理廚房，發現一只抽屜裡一堆當地中文小報裡人事廣告的剪報。是丁一宏帶起來的習慣，週末他們上中國店買菜店裡總附送一堆中文小報。丁一宏不知出於什麼無聊心理，特別喜歡去看那些人事廣告，唸給她聽，編出許多離奇故事，兩人甚至演起戲來。喜歡的甚至剪下來，丟在廚房一只抽屜裡。丁一宏走時把他的東西清得一乾二淨，除了這一屜他忘記的剪報。她抓出來散在料理檯上，有幾片飄到了地上。不管那掉在地上的，她隨手翻看最上面的幾條：

「我親愛最愛的莎琳，請你不要再生氣。是我的錯，我道歉。和李××的事已完全解決。我好想你。看到這則啓事請一定打電話給我，我有個驚喜給你。LK。」

「六呎一，金髮藍眼，喜愛古典音樂和電影，尋找興趣相投中國女性爲友，婚寡不拘，請電（973）674-0948James，或 James@Aol.com。」

YP在美國這些年的男朋友一律是美國人，除了丁一宏。其中一個她約會過幾次便失去興趣的也叫 James，曾一再說：「我眞愛死了你的東方頭髮！」說一次還可以接受，三次以上她不免倒盡胃口。

「童話姻緣：華爾街的美滿姻緣熱線，專門撮合高級學歷事業有成的華人和白人。尋找靈魂伴侶，不是傳統配對。終生幸福，請勿猶豫。即電 212-322-3746。」

「美大銀行副總裁，高薪穩定，公民，一米九，37歲，喜藝術運動旅行，名牌大學學歷，開朗向上誠懇，尋32歲以下秀外慧中女子，先友後婚。電（732）234-8943。」

出乎意料，當初她和丁一宏一起嘲笑的這些廣告，在YP心裡掀起了強大波瀾，一陣陣的鄙視和自憐相互衝撞，她一邊看一邊大聲嘲罵，那「32歲以下秀外慧中」部分尤其給她最深刺激。忽然一個念頭閃過：難道他其實是用這些廣告找情人？

丁一宏已經走了三年，全無聯繫，她還是擺脫不了他。當初她決定和歐瑜生斷，餘痛似乎沒這麼強，也沒這麼堅持。而她這才了悟，她根本不了解丁一宏，她愛的是一個幻象。仍然，他留下的那個洞在那裡，而且似乎越來越大越深。一個人怎能挫敗到這種程度？她把剪報一把掃到地上，抱住腦袋，突然被徹底擊潰了。

7

拉席從阿爾及爾回來第二天就到公司上班，午餐時間他來找她。在地下室自助餐廳裡，他們排隊拿菜。一向愛和拉席開玩笑的結帳小姐一個月沒捉弄他，立即不放過。你下巴上那一道是什麼？挨揍了？她指了指他下巴上一道發紅的切口，幾乎碰到皮膚。他拿手摸摸，靦覥說：「刮鬍子割的。」

他們找了座位坐下，然後他有點害羞微笑說：「我做了。」

YP立刻懂了，仍然她例行公事地現出驚奇：「眞的？」爲了莫名的理由，她整個臉上都是戲。他點頭確定，臉上不由自主，綻開一朵足球場一樣大的微笑。

「那她人呢？」她問。

「她要等拿到綠卡才能來。」

「那不是要很久？我聽說根據新移民法現在綠卡排隊至少要一年。」

他聳聳肩：「大概至少要半年吧。反正現在就是等。」他從口袋裡掏出一本小相簿，幾乎有點害羞地，他把那封面印了碩大粉紅玫瑰花的廉價塑膠相簿放在桌上，推到她面前。

「都在裡面。」他微笑說，飽滿紮實的微笑。

YP睜大眼睛微笑看他，典型美國人的誇張神情無言說：「所以這就是了，哇！」她推開盤子，緩緩打開相簿，翻過一張張曝光過度顯得漂白的相片。他欠身向前，指點相片裡的人物。這是我父母，這是我弟弟，這是他的新太太，他比我早一星期結婚。等一下，她說，拿起相簿站起來，繞過餐桌到他旁邊坐下。她繼續翻閱，他一邊指點說明。他父母家，他的朋友聚會、家庭聚會。在某咖啡館，在叔叔開的餐廳。頂上一排排日光燈，白色瓷磚牆壁，黑白大塊瓷磚地板，若非牆壁的白瓷磚間嵌有回教花草圖案的點綴，她幾乎看不出和台灣某些餐館的差別，讓她憶起當年中華路的點心世界。不過人顯然不同，膚色略深，五官輪廓清晰。拉席的父母都好看，尤其他父親年輕時，幾乎有點奧瑪雪瑞夫的味道。她當年迷「阿拉伯的勞倫斯」裡的奧瑪雪瑞夫，不止是迷他那張臉，還有他那直來直往鐵錚錚的性格。拉席遠不及他父親好看，然而她急切要看他的新娘。他離她而去毫無音訊一個月，獨身去已婚回來，指上戴著觸目的結婚戒指。

「我不要戴，她一定要我戴。」他抱歉解釋。「這個是她！」他指相片裡一個姿色平庸矮小豐腴笑得非常開心的女人。

「噢，她很漂亮！」她細細端詳每張相片裡的她，違心讚美。看完她闔上相簿，還給他。

「她叫什麼名字？」

「蕾拉。」

「眞好聽的名字！等她來了你一定要介紹給我。恭喜！」她再說一次，特地把驚嘆號表現出來。

「那當然。謝謝。」再一次，他露出了那滿足近似愚蠢的微笑。

YP強做出熱誠的笑容，知道他對自己的心意毫無所知。她已經想好了，得給拉席好好買個結婚禮物，昂貴以示大方。然後等他太太來了，平心靜氣看他步入人生中最可怕的老生常談：婚姻。他不會知道她恭賀他的話裡有憐憫，他不會知道（從來也就不知道，無興趣知道）她眞正的感情。她可以想見那獨坐咖啡館的他迅速在婚姻裡腐爛，滿嘴太太和小孩的庸俗談話取代頭痛和失眠。她會願意繼續和他午餐嗎？他會繼續找她午餐嗎？然而同時，爲什麼必須有任何改變？只有在家時他才是那個女人的丈夫。

8

四月初，YP收到了一封雅君的信：

「……我和明則分居了，最後大概會離婚。我雖然心底害怕離婚，卻一心一意想離婚，我也不太明白爲什麼。對我分居的事，你可能會意外，也可能不會，我一向抓不準你對事情的反應……明則也不肯分居，更不考慮離婚，拿小孩當理由。是我堅持。他說我這幾年變得很厲害，像台北很多女人一樣厲害。我裡面只有好笑。我？厲害？你能想像嗎，我這個從來就膽小沒有主見的人？只有像你這樣獨立自主高來高去的人配稱厲害，我算什麼？……」

YP飛快把信看過，丟在廚房的矮櫃上。她不急著回信。不管是雅君或者是任何人的信（其實除了雅君幾乎沒人寫信給她了），她從不急著回。

因爲心裡有撒哈拉沙漠，那晚她特地重看「遮蔽的天空」影碟。看到男女主角坐在山頭看一片大漠黃沙，突然開始在心裡給雅君回信，一封事實上她不會寫的信：

「雅君：

你說你分居了，甚至還可能離婚，我當然是有點意外。老實說，沒想到你眞做得出來。我那兩個姊姊，每次我回台灣就聽她們叫叫叫要分居要離婚，眞受不了。我火大叫她們有膽就離，她們反而不叫了。

這一帶中國人圈子裡，離婚不是沒有，但是不多。好像大家忙著賣命賺錢，養房子養車子養小孩，有空上館子吃吃飯、朋友間唱唱卡拉OK打打麻將，沒時間做男盜女娼的事，眞不愧是儒家文化出身的標準良民。這些人有的當年在高中大學時代，也是要反這反那屌得很的，後來都乖乖回籠，做美國這超級資本主義大企業旗下的大嘍囉小嘍囉，上面有交代我便埋頭苦幹鞠躬盡瘁，公司家裡就是全部，張三李四除了名字看不出有什麼不同。我做事的公司裡一大堆這樣台灣出來美國名校畢業的博士碩士，當然看起來幹得非常風光，偶爾發出『等有一天中國爬起來』的論調。我一眼望去，總覺得再怎麼看終究還是棋盤上一群過河的小卒。有時看看，竟然覺得可憐。當然，這些可憐蟲也包括了我自己。至於到底可憐什麼，我也說不上來。有公民權有自由有錢生活安定，可憐什麼？西洋棋裡過河的卒子搖身一變，成了橫掃千軍的大將。中國人在美國，這些年來其實是越幹越有名堂。回台灣回大陸，狡兔三窟，路多得很。我不知在可憐什麼，應該是在可憐我自己。但我又可憐自己什麼？我並不可憐自己，一切都出於我自己的選擇。我沒有什麼時間也沒有精力可憐自己。所謂選擇，就是面對選擇的結果。有時有些遺憾，有些惆悵，但人總是要有點感傷的，不是嗎？但你不會知道我的這些感覺，因爲你不會收到這封信，因爲這封信根本就不存在。哈！

年紀越大，越發現太多事情都是神話，若不是人家灌輸的，就是自己一廂情願相信的。

我這些年看破了所有神話（大概是因為快到不惑之年了），對很多事情都淡了許多。你說我厲害，那是你厚道（你一向就比我善良，眞的），你眞正的意思是說我狠，我知道，也不在意。也許是吧，現在我對台灣對過去都更沒什麼留戀了。台灣我大概幾年裡是不會再回去了，實在是那裡已經沒什麼吸引我的。我覺得自己已經是個美國人了，因此不像許多中國同事，總需要回台灣去充電。你可以說我是逃避，是無情，隨你怎麼叫，我只想走得越遠越好。人多的地方總讓我疲倦。我對虛假的應酬越來越沒耐心。

這些年，我趁度假一個人跑了很多地方。今年二月才到北非去了一趟，和一個阿爾及爾朋友回阿爾及利亞。這朋友生在撒哈拉沙漠旁邊（不過他一直說撒哈拉沙漠離他還很遠），卻從沒到過撒哈拉沙漠，也沒興趣，只忙著相親結婚。我請了一個導遊帶我進撒哈拉沙漠，聽說駱駝太顚才改租吉普車進去。撒哈拉沙漠不像雜誌電影裡那樣，每一寸都是漂亮的黃沙和藍天。反正我本來就不是去看風景，我是去看那裡的不同。是眞的不一樣，在阿爾及利亞，我看到法國殖民時代留下來的建築變得破破爛爛的，看到那裡的落後貧窮，看到主宰一切的回教和奇異的生活方式。還看到一場吐爾瑞格族人的婚禮，新娘戴紫靛色頭巾，嘴唇也塗成紫靛，滿身的珠寶，騎在驢子上。新郎騎駱駝，一樣是紫靛頭巾包得只露一雙眼睛，好性感。等到慶祝開始，鼓聲敲得熱鬧緊急，女人彈舌頭高亢地呼嘯起來，說不出的神秘，我居然起了一身雞皮疙瘩。明年我想到戈壁走一趟，將來想到西班牙看鬥牛和探戈，然後想到南美看看，像阿根廷和智利，可以跑的地方太多了，一輩子也走不完……」

結局

1

傳奇是唐代的短篇小說。傳奇，聽起來比短篇小說有意思多了。

這裡我要從一篇傳奇〈馮燕傳〉說起。有時說故事最好的方法不是直言，而是顧左右而言他。

〈馮燕傳〉原來出自《太平廣記》，講一個殺人的故事。這故事有什麼特別，值得再述？若你有點耐心，便聽我慢慢道來。

且先繞個彎，先談一篇文章〈授巾與授刀——解析《馮燕傳》〉。作者是張襄言，這人專寫一些冷僻文章，因此知道的人很少。這篇文章十五年前在一個剛創刊的女性雜誌上發表，沒稿費，雜誌不久也就倒閉了。我提這篇文章，因爲張襄言文裡提出的正是我關心的問題。他專從故事情節和字裡行間去追究馮燕的眞相，譬如這個關鍵片段，我抄錄如下：

「除了張妻是否有殺夫的蓄意值得考慮，馮燕有無殺她的必要也值得玩味。設使我們確認張妻的殺夫意圖，是否便給了馮燕殺她的理由？爲什麼他不能單純一走了之？

首先，故事給我們的印象是馮燕相當年輕。其次，他意氣用事，個性急躁。從他在故事中的所作所爲，我們可以判斷他風流自賞、剛愎自負。他讓我們想起《水滸傳》裡的綠林好漢：陽剛、粗魯、頭腦簡單、好勇鬥狠。他們的特長不是理性思考，而是以一套過簡的道德觀作爲一切的衡量，而這道德觀的中心是義：正義、義氣、道義、仁義、俠義等。對他們而言，世事黑白分明，不是好就是壞，不是生就是死，既乾脆又清楚，絕沒有模稜兩可的地方。我們覺得馮燕正是這樣，在他身上可見後來的宋江、武松、石秀的影子，也就是俠義的粗胚、原型。

故事裡說馮燕『意氣任專』，顯然他自視甚高，對自己在『義』上的認知和要求都身體力行，引以爲傲。他對『小節』並不看重，譬如有正當職業，或是不勾搭有夫之婦。但是在『大義』上絕不苟且，譬如爲維護『正義』而殺人。對他來講，沒有比義更重要的事了，連性命也比不上。所以他可以爲義而殺人，也可以爲義不惜犧牲自己的生命。他是個社會上所稱的『漢子』：男子漢、大丈夫、英雄、俠士，正義的典型。

所以對他來講，和張妻玩玩並無傷大雅，也沒有對張嬰『不義』的顧慮。只有當他『發現』她的『眞正居心』時，才遽而大義凜然，怒不可遏。她之可殺、該殺，對他而言是毫無可疑的事。所以他勢必手刃『毒婦』，而不能一走了之。

仔細玩味，馮燕能舉手而殺了不久前才肌膚相親的女人，仍令人難解。雖然我們已經分析過，出諸馮燕剛愎火爆的性格，衝冠一怒而殺人是很合理的事。而他所以會大怒，在於他瞬間便將張妻的心理做了最壞的裁決：他斷定她起意殺夫。爲什麼他能這麼快便做了裁決？爲什麼他不往另一方面想：巾在刀旁，她也許倉皇中抓錯了，畢竟張嬰就在房中，情勢緊急；或者是，她誤解了他的手勢，以爲他要的是刀。在那樣狼狽倉促的情況下，錯誤是極可能的事。為什麼馮燕不往好的地方想，而往壞（而且是最壞）的地方想？

我們知道，當情況需要詮釋時，最後的詮釋必受先入的印象影響。甚至在不需要詮釋的情況下，早先的印象也足以左右我們的理解。譬如在這個故事裡，馮燕詮釋張妻，我們也可以詮釋他……」

我想你可能對〈馮燕傳〉的故事有點概念了。基本上講的是張嬰妻在家裡和馮燕通姦，碰巧張嬰回來，馮燕殺了張妻的事。最引發我興趣的，是馮燕殺張妻這節。且讓我們重演那情節：那晚，當兩人還在床上相好時，張嬰醉醺醺回來了。張妻開門讓丈夫進來，用裙子掩蔽馮燕躲到門後。馮燕以手勢要張妻拿「巾」給他，她卻遞過他的佩刀。原文是這樣：「巾墮枕下，與佩刀近。……燕指巾令其妻取，妻即刀授燕。」因此張襄言由巾與刀的位置，推論張妻誤解的可能。也許她根本是張皇中抓錯，也可能是她以為馮燕要佩刀。不管哪個，都出於無心，罪不至死。但馮燕手起刀落，已經做了裁判。第二天張嬰醒來，發現妻子死在地上，以為是自己殺的，正想去自首，卻先被鄰居和眾人扭送官府，屈打成招，判了死罪。正要行刑時，馮燕從人群中高呼出首，承認罪狀。當地刺史呈情皇上赦免馮燕，皇上不但恩准，還連帶赦免了當地所有的死囚。

這是沈亞之〈馮燕傳〉的寫法，換個人寫法可能就不同。我印象中，宋朝也有一則類似故事，是我許多年前從密西根大學亞洲圖書館的書架上無意間讀到的。記不得是哪本書了，只記得結局不一樣。張嬰後來在牢裡等死，馮燕早就不知去向。直到換了個官，把張嬰的案卷重新又看過，發現其中有些地方可疑，故事於是變成了偵探刑案，不再是歌功頌德的道學文章。那寫法就比沈亞之有趣得多，只可惜我忘了書名。

2

張褒言以後，有個杜樹言也拿〈馮燕傳〉作文章。（兩人名字都有個「言」字，倒也是巧合。）杜樹言對這故事的興趣可說是間接，打鴨子上架來的。杜樹言是我在安那堡念書時認識的，那時一群讀英美文學和比較文學的人辦了個「女性工作室」，定期有演講、電影和討論會。我偶爾去聽，常在那裡見到他。我一個朋友的太太暗戀他，甚至到要鬧離婚，搞得我這朋友十分悽慘，要找杜樹言理論，還是我勸阻了。問題並不在杜樹言。

他是個清瘦的人，久不梳理的頭髮總會瀉下前額，蓋到黑邊的大眼鏡上，笑起來十分害羞的樣。是有點討人喜歡的孩子氣，但我看並不到招人迷戀的地步。朋友妻會對他迷到無法自拔，我無法理解。他寫詩，據說小有詩名，工作室裡的現代女性特別愛捉弄他，抓住一些用詞，譬如像「台階」、「河岸」、「窗後的眼睛」等，硬說他在戀愛，而且對方是某某某等。他無奈聳肩，不然急了就罵她們無聊，把文學當考古。那天工作室的講題是「英雄的造像」，討論對象包括〈馮燕傳〉，大家嘻嘻哈哈，和張褒言說的其實大同小異。會完還有聚餐，到一個會員住處吃餃子。做餃子時，我記得一個總自命庸俗、張口就自嘲的人發表意見，說：「那馮某根本多管閒事！那女人是別人的老婆，要殺要剮，大分八塊還是凌遲示眾，和他有什麼關係？哪輪得到他來管教？大可拍拍屁股一走了之，唱唱『唯女子與小人爲難養也』酸她一下，殺人幹嘛呢？莫名其妙嘛！」顯然會上沒聽講，引得大家圍攻。七嘴八舌鬧出了要杜樹言重寫〈馮燕傳〉現代版本的麻煩來，他唯唯諾諾，算是應付過去了。後來眞的寫了出來，但已是好多年以後了，在台灣一家副刊上發表，美國《世界日報》小說版轉載，連載三天。我無意中看見杜樹言的名字，才留心看了。篇名叫〈等〉，不愧是詩人，用氣氛渲染原本單薄的骨架，讀起來有了人氣，感覺得到那對男女間可能有的情意。我找不到另兩天的報紙，頭一天的倒是小心剪貼下來了。這樣開頭：

「那天黃昏，她正倚門等晚歸的丈夫。

一個陌生人遠遠從街那頭走來，斜斜的陽光在背後，她看不清他的臉，只見到那不慌不忙、大步行走的身形。然後那身形漸走漸近，她看見了他的臉、他的眼睛。他的眼睛也看她，大膽的直視。直到走過門前了，他還是回頭看她，給她深長的一瞥。等他走遠不見了，她發現自己站在家門外，面對他消失的方向，不知背後丈夫正一搖三擺走來。

晚餐後，丈夫照例又和一夥人到外面喝酒去了。平常她總怨他不管她，只顧自己花天酒地。那晚她靜靜看他出去，鎖上前門，然後一邊收拾碗筷，一邊想那陌生人的眼神。想得出神，臉龐發熱，竟不知把一只碗洗了多少次……」

我的剪貼到這裡爲止：「……他一巴掌劈下來，她跌在地上。你嫌我？你這麻雀蛋都下不了一粒的石頭女你嫌我？你這個不知好歹的賤人，我休了你！滿房酒臭，他的口水飛濺到她臉上來。她知道明早他會看見她臉上的指痕，不悅地掉開眼光。她知道過幾天，事情又會重演。」

之前她已經從街坊打聽到了那陌生人是誰，那陌生人也同樣打聽清楚了她。甚至，他們還見過另一面。像第一次一樣，他又在黃昏時刻從她門前走過。而且也像第一次，她在門裡看他。四目交投，他滿眼含笑，是調情的笑。而她羞得笑不出來，只是睜大了眼睛，兩手緊抓住門框。她已經二十四歲，做了八年的妻子，而他才二十一。我不知道接下來故事怎麼發展。那時兩個也剪報的朋友竟都沒注意到這篇。杜樹言還是會讓馮燕殺了她嗎？還是會免她於死？譬如馮燕殺了張嬰，帶她遠走高飛？或者馮燕玩膩走了？或者兩人聯合謀殺張嬰？在馮燕殺她以外，有許多其他可能，只是我不知道。杜樹言似乎只寫過這個短篇，沒見過他出小說集，詩集倒有兩部。至於我那朋友畢竟離了婚，但那是在杜樹言回台灣好幾年後的事了。其實他們的婚姻在杜樹言出現前就已名存實亡了，只是兩人都不肯承認而已。

3

從〈馮燕傳〉我想到一篇科幻小說，印象裡是烏蘇拉・勒瑰恩寫的，頭一句好像是：「如何處置殺人者？」翻出幾本她的短篇小說集來卻怎麼也找不到。開始似乎是一群女人圍坐說故事，一人提出殺人者該如何處置，另一人說殺人者死，大家都同意，直到一人說了一則被迫殺人的故事，於是她們沉默了。處置殺人者並不那麼簡單。

不久前我在朋友的晚宴上，聽到了一則現代傳奇。且想像夜已深了，桌上火鍋仍在冒氣，有的人夾肉燙熟，有的人噓唇吹氣，有的人已經酒足飯飽，這時一位滿腹故事的上海籍客人說了起來：

「這人是個年輕人，身強力壯。一晚跑到人家裡去偷東西，偷什麼？收音機。不小心弄出了聲音，把住在那裡的老太太給驚醒了。她爬起來看見他，咿呀呀就叫，他一急兩手往她脖子一掐，掐死了。被公安局抓起來，判了死罪。在牢裡等死時，一個醫師去問他願不願死後捐出器官。他不懂，醫師解釋說做器官移植用。你年輕，身體的器官都好，有的人病得快死了，只等你的器官救命。你捐出器官，那就算你死了，你的器官還會在不同的人身上活著。他一時不知怎麼回答，說要想想。中秋節他媽給他送月餅到牢裡，他吃月餅時忽然覺悟這是他最後一次吃月餅了，與其白死不如把器官捐給需要的人。於是通知那醫師，說願意捐了。行刑那天，醫師先到牢裡來，要給他打抗凝血劑。他不肯，醫師便改口說是幫他打鎮靜劑，不用怕。還是不肯，醫師只好強打。犯人掙得厲害，半途把針頭弄斷了，只好算了。那裡沒有固定刑場，行刑都是臨時找刑場。於是到時刑車隊出發，漫無目的亂開。犯人背插木牌五花大綁，站在卡車中間，兩旁是約二十個荷槍實彈的武警。車隊後面跟了一群人看熱鬧，直到跟不上爲止。醫師的救護車在半途等候，加入車隊。開了老遠，終於選定路邊一片田地。推了犯人下車，他奮力掙扎，六個警察才制伏了。按在田裡，槍彈從腦後打進去打死了。救護車裡的人火速上前把屍體抬進救護車裡，醫師們馬上開始支解和保存器官的工作。」

這和馮燕有什麼相關？老實說，除了都牽涉殺人，讓我把它們並擺在這裡，並沒什麼關連。唯一關連是，在我心中它們都具傳奇性格。我還做了一個想像的飛躍，把那爲了一架收音機而殺人的年輕人和馮燕想到了一起，他們長著相同臉孔，說同樣的話。馮燕不是我心目中的英雄，那偷收音機而殺人的年輕人也不是。奇在故事的背景，在那迥異我熟悉的時空。有那樣的年代、那樣的社會，會出現，或者說製造他們這樣的人。在現代環境下，馮燕會舉手便殺了自己的情婦嗎？還有自命不凡到那樣大義凜然的人嗎？現代人好像一個比一個更急於證明自己虛無、庸俗和無奈，於是種種行爲都可以理解，可以原諒。文天祥的「天地有正氣，雜然賦流形」，今天看來眞的是子虛烏有的神話了。至於爲了一架收音機而殺人？至少也得是爲電視、音響吧？但我聽那故事時，固然爲後來刑車隊盲目找行刑場地，行刑完一群醫師便如禿鷹豺狼般分屍而驚愕不已，心裡想的是那不幸的年輕人：他爲什麼迫切到需要去偷收音機呢？

4

正如〈馮燕傳〉的悲劇，迫使我去想像那慘遭殺害的張妻，和後來屈打成招的張嬰。杜樹言無疑也同情張妻，從他在〈等〉裡採取的筆調便可知。他的故事怎麼發展？我念念不忘。有人替潘金蓮翻案，應該也有人給張妻申冤。於是我在想像中替杜樹言收了尾，中間先有這樣一段（當然，關係張妻和馮燕私會）：

「那晚，張嬰吃完晚飯又出去喝酒了。她收拾碗筷洗了，料理妥當，打開後門倒洗碗水。隔壁後門也開著，門口擺著一盆水，屋裡傳來小孩呀呀的叫聲。一會一個光溜溜的小男孩奔出來，黝黑發亮像條泥鰍。他圍著水盆繞圈子，左邊繞完右邊繞，他母親李大娘跟在後面喊：『皮蛋！皮蛋！』他笑個不停，最後李大娘兩手扠腰，瞪著兒子。這是夏天傍晚常有的景象，濕熱還不散，蛋黃似的夕陽懸在黑瓦屋頂邊緣，金金的光裡街頭巷尾家常熱鬧的聲音。她站在後門口看皮蛋洗澡，一邊和李大娘閒聊。皮蛋在水盆裡唱歌，打水四濺。李大娘邊說話邊搓洗他全身，他小小身軀只顧上下跳動，終於洗完，李大娘帶皮蛋進去穿衣服了。臨走她在他們背後說：『皮蛋明天早上你來，我帶你上街買糖吃。』她在後門口又站了一會，天色已經昏暗，鄰居都在屋裡，還聽得見哪家炒菜油鍋剁剁響的聲音。她轉身正要進屋，忽然一隻手搭上了她的肩，很輕，幾乎沒有重量，像一簇光打在那裡。她錯愕轉身。昏暗的光裡看不清，但她知道是誰。她低頭進了屋，他隨後。她在他身後把門鎖上。」

結局：「他一次又一次從後門進來，即便她因此而遭受張嬰毒打，他還是來，床上火熱時呢喃自願替她除掉張嬰。那晚，他們才剛剛解衣上床，前門忽然敲得控控響。她牙一緊在他肩頭印下兩排齒印，滾下床，披衣去開門。馮燕躲在門後，張嬰半醉半醒撞門進來，眼睛骨碌碌轉，叫：『人呢？你那個小白臉呢？怎麼不出來啊？』歪歪倒倒要拔刀，她輕聲安撫，撐了他到床上躺下，替他脫鞋。馮燕半掩在門後，指點床腳。她看看醉語叫罵的張嬰，再看看床腳一攤衣物，撿起佩刀遞了過去。馮燕接過刀，深深看了她一眼……」

這裡我卡住了，接不下去。我一心一意要替杜樹言推翻原來結局，卻發現沈亞之的安排天衣無縫。有馮燕那樣自命風流和俠義的傲氣，就會有他在最後關頭「行俠仗義」的舉動。〈馮燕傳〉原文裡字字都是關鍵，而在這高潮當頭癥結在「熟視」兩字。他並沒有立即就殺人，而是深深望進張妻眼中，看見她欲借他殺夫的心意。他衝冠一怒不是出於盲目衝動，而是出於飛快考量後的冷靜結論，儘管那思索可能只是千分之一秒的延宕。於是他殺了人，而因爲他並非眞英雄，他逃了。又因爲他並不邪惡，無法坐視無辜的人代他而死，最後還是出面自首。沈亞之文末對他大肆歌頌固然肉麻，馮燕畢竟是有他的可愛。因爲在事情當頭他有計較，有掙扎，他走良知選擇的路。除非杜樹言完全改寫馮燕的性格，不然他最後勢必切下張妻的腦袋，正如這時，「我的」馮燕接過刀，深深看了她一眼，然後手起刀落。我沒能救她。我竭盡全力，就是救不了她。

天下事自有它的邏輯，小說也是，儘管說的是傳奇。

你絕想不到我有多麼意外。

當愛情依然魔幻

——後記

無意間，我竟寫了本《愛情書》。起碼，可拿這做副題。

在長篇《迴旋》以後，我幾乎不再寫愛情，覺得寫不出新意了。諷刺的是，人到中年深處，終究還是回頭面對這老而常新的主題。因爲生活裡左轉右轉，總撞見這樣那樣的愛情故事，一則比一則更奇，想避都避不掉。在見慣和驚訝之間，覺得其中必還有許多可寫。於是，半好玩半正經，便一路玩了下來。覺得寫不完，更覺得寫不出個所以然，除了有趣。

趣味在尋求表達的形式上。我並不想寫故事，而想直寫愛與性、情與慾。重點不在個人，而在接近抽象的情人或慾人，沒有名字，只有性別。因此只見她和他，墜入情網而不由自主，就像第一、二輯裡的那些人物。不過這裡沒有信誓旦旦、地老天荒，也沒有人爲愛而死，而是化約過，成了童話的天眞無邪，和每天的柴米油鹽。

第一輯裡的各篇特別短，是輕快的感情切片，可稱爲印象小說或詩小說。我以爲詩小說最接近這些篇的本質。設若我是詩人，便寫成詩了。

第三、四輯的故事比較具備傳統樣貌，情節有起承轉合，人物也有名有姓。寫的不單是愛情，而是生活一般了——愛情故事從來就不只關乎愛情，就像戰爭故事不只關乎戰爭。

從最早的〈黃昏之眼〉到〈撒哈拉新娘〉，這些故事涵蓋了一九九〇～二〇〇六年。沒照時序編排，而依據故事間的邏輯。所以拉得這麼長，因爲〈黃昏之眼〉當年粗心遺漏，沒收進《我的兩個太太》裡。我記得當時寫這篇的情形，人物異常清晰有力，他們在前面跑，軋軋軋像那架縫衣機，我在後面追。這許多年後再讀，心中還是一股溫熱。到〈撒哈拉新娘〉，場景移到美國，人物的能力和處境改變了許多，不變的是生命難以圓滿的無奈，與人必然的掙扎。

〈出路〉繼〈我的兩個太太〉和〈慕良好人〉，處理一夫兩妻的難題。中間已寫過〈月芝的第二次婚事〉，想把月芝嫁出去。現在不太滿意那寫法，因此沒收進來。〈出路〉繼續努力，看來月芝有點突破的希望。

但凡作者整理舊作出書時，總不免發現觸目的地方，難耐手癢而加以修改。有的作者選擇保持原貌，好像作品一旦見光便獨立自主，不由得作者了。但我難耐手癢，孜孜推敲打磨，簡直不知停手。

可以說，所有的愛情故事都一樣，也都不一樣。無論如何，這些故事風格與重點不一，有的荒誕，有的嘲謔，有的離奇，有的平實，但都不乏同情。裡面有些人物我始終難忘，因而一再重訪，試圖爲他們安排未來。這麼多年後，我還是不時會看見這些癡人愚人走過，馬上就想問：「好嗎？」其實問的是：「後來呢？後來你們怎樣了呢？」

國家圖書館出版品預行編目資料

當愛情依然魔幻／張讓著；——初版.——臺北市：大田，民96
面；　公分.——（智慧田；079）
ISBN 978-986-179-063-3（平裝）

855　　96012307

智慧田 079

當愛情依然魔幻

作者：張讓
發行人：吳怡芬
出版者：大田出版有限公司
台北市106羅斯福路二段95號4樓之3
E-mail:titan3@ms22.hinet.net
http://www.titan3.com.tw
編輯部專線（02）23696315
傳真（02）23691275
【如果您對本書或本出版公司有任何意見，歡迎來電】
行政院新聞局版台業字第397號
法律顧問：甘龍強律師

總編輯：莊培園
主編：蔡鳳儀／編輯：蔡曉玲
企劃統籌：胡弘一／企劃助理：蔡雨蓁
網路編輯：陳詩韻
美術設計：LEO design
校對：陳佩伶／謝惠鈴／張讓／蔡曉玲

承刷：知己圖書股份有限公司
公司TEL：（04）23581803
初版：二〇〇七年（民96）八月三十日
定價：260元

總經銷：知己圖書股份有限公司
（台北公司）台北市106羅斯福路二段95號4樓之3
TEL:(02)23672044．23672047　FAX:(02)23635741
郵政劃撥：15060393
（台中公司）台中市407工業30路1號
TEL:(04)23595819　FAX:(04)23595493

國際書碼：ISBN 978-986-179-063-3 / CIP: 855 / 96012307
Printed in Taiwan